边江 著

银行局

致命存款

序

著名作家、《心理罪》作者　雷米

我是一个业余写作者。穿上制服，我是一个人民警察；站在讲台上，我是一名刑法学教师；下了班，回到我的个人生活里，我是一个写作者。

然而，从另一个角度来讲，我又是一个专业化写作者。这个所谓"专业"，指的是我的写作主要依托于我的专业知识，取材自我的专业领域。换句话来讲，我写的都是我最熟悉的东西。

专业化写作这个词大概产生于十几年前。彼时，网络文学正在蓬勃发展，很多非专业创作人士都以各自的专业背景为源动力，创作了大量至今仍在流传的作品。仅从悬疑小说这一类型来讲，涉及刑侦、法医、刑事辩护等专业领域的优秀作品就不胜枚举。正如海岩老师所说的那样，创作应该是在业余时间从事的。我深以为然。一来，业余写作者的创作目的单纯，而且相对自由；二来，所谓"专业"，就是我知道而你不知道，恰恰可以满足读者们对某一个领域或者行业的好奇心理。

秉持着这样的理念，我的"业余专业化"写作持续了十几年。在这段漫长的时间里，越来越多的专业人士诸如法医、现场勘查人员、刑事辩护律师投身于犯罪悬疑文学创作中，但是，经济犯罪题材的小说却一直较少有作者涉猎，不得不说是一个遗憾。

因此，当我看到边江老师的《银行局：致命存款》的时候，感到很是惊喜。因为我深知这个题材创作的难度——要把冰冷枯燥的数字、复杂多变的犯罪手法、斗智斗勇的侦破过程还原为精彩的故事，实在是很不容易。更让我惊喜的是，边江做到了。

和边江老师相识已经有几年的时间。每每在江浙一带做宣传活动的时候，都会在现场看到他的身影。他是金融行业的从业人员，也是犯罪悬疑题材小说的狂热爱好者，而且一直有自己从事创作的想法。因此，他不仅是我的读者，也是志同道合的朋友。我始终觉得，犯罪小说的价值并不仅仅在于其娱乐性，更在于其社会效应以及对人性的反思。通过边江老师的这部作品，我更意识到，如果可以鼓励更多的读者走上文学创作的道路，那么对于作者而言，更是令人欣喜的事情。

所以，非常高兴能为边江老师的新书作序，也向读者朋友们推荐这部作品。我相信，出于对专业领域的尊重以及对文学创作的热爱，边江的创作之路，没有边疆。

如果我死了,请这样书写我的墓志铭:"我杀死了银行。"

——安德鲁·杰克逊(美国第七任总统)

目录

楔子 /1

第一章　新官上任 /7

第二章　耐人寻味的会议 /16

第三章　裸贷风波 /24

第四章　银行闹事者 /33

第五章　空棺材 /42

第六章　细雨中的墓园 /53

第七章　烂尾别墅群 /64

第八章　尸体从天而降 /79

第九章　复仇协议 /92

第十章　请君入瓮 /104

第十一章　演唱会上的奸情 /112

第十二章　婚变风波 /129

第十三章　我要为她报仇 /139

第十四章　8000万不翼而飞 /148

第十五章　第三者 /164

第十六章　细思极恐的蝴蝶效应 /172

第十七章　他们知道了 /183

第十八章　过桥转贷资金 /193

第十九章　发现尸体 /202

第二十章　监狱里的对话 /211

第二十一章　外援法医 /223

第二十二章　自杀，还是阴谋？ /232

第二十三章　精神病院 /241

第二十四章　被卸任的行长 /252

第二十五章　蚂蚁 /264

第二十六章　钓鱼 /281

第二十七章　栽赃者现身 /290

第二十八章　林雨霏的秘密 /302

第二十九章　迷迭香 /311

楔子

黑暗中，他摸到了一叠钞票。

他的触觉神经一下子兴奋起来。在这个行业混迹了十余年，即便已经身居要职，收入不菲，触摸到人民币依旧让他非常愉悦。

然而两秒钟后，他便意识到，那不过是一小叠练功券，就是银行柜员们用来练习点钞、捆钞、扎钞的工具，从纸面大小、外形到触觉质感都像极了真币。在这幢高七层的银行办公大楼里，这样的练功券几乎随处可见。

他有些懊恼，随手把它们放下，却丝毫没有注意，一张练功券沿着桌角飘落下去，静静地躺在冰冷黑暗的地板上。

"抓紧时间！"深吸了一口气，他默默地告诫自己。手中的钥匙传来异动，抽屉被打开了。他一阵兴奋，从西装外套的内衬口袋里拿出了一个信封，把信封塞进抽屉，一张名为《小曼哈顿》的DVD被信封压在了下面。

他合上抽屉，想了想，又重新拉开，把信封袋放在了抽屉的最底层。

整套动作他完成得笨拙而迟缓，可能是因为心情起伏，也可能因为弯腰太久，在放信封袋的时候他忽然一阵眩晕，眼前一黑。一动不动停了两三秒钟，他才缓过来，合上抽屉站起身，闭上眼睛长长出了一口气。再睁开眼睛的时候，没有看见办公桌上的绿植，只看到了相框的轮廓。

那是，她的相框。

这大概是本市最后一家公用电话亭了。

正当她为手机没电而发愁时，这座电话亭仿佛天降甘霖一样，出现在了她的面前。

"大概是老天在暗示我吧！"她看看手里黑屏了的手机和孤独的电话亭，无奈地苦笑。

她走进电话亭，将那串自己熟记了多年的数字拨了出去。一个清脆的男声从听筒里传来："您好，我现在不方便接听，如果您有急事，请稍后给我留言。"

她定定神，才对着话筒开口："是我，对不起，我的手机没电了，这是我用公用电话给你留的言。对不起，我知道不该来打扰你的生活，但是，实在不好意思，我遇到了一件可怕的事情，关于我们银行的，一个巨大的阴谋。我不知道该如何解决，我想，只有你能帮我了……"

视线中突然闪过了一丝黑暗，像是树影飘过遮盖住了一丝亮光。

她回过头去，吓得差点叫出声来。

厚重的雾色中，一个身穿黑色兜帽衫的人，站在电话亭外，向里焦急地张望着。

她犹豫了一下，将门向外推开："不好意思，什么事？"

见她看到了自己，黑衣人露出了一个浅浅的微笑，嘴巴一张一合，似乎在说着什么。但是凌晗只听到了声带撕扯的声音。

见她没有理解自己的意思，黑衣人急了，先是用手指了指自己的脖子，做出一个抱歉的手势，随后举起了右手，摆出了一个打电话的手势。

原来也是个要用电话的。

她朝对方点了点头，做了个手势示意自己很快就好了，随后转过身，深吸了口气，继续对听筒说道："我把我查到的东西，放在了与我们第一次约会相关的地方，和电影相关，你一看到它便能明白了……如果你听到这段留言，请给我回个消息，可以吗？我需要你，哪怕，已经过了这么久……"

留下了这段语音留言，放下电话，她把头靠在电话机上，长长地出了一口气，随后转身推门走出了电话亭，再次被门外浓稠的大雾所笼罩。

那个穿兜帽衫的人朝她点了点头，似乎想对她说声"谢谢"，但是她依旧只听到了声带撕扯的声音。

好像是个声带有问题的人。她的脑袋里闪过了这个念头。

没有精力去注意那个走进电话亭又朝自己看的人了。她漫无目的地在人行道上游荡，思绪却在这几天发生的一幕幕之间游荡，接下来，该怎么办？

已经是晚上10点了，但浓稠的大雾却丝毫没有散去的意思。马路上的车灯仿佛都被雾吸走了似的，看不清一丝的光亮，也听不到一丝的声音。

声音？

不对。

她突然停下了脚步，一个声带都发不出声音的人，去电话亭里干什么？

一时间，她的背部在微微颤抖，身上瞬时汗毛倒立。

不好，有麻烦。

突然，她感到身后有一股强大的气流，凉飕飕地从衣领灌进了脖子里，还没等她反应过来，她的身体忽然被控制住了。一只胳膊像钳子一样将她的身体夹住，另一只手从身后袭来，将一块毛巾死死地按在她的口鼻处。

她想奋力地挣扎、喊叫。声嘶力竭的呼救从喉咙里倾泻而出，却因为毛巾的遮盖变成了无声的呜咽。

耳畔是深重的喘息声，撕裂的声音干瘪而刺耳。

仅仅几秒种，她的身体就仿佛漂浮起来，眼皮也变得沉重。

许多东西在她的头脑中一闪而过，就好像有人将一卷胶片在眼前快速地放映而过。她知道，那是她美丽生命的瞬间影像，但是，她已经很难捕捉到了。

听不见丝毫的声音，这座城市的一切喧嚣仿佛都被雾吸收了，过分的静谧让她产生了置身于广漠原野和史前世纪的错觉。

口鼻处的劲越来越大，但她已经感觉不到了。

神情开始恍惚，意识开始分崩离析……

恍惚间，她隐隐能看见马路对面那家店的门面，LED的灯饰逐渐变得模糊，模糊到连店名都看不清楚。

还好，证据，已经被她放在了那个安全的地方。

希望他可以找到。

她再也坚持不住了，两眼一黑……

在完全失去意识之前，她的脑海中闪过的是那家店的名字：ROSEMARY花艺工作室。

这是她生前看到的，最后一幕。

他将相框拿起来。一片绿油油的青草地，穿着白色连衣裙的她对着镜头粲然微笑。

他的心头一阵悸动。多年前，当她刚来这家银行时，他就注意到这个话不多但是笑起来特别温暖的美丽女孩。

有那么一瞬间，他的心底涌上了一丝犹豫，只要取出那个信封，这个美丽的女孩就能免遭这次诬陷，但是……他已经无暇顾及了。他又看了一眼相框，转身要走，却不小心踢到了垃圾桶。

"该死！"他暗骂自己。幸好垃圾桶没翻。他下意识地看了一眼垃圾桶里的白色塑料泡沫和包装袋，确认没有其他任何意外之后，转身走向门口。

按照既定的路线避开门口的摄像头，走出院子的他站在马路的斜对面。只要再往前走几百米，回到刚才觥筹交错的酒桌上，一切就都结束了。

他回头向办公大楼望去，久久地看着那间办公室的窗户，仿佛能看见里面的一切，然后长长地叹了一口气，用只有他自己听得见的声音嘟囔了三个字：

"原谅我！"

第一章
新官上任

江源抬起头,表情木然又严肃地看着面前站得笔直的孙彦君。豆大的汗珠顺着这个27岁小伙子的额头流下来。三分钟前怒气冲冲前来理论的他,现在已经因为紧张和愤懑而止不住地浑身哆嗦。

"去把门关一下。"江源朝门口递了个眼色。

孙彦君回过头去,看到门外好几双好奇而探寻的目光,其中包括樊小琳那双水汪汪的大眼睛,饱含着疑惑和焦虑的意味。

他的心里一阵尴尬。

江源所在的办公室位于这家七层银行的第三层,是个大办公室内嵌独立办公室的格局。在拉上了百叶窗的半透明独立办公室里,这扇门是唯一能和外界产生连接的地方。

显然,通过这扇门,孙彦君刚才的失态和老总的木然被外面的同事尽收眼底。

他的脸涨得通红,随即快步走到门口,泄愤似的推着门把向前发力。却不料江源的办公室开着窗,门在风的推力下脱离了他的控制，重重地砸向门框，"砰"的一声，发出剧烈的声响。而赢州分行办公楼是租用了一座老楼改造而来的，虽然外表焕然一新，格局充盈，实则经过岁月侵蚀，楼体内部却有着白蚁、老旧等些许问题。这一下，竟然在门框上方震出了一条裂缝，把孙彦君都吓呆了。原本只想不咸不淡地带上门以示抗议，却不想风在作怪，这关门的动作倒真像是怄着气向江源示威了。他转身看着面前的江源，尴尬得说不出话来。

"过来坐吧。"江源好像并没有受到刚才那重重的关门声的影响，语气平和却透着不容置疑的意味，让孙彦君有些压抑。江源瞄了一眼墙上的挂钟："离行务会议还有些时间，把你想说的通通告诉我。"

孙彦君只得坐下，擦了擦头上冒的汗，不安地开口："江总，林长鸣这个客户我认识也已经好多年了，生意一直很稳定，在咱们这酒行业的二批商里算是做得比较好的。这次好不容易愿意到我们这里贷款，就这么放着不做是不是可惜了一点？"他小心地措辞，生怕哪句话用词不当得罪了眼前这位新来的领导。

一个礼拜前，他和同事樊小琳分工协作完成了这笔200万担保贷款的工作事宜。6月以后是各行各业的淡季，他已经半个多月没有一笔贷款产出了，好不容易这个姓林的酒水批发商在这个时候要贷款，他像打了鸡血一样干劲十足。从现场的实地调查、资料搜集，到制定方案、撰写调查报告，甚至征信记录的查询他都亲自操办，满以为能给新来的领导一个不错的印象。岂料今早刚刚把贷款的资料通过系统提交给总经理江源，下午就收到了江源否决的消息。

一盆冷水浇在了头顶，自己亲自督办的贷款一上来就被领导毙掉，让他觉得面上无光，这才跑来江源的办公室询问贷款被否的缘由。说是询问，想想刚才自己急切的心情，口吻更像是兴师问罪，怕是已经得罪眼前这位新到任的部门总经理了。想到这儿，孙彦君额头的冷汗又冒了出来。

"林长鸣，我听说过他，开着辆奥迪 Q7 在市场里很拉风的样子，"江源笑了笑，算是缓解了之前略显尴尬的氛围，他指了指资料里附上的行驶证复印件，"他给他的老婆买了辆尚酷，巧合的是，他的小情人也开着一辆尚酷，你说这家伙是不是有毛病啊。"

江源半开玩笑地随便扯了一句，在孙彦君听来却着实吃了一惊。

林长鸣是当地副食品批发市场里一个卖酒的老板，手上虽然没有一级品牌的代理权，靠着从其他的供货商那里拿货卖货赚差价维持生计，但常年生意稳定，十几年下来也是买了豪宅名车，挣了不少酒水钱。

男人有钱就变坏，这个年近五十的老林也不例外。

前几年，他在外面包养了一个小情人，香车美女一时环绕，好不自在。但这只老狐狸做事一向谨慎，他的老婆至今都没发觉他在外面包养了个小三，更不会想到老林给那个心爱的小情人买了辆跟她一模一样的尚酷轿车。

要不是自己跟老林混得熟，三天两头往他那里跑，林长鸣有情人，甚至情人的车和老婆的一样这个细节连孙彦君自己也不会知道。可眼前的这位老总才刚从上海过来没多久，这么八卦又接地气的信息，他是从哪里知道的？

"我的一个亲戚在市场里卖烟草，"江源像是看出了孙彦君的心思，"上了年纪的大妈大婶，就喜欢议论这些八卦，我找她打听了一下，她就把这件事当作重要情报告诉我了。咱们作为信贷人员，不光要看客户在你面前的样子，也要从侧面了解客户在别人眼里的样子。"

"可就算他在外面有情人，也不见得不能贷款吧？"孙彦君实在想不通这笔贷款被拒贷的理由竟然是因为客户在外面找了小三，"这个老林做了十多年酒水批发，在圈内的口碑一直比较好。至于他的贷款用途，我也在报告里写了，现在天热，欧洲杯快开始了，啤酒销量好，他想多进点酒压货所以才来贷款，我觉得没什么问题啊。"

"他经营时间长生意稳定不假，但要说他这次贷款的用途是去进啤酒，我是不信的。"江源在电脑上点开系统里林长鸣的客户扫描档案，把电脑屏幕旋转了九十度，让面前的孙彦君也能看见，"你看看，这是什么？"

孙彦君站了起来，身子向前倾，歪着头盯着屏幕看了看："库存清单，这有什么问题吗？"

老林的库存清单是孙彦君到仓库问仓管人员要来并亲自核对过的。几年前，有个做布料生意的客户在他这里贷了款，最后还不出钱逾期"跑路"，从此便人间蒸发，贷款也就成了烂账。事后核查，客户在申请贷款之时提供的库存清单和应收账款的凭证都是伪造的，除了几台陈旧不堪的机器，没有一点值钱的东西，只是一个空架子。

自打那时候起，孙彦君便养成了亲自搜集客户资料并核对库存明细的习惯。这次老林的贷款金额虽然不大，但毕竟是没有房产抵押的担保贷款，他在拿到库存清单后更是跑到仓库仔细地核对了一遍，1000平方米的仓库、300多万货真价实的酒水库存，他确信不会出差错。

江源看着他，微微一笑。"他的库存是没什么问题，我也去现场看过，存货是货真价实的，以他这种压货的能力，生意规模确实还行。但是，"他微微前倾，声音高了起来，"你就没发现吗？他过去近一年的库存明细里，绝大多数都是白酒和红酒，几乎没有啤酒。"

孙彦君仔细看了看，确实没错。300多万的库存里，白酒占到了三分之二，光各种款式的贵州茅台就有150多万，而青岛、百威、哈啤等各类啤酒只有几百箱，总价不到10万。按照啤酒薄利多销的模式，利润几乎可以忽略不计，可这能说明什么呢？

"他过往的库存和采购记录表明,白酒是他最主要的销售种类,啤酒的销量却很少。这两类虽然都是酒水,销售的渠道和方式却大相径庭,"江源缓缓抬头,"如果按照林长鸣的这个说法,因为欧洲杯开赛在即需要大量进啤酒,你觉得这些啤酒是卖给谁的?"

"当然是那些酒吧、会所、夜场和KTV啦,这……"孙彦君脱口而出,随即马上意识到了问题。每到夏天,特别是世界杯、欧洲杯、奥运会这类大型赛事举办期间,酒吧、会所、KTV这样的夜场总会生意爆满,一边看球一边畅饮成了喜爱运动的人们夏季夜生活的首选。供应酒水的酒商、开会所或酒吧的老板、开着车满大街跑的送货司机,还有年轻漂亮的女酒托,都在这样的盛事中挣得钵满盆盈,这才是真正的共襄盛举。

林长鸣贷款去进货买啤酒本无可厚非,可问题是,进的这价值200万的啤酒卖去哪里?

上述那些需要酒水的店家大多都找本地的品牌代理商直接拿货,不太可能从林长鸣这样的二级批发商那里进货。一来是固定的供货商不太可能随意变更,二来从二级批发商手里拿货,一部分利润就被二级批发商抽成拿去,价格肯定会略高一些,实在是划不来的买卖。没有听说老林最近拿下了什么品牌的总代理,城区原有的几个大代理商又都稳定,这么说来,老林贷款的用途就有问题了,可是……

"其实这还不是最大的问题。"江源摘下了他的无框眼镜,用手边的面巾纸仔细擦了擦,手在太阳穴上按了按,又重新戴上了眼镜。整个动作完成得很顺畅,在孙彦君看来甚至是,很优雅。

"客户要贷款,除了正常做生意需要之外,还有些诸如装修、投资这样的用途,有时候不方便明说,用购货这样笼统的理由也无可厚非……"

听上去像是在揣度林长鸣以进货的名义来申请贷款的用意,孙彦君不由点点头。

江源继续说道:"如果他是要买固定资产,或者装修房子之类的,这贷款睁一只眼闭一只眼我也就批了,可偏偏不是……"

江源的话还没说完,门忽然开了,一个中气十足又带着些笑意的洪亮嗓音在孙彦君的背后响起:"江总啊,还在找员工谈心呐,该上去开会了。"

听到兴起处的孙彦君懊恼地回过头去,一个大腹便便的中年男子推开门出现在门口。来人四十岁出头,身高接近一米九,是个高而胖的大块头,脸上坑坑洼洼数不清的沟壑褶皱,啤酒肚挺得老大,使得原本应该到腰际的领带尴尬地挂在了半空中。看到他你就明白,什么叫肚子大到低头看不见自己的脚。

孙彦君自然认得他,来人正是小微二部的副总经理刘松河。

自从原小微一部的负责人迟啸远因病辞职以后,行里都在猜测,刘松河不久之后将在小微部门一统天下。中小企业融资难一直是近年来困扰民营经济发展的问题之一,自兴庆银行收购了赢州城市信用社在本地正式开业以来,便整合设立了以吸收存款和发放500万以下的小微贷款为主要业务的小微业务一部和小微业务二部两个部门,彼此相互扶持又相互竞争。经过这几年的发展,凭着不错的客户资源和还算过得去的领导能力,刘松河领导的小微二部一直是行里支撑小微业务发展的尖刀班,直到前年才被新设立的元夕支行超越,而小微一部在老总迟啸远的管理下一直是不温不火,业绩平庸。迟啸远今年更是因为身体抱恙和风险控制等问题而被迫辞职。

刘松河在那个特定的阶段成为暂代两个部门的总负责人以后,关于部门合并的传言便不绝于耳。两个小微部门合并成一个大部门,刘松河通过半年的考察期后"登基上位",成为和元老级的公司二部老总蔡友根平起平坐的大部门老总,在大家的认知观念中,这样的事态发展只是时间问题。甚至连这间总经理办公室都被别有用心的人按照刘松河的喜好精心地布置过，只待有缘人轻驾而来，从此指点江山，一马平川。

但任谁也没有想到，轻驾而来的另有其人。

等正式的任命通知下来，刘松河依然是小微业务二部的负责人，才32岁的江源却作为行外引进的重点人才成了小微一部的一把手。任命的文件一下达，行里瞬间炸开了锅，原本沾沾自喜的刘松河也着实萎靡了一阵子。

现在，这个看似心宽体胖实则气量窄小的二部老总一手握着门把，一手拿着个青瓷茶杯，胳肢窝里夹着本线圈笔记本，笑盈盈地看着江源。江源看了眼墙上的挂钟，朝刘松河不好意思地笑笑："哟，您看我这记性，忙了一阵就忘了时间，让刘总费心了。"

"哈哈，哪儿的话，贵人多忘事啊，还是得我亲自来请你这个部门总经理。"刘松河依旧是那样的笑容可掬，话到嘴边却透着一股酸溜溜的气息。孙彦君想到刚刚刘松河不经敲门就直接推门进来的那句话，看着是叫江源上去开会的好心提醒，却流露出一种看戏般的暗讽心态，言下之意便是"江源你刚来就开始收买人心啦"。而现在他又刻意强调了江源总经理的职位，似乎隐隐表达了一种羡慕和不服。

在兴庆银行的职级评定中，部门总经理的职级划分为总经理助理、副总经理和总经理三档，这三个等级虽然都是主持工作的部门负责人，但在行政职称和福利待遇上却差开了老远。刘松河占着小微二部负责人的位置多年也不过混到了副总经理的职级，而一个空降兵江源不但坏了他统领小微部门全境的好事，现在更是以总经理的身份压过了他一个山头。

占据资历和入行年限双重优势的刘老总竟然位居晚辈江源之后，这显然让这个五大三粗的汉子愤愤不平。

看来，行里有关刘松河暗地里意图排挤江源的传闻并非无中生有，趁他江源立足未稳，杀杀他的锐气也未尝不可。

想到这里，看看江源一脸满不在乎的神情，孙彦君不由得担忧起面前这位32岁的新晋老总了。

"刘总您这就说笑了，什么总不是总啊，不都是为行里打工的嘛。"江源依旧是笑盈盈接着话，玩笑式地把刘松河的戏谑顶了回去。刘松河尴尬地笑笑，憋了半天蹦出一句："走吧，别让老杜等急了。"

"不好意思小孙，我得上去开会了，"江源略带歉意地朝孙彦君笑笑，把桌上装着授信文件的档案盒递给了他，"这是你提交的林长鸣的客户资料，你拿回去再研究研究。我可以告诉你，贷款否决的原因其实就在这堆资料里，看看你能不能从中发现什么。"

江源站起身刚准备走，突然眉头一阵紧缩，不好，老毛病又犯了。他下意识地捂住腹部，伸手打开抽屉取出了一个药瓶，从里面倒出了一粒蓝色的小药丸含在嘴里，又喝下了一大口水，一仰脖子"咕咚"一声将药片吞下了肚，过了片刻，剧痛终于退去。他随即站起身，从容地将西装的扣子扣好，拿起了笔记本和茶杯。

孙彦君也赶忙识趣地站起身，拿着档案盒先行走出了老总的办公室。

江源关上门，跟着刘松河一起往大办公室外走去。

突然，上衣的内侧口袋里振动了两下，手机响了。

江源麻利地掏出手机，滑动，解锁，一条陌生的短信映入眼帘。那上面只有一句话："还有一个小时。"

他微微一笑，抬起头来，目光遇上了一直踮着脚盯着办公室里间探寻动静的樊小琳。

他瞄了一眼孙彦君，明白了什么，会心一笑："小琳啊，孙彦君这小子真是一张快嘴，把我都快辩倒了。我把一些资料给他了，跟着他好好学习啊。"

声音不大,却让整个办公室的人都能听见,他朝孙彦君递了个眼色,随即快步地走出办公室大门,朝电梯口走去。

孙彦君望着江源远去的背影,感激之情溢于言表。刚才他怀着怨气去找江源理论未果又被这么多同事看见,自己很是下不来台,这样的尴尬却被江源的那句话轻松化解了。

"怎么样,新来的大领导没有为难你吧?"樊小琳走到孙彦君身边,关切地问。

"没,只是,贷款还是被拒了。"孙彦君的目光停留在江源远去的方向,淡淡地回答。

樊小琳奇怪了:"你怎么啦?贷款被否了怎么好像一点也不难过。"

孙彦君回过神来,抱歉地朝樊小琳笑笑:"虽然贷款被拒了,但我觉得应该是我们的问题吧。"

他顺势用手拍了拍樊小琳的肩头:"离下班还有一个小时,你跟我到隔壁的洽谈室去,我们再好好把资料理理,看看能不能找出江总拒贷的原因。"

他没注意到,樊小琳抚摸着肩膀上被他拍过的地方,脸颊上泛起了两朵红晕。

此时的孙彦君,思绪已经飘向过往,想起了不久前偶然经历的一件事。

第二章
耐人寻味的会议

"姐，你说老杜一定是花了很大的代价才把江源挖过来的吧？他那种大城市里银行圈子的精英翘楚，怎么会委身屈就于我们这种小地方的小银行呢？"

一个女人的声音响了起来，在这间空旷的活动室里，这样的女声显得尤为动听。孙彦君费力地猫着腰贴着地躲在吧台的后面，手上隐隐作痛的伤口多多少少分散了他的注意力，却还是听出了她的声音。这个爱把行长杜建舟称为老杜的女孩，言语里透着活泼和俏皮，肯定是人力资源部的女神朱慧怡。

这是一个多月前的一天中午，饭后的孙彦君来到五楼活动室里泡咖啡。

兴庆银行的硬件设施一直不错，这间员工活动室不但有台球桌、乒乓球桌、图书架，还有文艺男生非常钟爱的小美式吧台和高脚凳。有别于其他同事午饭过后在休息室午睡的习惯，自从发现了这片其他人不太爱来的新大陆后，这里便时常成为孙彦君一个人的天地。午饭后来这里泡上一杯咖啡，坐在高脚凳上翻翻杂志看看新闻，这样的感觉别提有多美妙了。

但是，这两天严重热感冒的他手脚有些不听使唤，拿着刚泡好的咖啡，手竟然不住地哆嗦，溅得吧台上满是咖啡渍。自助吧台是无人看管的，按说放着不管也没什么大碍，但孙彦君想想觉得不妥，又拖着病体从吧台的远端拿来了干抹布，却不料没擦几下，手肘碰到了咖啡杯，杯子从吧台上掉了下去，"啪"的一声摔得粉碎。这下好了，连地上也都是咖啡渍和玻璃碴儿，孙彦君懊恼地捶了一下吧台的大理石台面，绕到吧台里面，蹲在地上打扫散落一地的玻璃碎片。

感冒上身，手脚就是不利索，笨手笨脚的孙彦君不小心被一块碎玻璃割到了手指，鲜血汩汩流出。他正在懊恼，活动室的大门却"吱呀"一声开了，高跟鞋着地的声响由远及近。他想起身打个招呼，又觉得满手是血突然出现有些不妥，索性就着吧台的遮挡，猫着腰躲了起来。随即，他便听到了方才朱慧怡的声音。

而她口中的江源，会是谁呢？

"我更希望他是在另一种情形下回到这里的……"朱慧怡的话语落下去好一会儿，另一个声音响起。

"回到这里？他原来就是兴庆的吗？我怎么记得他在上海的时候是民宏银行的人啊。"朱慧怡疑惑地问道。

"你理解错了，他是嬴州人，所以现在算是回家了吧。"

还没等她说完，朱慧怡惊讶地打断她："噢，对了，我想起来了！他也是江州财经大学的，这么说来，他跟你是校友喽？我记得他的档案里写着今年32岁……他不会跟你是同学吧？"

"呃，算是吧，不过没有说过话，只是知道他。"

"那要照这么说，他和……也是同学吧？"朱慧怡的声音断了一下，仿佛触及了什么难以言表的话题，欲言又止。孙彦君的心一下子揪了起来。一个大机构在本地运行很多年，内中不可告人的秘密也逐渐多了起来，但要说起这个行里大家都避而不谈的人和话题，难道是……"

"好了，别八卦了，拿好书快走吧。"另一个声音答非所问地催促着。随即传来了一阵从书架上拿书的声音，活动室的门被关上了，高跟鞋的声响渐行渐远……

她们走后好久，孙彦君才站起身。他的神色凝重，保持着之前的思考状，缓缓地踱着步。忽然，他回过神来，剧烈地咳嗽着，不住地用手掌拍打着胸口，丝毫没注意到手上的血已经让胸前雪白的衬衫缀上了殷红的血点子。

他依然在回想着刚才听到的讯息。

朱慧怡是人力资源部的行政助理，人事异动的信息自然是她第一手掌握着，照这么看来，一位大人物就要来了。能够让行长杜建舟亲自请来的大人物，想必不是什么小角色吧。他摸了摸已经止住血的手指，脑海中回荡的依旧是刚刚她们提到的那个大人物的名字：江源？

"嘿，在想什么呢？发呆成这样。"

银铃般的声音响起，将孙彦君从沉思中拉回了现实。此刻，樊小琳已经拉过来铁质的白板，将林长鸣的客户资料一张张用磁铁按在了白板上，从身份证、户口本、房产证、车辆行驶证，再到林长鸣的营业执照、银行流水，所有的资料一应俱全。

"银行流水的进出核查过了吗？"孙彦君问道。

"核查过了，汇款方大多数都是他的上下游客户，取现金的银行网点也在市场附近，应该不存在流水造假的问题。"樊小琳的回答干脆利落，却字字切中要害，让孙彦君不由得点头称赞。

兴庆银行其中一个客户群方向是小微企业。由于没有完整的财务报表，它们的经营资金就必定要用银行卡作为收支的载体。所以，当这类以中小企业和个体工商户为主的客户群在申请贷款时，都会被要求提供自己主要的银行进出账作为销售额核算的重要依据。

信贷员在接触客户的过程中，经常会遇到那些夸夸其谈满嘴跑火车，事实证明却名不副实的客户。试想，一个自夸年销售额有1000万的客户，拉出的银行流水单上收到的钱屈指可数，几乎看不到与其销售额匹配的资金进出，又怎么能证明他的销售额确有其数呢？

但即便是流水单上交易额丰盈，也不能确保万全。为了获取贷款而伪造流水单的客户大有人在，有的改动数字，有的在自家的电脑上做份假流水，有的甚至还煞有介事地在造假的流水上盖上了刻有银行字样的"萝卜章"。

而就在上个月，一个伙同资金中介造假流水的客户，因经营恶化、贷款逾期而"跑路"，他之前造假骗贷的手段堪称一绝。为了骗取贷款，他没有采用传统的那几种低劣的方式瞒天过海，而是找上了资金中介，在支付了一定金额的报酬之后，资金中介开始大批量地往他的账户上打钱，又大批量地将资金划走。在几个月的时间里，他真实的交易金额几乎为零，银行流水资金进出却增加了好几千万。这种将流水弄得漂漂亮亮、实质经营却是一摊烂泥的手段竟然真的瞒过了信贷员的火眼金睛，让他濒临倒闭的老式纺织厂又苟延残喘了好几个月。

"江总真的说问题就出在这些资料里吗？我真的没看出什么问题呀。"经过一番仔仔细细核对，甚至连婚姻关系、法院的案件记录都做了查询，却仍看不出任何的问题，樊小琳沮丧地瘫坐在了椅子上，揉着太阳穴。

孙彦君却没感觉到任何疲惫，他的双眼在一大堆资料间来回地扫视着，一遍、两遍、三遍……终于，他的目光落在了一份协议上。

他拿起这份协议细细地看着。那是一份条款完整的购房协议，根据协议上的描述，林长鸣于2014年花大价钱在赢州临近的清远县买了一栋山庄别墅，面积400平方米，价格在200万左右。用他的话说，这是他退休之后养老度假所用。

"购房协议？这有什么问题吗？"樊小琳从凳子上直起身来，盯着协议疑惑地问道。购房协议虽然没有房产证的要素，却是房产过户的重要凭证，完全可以纳入资产的统计范畴。

"还不知道，但是，"孙彦君犹豫了一下，"这是唯一一份我没有实地核实的资料了。"

"实地核实？你的意思是？"

孙彦君没有回答。他久久地盯着白板上的资料，难道这里，真的有问题吗？

"今年二季度的存款较上年环比增长较慢，远低于去年同期，各部门要引起重视啊。"

行务会议上的杜建舟语调低缓、深沉，却透着商量和劝导的口吻，仿佛一位循循善诱的老者，而非这家存款在50个亿以上的股份制银行的一把手。江源有些疑惑，这个年近五十、一头白发、戴着金丝边眼镜、看似没有什么领导架子的和蔼长者，真的会和那件事有关吗？

这是杜建舟以分行一把手的身份从总行调到这里的第三个年头了，对于他本人而言，这也是最为关键的一年。近几年来，这家外来的商业银行在经济并不发达的赢州市根基渐稳，但业绩却呈现出逐年下滑的趋势。在去年的全行评比中，赢州分行的综合评分在全行28家市级分行中名列第16，第一次下滑到了第三梯队。

不同于国有或者地方政府控股银行那种机关单位式的机构，兴庆这样的股份制商业银行尽管有政府的参股，实际的控制人却是私人老板和财团机构。在这样以盈利为第一目标的商业银行工作，业绩增长永远是悬在头上的一把达摩克利斯之剑。对于杜建舟这样从总行调来的分行一把手而言，要么离开这里，到更安逸的地方工作，要么，努力在当下，等待有一天能够做享受红利的主人。

所以，这一年对于杜建舟而言无比重要，倘若扭转目前的颓势，他大有可能调回总行进入董事会，从此一马平川，仕途坦荡。而如果不能采取措施，有效遏制分行目前业绩下滑的颓势，不但进入董事会的计划泡汤，他分行一把手的位置，也有可能不保。

南州分行的前任行长林峰就是活生生的例子。那位年富力强的一把手，在下派到南州的三年里，因为无法止住持续爆发的不良贷款，最终被强行调离岗位，发配到其他地区筹建村镇新机构去了，从此天涯海角，归期无望。

不想步林峰后尘的杜建舟，显然也想做出一些改变来。这几个月来，一向不闻窗外事的他四处招兵买马，整个赢州城各家银行名声在外的出色员工，近期都接到了兴庆银行的挖角电话。

"也许正是因为这样，我才能这么顺利地进入这个是非之地吧。换在其他时候，这样跨越地区的人才引进，怕是没这么容易了。小晗，也许真的是你冥冥之中的相助。愿上天助我，让我得偿所愿，为你沉冤昭雪。"

想到这儿，江源的心口又一次隐隐作痛。

眼下，每月召开一次的行务会议已经进行到一半。议程烦琐、枯燥，无非是各个部门和支行的负责人按部就班进行着工作汇报，然后各分管行长提点评和要求。期间总有些部门老总不适时宜地就所在部门业绩的下滑给出自己看似充足的理由，什么经济形势不好、他行贷款利息优惠、知名度在本地不够，等等，无一例外，都被强势而霸道的副行长李云坤顶了回去。

"专做小微贷款的泰融银行这两年发展势头很猛，已经大有赶超我们的势头。稠城银行这两年也在转型做小微贷款，看看他们今年的业绩和不良率，转型也很成功嘛。可是我们呢？我们有什么拿得出手的优点吗？"每次开会，李云坤的霸道模式总会开启，言辞激烈得让人喘不过气来。

而相对应的，杜建舟则永远语气平和。"希望各位老总打起精神来，为了全年的满堂红而努力，多向先进学习，"他依旧在老生常谈地说这些看似鼓舞军心的话，看着面前的众人面面相觑无精打采，随即话锋一转，"比如，咱们新来的江源老总，刚刚到任不到两个月，就完成了3000万的存款新增。"

在江源而言，3000万存款，对于在上海金融圈摸爬滚打超过5年的他来说并不是什么难事。看到众人的目光都投向了自己，其中夹杂着羡慕、嫉妒、不屑或认可，他无所谓地笑了笑。他不远万里筹划一年来到这家银行可不是为了博取这群人认可的。他有一个更深层的目标，正是这个目标，让他做出了放弃远大前程只身回乡的决定。

突然一阵急促的敲门声响起，接着，会议室的门几乎是被撞开了，一个身着银行制服的小伙子冒冒失失地闯了进来。他的额头上冒着汗，脸涨得通红，深蓝色的领带勒着他的脖子让他几乎喘不上气来。他略过了所有人，神色焦虑地径直跑向了杜行长，而对面正在侃侃而谈的零售部老总夏祺宣思路被打断，一脸不快的样子，愤愤地瞪着来人。

江源认得他，这个慌里慌张的小伙子身高一米八，长得英俊帅气，正是一楼营业部的大堂经理林旭。

只见他来到行长跟前，低头在行长身边耳语了几句，距离太远,江源听不清对方说了什么,却隐隐地读懂了他的唇语。他看见杜行长的脸色"嗖"的一下变得煞白,而林旭的嘴型分明说的是:"出事了。"

第三章
裸贷风波

"这已经是我市近三个月来发生的第6起特殊类诈骗案件。"

杨霖按动着手中的遥控笔,将幻灯片从前一页的金融类案件统计数据向后翻,画面上出现了一张女孩的照片。她的整个面部被打上了马赛克,在场的人看不清她具体的容貌。但从面部的轮廓可以依稀地辨认出,这应该是个五官清秀、容貌姣好的女孩,年纪不会超过25岁。

然而,面部只占到整张照片的一半。女孩的一只手握着一张卡片大小的证件举在胸前,证件的细节和女孩的身体同样被条纹状的模糊效果隐去,从轮廓和样式看,这应该是一张身份证,而在身份证的下方,是女孩的胸口。

在场的所有人都发出了一声惊呼,纷纷交头接耳起来,整个会场瞬时由原先的死寂变成了闹哄哄的景象。

"我之所以称之为特殊类,"杨霖顿了顿,语气变得深沉起来,他深深地吸了一口气,艰难地吐出了一句话,"是因为这类案件有个时下非常流行的统称,叫裸贷。"

人群中的骚动越发激烈。

所谓裸贷,是指借款人在和一些非银行类的金融机构进行借款时,以借款人手持身份证的裸体照片替代借条,从而获取贷款的交易行为。

这一类贷款的借款人多为在校读书的女大学生,手中的零花钱不够了,需要添置个新手机了,出去旅游购物没钱了……形形色色的贷款用途金额小开销高,无法从银行这样的正规渠道获取贷款,于是抱着试一试的心态联系那些标榜为快速放款、利息优惠的网络贷款平台。

显而易见,放贷机构多是不合法的地下放债公司,混杂着裸贷这样的贷款行为,并且利息高得吓人。当借贷人发生违约时,放贷人便会以公开裸体照片和与借款人的父母、校方、同学、亲戚联系为要挟逼迫借款人还款。

可以想见,一旦发生借款逾期,法律意识淡薄的女大学生面对将自己裸照牢牢把持在手的催收人员,将会是怎样一番痛苦景象。

"照片里的女生姓叶,24岁,就读于本市的师范大学。她因为做微商缺少启动资金,在国内某裸贷平台上贷款3万,对方提出的要求是,必须上传手持身份证的裸体照片。"

人群中发出了一声唏嘘。

"这种照片放在这样的场合是不是有些不雅啊?"一个严厉的女性嗓音,清亮而不满地回响在会场中。杨霖顺着声音的方向望去,看见会议桌远端的位置上,一位中年妇女义正词严地说道。

她一头大波浪的棕黄色卷发,穿着标准的工作制服,手上戴着个精致的玉镯。尽管已是40多岁的年纪,仍是半老徐娘,风韵犹存。

"抱歉,金行长,让您看到这样的场面实在是对不住。"杨霖朝她抱歉地笑了笑。

他认得眼前这位叫金娟琴的当地农村信用联社的女行长，也知道她家中有一个年纪与画面中的女大学生相仿的宝贝女儿，去年刚刚参加完高考，并以优异的成绩被上海的重点大学录取，此刻想来是想到了自己在上海读书的女儿而对这PPT中的女孩产生了同情吧。杨霖随即把PPT切换到下一张空白的页面，继续介绍道："在座各位银行的朋友们试想，金行长一个与这女孩并无瓜葛的陌生人看到这样的案件都会心疼。可以想见，一旦贷款出现问题，这些受害的花季少女的家庭会经历怎样的痛苦。"

"可是发生这样的事件是学校、公安和金融监管机构需要引起重视的，跟我们银行又有什么关系呢？"另一家银行的与会代表有些不满地嚷着。他说话粗声粗气，似乎是在表达浪费大好时光参加这次联席会议的愤慨。在场的很多人都下意识地点头称是，现在已经是初夏的六月时节，对于银行来说，等同于期中考试一般的半年度业绩核算即将到来。在这样繁忙的关键时刻，这群银行大佬从各自的岗位上抽身出来，听公安人员就这样看似与自己毫不相干的案件侃侃而谈，刚才的质疑引起了在场很多家银行代表的共鸣。

这是在赢州农村信用联社办公大楼的会议室里举办的，银行与公安就风险防范所召开的联席会议。摆着长条桌的会议室座无虚席，参加这次会议的除了公安经济犯罪侦查科的警员杨霖，还有本市各家银行的分管行长和银监会的高层领导。近年来，随着各类金融类诈骗案件在我国的持续升温，各省市纷纷召开由公安、银监会、人民银行牵头的防范金融诈骗风险的联席会议，希望能从银行这个层面防范各类金融诈骗案的发生。

"这桩案件，看似和银行没有直接的联系，但经过我们公安干警深入调查，事实却并非如此。"杨霖手中的遥控笔轻轻一挥，幻灯片朝后翻了一页，一张略显模糊的彩色照片出现在大家眼前。画面中的场景看似是一家银行的一楼办事大厅，半圆形的前台接待处，一个身着粉色连衣裙、扎着马尾的少女正半趴在前台的大理石桌面上，看她的身体姿态好像是在向前台咨询着什么。而前台里一名穿着白衬衫戴着红色欢迎绶带的银行员工，头也不抬坐在凳子上。

画面的右上角一串数字"2016.04.12.15：38"，显然这是一串时间的刻度。

"相信大家都看出来了，"杨霖清了清嗓子，遥控笔射出的红外线光点落在了画面中的女孩身上，"这是一张我市某银行柜面大厅的监控录像截图，画面中的女孩正是本案的借款人小叶，她于2016年4月12日的下午3点38分出现在这家银行的大堂。根据我们掌握的资料，她从银行离开后的当天晚上，就在网上申请了裸贷。"

台下跷着二郎腿的几位与会者不由坐直了身子，一个花白头发的男人下意识地整了整胸前的西装扣子，质疑道："杨警官，你是在暗示这个女孩的裸贷案与这家银行有关吗？"

"不是暗示，而是有确凿的证据。"杨霖的声音洪亮了起来，"我们网监的同事查找到了小叶的微信聊天记录和个人日记。根据其中的记载，小叶在前一天的晚上联系了裸贷机构，第二天下午，她去了银行，目的是想要咨询一下，这样的放贷机构是不是真的，可不可以在上面借钱。"

他顿了顿，脸上的表情变得灰暗而无奈起来："而画面中那名始终低着头的银行大堂经理不耐烦地告诉她，银行不受理她这样还没工作的小客户，至于网上的那些贷款机构，自己去试试就知道了。"

在座的很多银行女职员不约而同地发出了一声惊呼。杨霖叹了一口气，继续说道："缺钱这种事情，大概不好意思跟家里人和同学开口，一个学艺术的女大学生，对借钱贷款还没有基本的概念，在她的认知世界里，并不知道裸贷的操作是否违法违规。她只知道，银行是这方面的专家，从专家嘴里说出来的话肯定没有错。于是，当天晚上,她就在那个平台上申请了贷款。"

　　所有人都安静了,他们正襟危坐,仔细地聆听着后面发生的事情。"后来,这个并不懂得经商的女生,几个月的贷款利息便高达8万多元。偿还不起,贷款机构威胁要公开她的裸照信息,找到学校和父母。她心理压力太大,精神崩溃,最终于半个月前,从老家的阳台上跳楼自杀。"

　　杨霖平静地陈述完这件令人惋惜和愤懑的事。他努力不将感情因素掺杂其中,脑海中却仍不时地闪过他目睹的那一幕幕场景:小区地面上飞溅的血迹,女孩母亲哭天抢地的哀号,贷款机构叫嚣着合法无罪……他的脸上依旧没有表情,手却不由自主握紧了拳头。

　　"就算是这样,仅凭这个女孩的一面之词,也不能证明这起案件跟银行的工作人员有直接的关联吧?"一个声音不合时宜地响起,众人纷纷不满地回过头去。一个不到四十岁的青壮年男子在长桌的末尾满不在乎地嚷嚷着,似乎在替画面中那名没有对普通大众尽到解释义务的银行职员开脱。

　　的确,在事后公安的案情分析中,银行工作人员的不作为和少女的香消玉殒确实没有直接的联系。但要从逻辑上推演,大堂经理的不作为从客观上成了少女铤而走险的助燃剂。

　　"单就这起案件而言,确实没什么直接的联系,"杨霖强压住内心的盛怒,愤愤地将按钮按了下去,大屏幕上的幻灯片又前进了一页,"但下面这起案件,你觉得有没有联系?"

　　他的语气中充满着杀气,眼中两道寒光,直直地射向了刚才说话的中年男子。

　　对方显然没有想到一句无心之言会换来杨霖这么大的反应,不由打了个冷战,轻轻地嘀咕了一声"发这么大火干吗",随即躲开了杨霖的直视,逃避似的将目光投向了大屏幕。但几秒钟之后,他的眼睛一下子瞪大了。

那是一段微信的聊天记录截屏,大概是为了保护隐私,聊天双方的微信名字都被隐去了,却隐不去聊天内容的触目惊心:

"磊哥,在吗?"

"在,又有好生意介绍了?"

"是呀,这次是个女大学生,21岁,肤白貌美。"

"是吗,她想贷多少?能成不?"

"大概两三万吧,看她的样子要得挺急的,有戏。"

"行吧,你把她的手机号发来,我让下线跟她联系看看能不能行。老规矩,事成之后,分你10%的佣金。"

"得嘞,谢磊哥,她的号码是……"

"这是什么乱七八糟的?"刚才那位雷厉风行的金姓女行长愤愤地问道。这样粗鄙低俗的对话显然让她很是愤慨。

在场的人也纷纷议论起来,他们看着这段没来由又有些暧昧的聊天记录,纷纷交头接耳,会场一时间变得喧闹不已。

"这是不久前我市经侦支队参与调查的另一起金融案件,牵扯出一名混迹多年的资金掮客,我们于上月的18号依法将他逮捕,从他的手机里,我们找到了这段聊天记录。根据他的交代,通过介绍,他联系上了一个想要贷款的在校女大学生,并把她推荐给做裸贷生意的下家,最终这个女生在裸贷平台贷款2万,他从中收取了中介费。与之前那个案件不同的是,这名女生的下场好一些,家里人凑齐了利息钱最终还上了贷款。但是,据这名资金掮客交代,这个聊天截屏中将女大学生的信息及联系方式透露给他的人……"

杨霖顿了顿,似乎是欲言又止,他的语调变得低沉而缓慢,迎着台下那一双双好奇而疑惑的目光,怅然地说出以下的话:"是本地一家银行的一名客户经理。"

会议室一片哗然,在场的所有人都惊讶地瞪大了眼睛,他们明白眼前这个身材中等、体格瘦削的年轻警察所表达的含义。如果说第一起裸贷案是银行大堂经理的无心之过，那么在第二起裸贷案中，银行工作人员所扮演的，则是彻头彻尾的策划者。

"不仅如此，据我们掌握的线索，这名客户经理利用职务之便，长期与本地的各个民间中介机构和资金掮客合作，将大量的客户信息透露给它们并从中牟取暴利，在侵犯客户个人隐私的同时，严重扰乱了本市的金融市场秩序和社会安定。"

杨霖清楚地记得他们从银行里将那名客户经理拷走的场景。那个刚过35岁就秃了顶的精瘦男子一脸的茫然和惊恐，苍白的脸上透着无辜的神色，却掩饰不住双眼里一丝狡黠的余光。从他的保险箱和电脑里，杨霖搜出了大量他与中介合作、利用职务牟私利的物证：

一笔笔收取客户返点的账目被做成精细的报表，一份份推荐给中介的客户隐私资料按照性别和年龄被有序分类排放，每一条现金或者转账的收支都被清晰地记录在案，保险柜里摆放着的十几个同一家银行的网上银行U盾则表明他在明目张胆地代理客户进行资金的划转操作。而最让人愤慨的，是他在电脑里保存着大量女大学生裸贷的照片和联系方式。

"这样的人渣是哪家银行的？怎么早没有查出来！"没等杨霖介绍完案情，那位金行长又扯开了喉咙大声地质问道。在场的其他人也是义愤填膺，这样有伤风化的恶性事件祸起于银行内部，祸起于老百姓放心地将自己一辈子的积蓄存进的金融机构，这实在是让人无法接受。

"我们在事后也对他的直管领导进行了传唤讯问。其实这名客户经理和中介的合作由来已久，他所在银行的内部审计人也有所察觉。只是碍于他手中握有的客户资源和不错的业绩，他的直管领导始终对他的行为睁一只眼闭一只眼，所在机构的全面审计也对此有所隐瞒，才让他在操作上变得越来越肆无忌惮，造成了今天这样难以收场的局面。"

杨霖的言语中透着无奈，他知道这样和资金中介有过合作的客户经理在某些银行里大有人在。他们和潜伏在各个社会阶层的资金掮客一起，用常人不可察觉的手段腐蚀着金融市场。

时钟的指针划过了下午5点，漫长的会议终于结束了。这场原本枯燥乏味、走过场的公安与银行的联席会议，在两起裸贷案的刺激下变得意义重大起来。农村信用联社的女行长金娟琴甚至亲自将杨霖送到了门口，一面控诉这个世态炎凉的复杂社会，一面表态似的承诺将加强员工风险防范意识。

杨霖配合地寒暄着，心里却有种如释重负后的空洞。虽然实际案例的现身说法暂时引起了各个银行本想草草了事的大佬足够的重视，但仅仅一场说教警示的联席会议，又能让以盈利指标为第一要义的这些人，树立起多少的意识和决心？

他并没有振奋的快感，却突然想起了去年兴庆银行的那个案子。他是那么不敢相信眼前发生的一切，那么穷尽自己所能想要揭开谜底，那么不眠不休地把自己关在房间里面研究着看似铁一般坚固的证据链，却始终没有下文、没有结果……

口袋里的手机突然振动了起来，把陷入沉思的杨霖拉回到现实中。他掏出手机一看，来电显示是同事佟洲，对了，这个调去做民警的家伙不是说好来接自己的吗，怎么还没到？他接起了电话，里面传出了佟洲急促的声音："霖哥，不好意思不能去接你了，刚刚接到报案，兴庆银行发生了聚众闹事事件，可能有黑社会参与其中，我得赶去现场看看。"

兴庆银行？又是这家兴庆银行！

杨霖感到全身的血液一股脑地往上涌，他来不及多想，对着手机话筒简单说了句："我也过去看看，咱们到那里碰头。"

他匆匆挂了电话，提起手提包快步向兴庆银行的方向奔去。一边跑,他的脑海中一边闪过一年多前那位故人,清澈的双眼、秀气的容貌以及满脸的哀怨和求助……

他加快了步伐向前奔去,把呆立在原地不明所以的金行长丢在了身后……

第四章
银行闹事者

行务会议被迫中断了！

在江源这些年参加过的大大小小几百场银行会议中，这还是头一次遇到会议进行到关键部分却戛然而止的情况。

他看到身边的几位老总翻看着手机里的信息，表情由疑惑渐渐凝重。更多的人则是手足无措地交头接耳，而对面的三位行长更是争执了起来，随后把目光齐刷刷地投向了蔡友根。

看来，当下发生的事情，显然与这位公司银行部总经理脱不了干系。

江源望着蔡友根，在半个月前他刚入行的中层欢迎会上，他便对这位兢兢业业的老黄牛式的元老印象颇深。

这位刚刚四十出头的公司银行部负责人，自入行以来一直勤勤恳恳地工作，老黄牛一般呕心沥血，鞠躬尽瘁。曾经一头黑发年富力强的他，现在已经熬成了两鬓斑白。他知道蔡友根的压力不仅仅来自于业绩，更来自于对不良贷款的控制和清收。

这些年,随着市场行情的持续低迷,本市诸多大中型企业都不可避免地遇上了资金问题。经营恶化、周转不灵甚至濒临倒闭的企业比比皆是,这样的外部现状自然害苦了贷款给他们的银行。而在兴庆银行内部,主管公司业务的老蔡和他领导的公司银行部自然是头号受害者,今年一季度至今,又有近4000万的不良贷款风险暴露。这个部门曾是行内创利盈收的重点,但现在已是强弩之末,曾经人人都想分一杯羹占一个山头的公司银行业务,当下已经坐在了火山口上。

现在,这位和大家一样不知所以的蔡老总战战兢兢地站起身,在杜行长的招手示意下小跑着来到他身边,侧身竖起耳朵仔细地听着几位行长对他说的话。还没听完,他的脸色就瞬间变得煞白。

他惊恐地望着几位领导,颤抖的双手不停地交叉揉搓着,仿佛遭遇到了晴天霹雳,不知该如何是好。

"各位老总,现在有一个突发事件。"一道洪亮的嗓音打破了会议室凝重的氛围,大家都在等待杜行长的解释和指示,但在所有人疑惑的目光中,站起来说话的却是副行长李云坤。他清了清嗓子,推了推鼻梁上有些滑落的黑框眼镜,中气十足地说:"公司部收贷的客户,万隆房产的员工带着一帮民工正在楼下闹事。"他顿了顿,看着下面人的反应。

会议室里爆发出一阵不小的惊呼,临近窗户的几人甚至已经趴到窗前将目光对准了一楼大门。客户带人来银行闹事,是对银行应急预案体系的巨大考验,如果处理不当,会对银行的正常经营和声誉造成极大的影响。各个部门的老总面面相觑,不知该如何是好。

只听李副行长继续说:"经杜行长和我们几位行班子成员研究决定,行务会议暂停,各位老总和支行负责人立刻跟我到楼下和对方进行交涉。"

他侧过身,俯视着在他边上的杜建舟:"杜行长,您是一把手,不到万不得已不适合直接出面。请您先回避一下,我们先到一楼去看看情况。"

他又把目光投向一脸慌张的蔡友根:"老蔡,你是当事人,你也回避一下。"

会议室里的气氛缓和了不少,人们都向这位主管风险的分行副行长投来了赞许的目光。从和行班子同一时间获知客户闹事的信息,到极短的几分钟内迅速拿出应急措施,甚至主动请缨直接面对闹事者,李云坤所表现出来的镇定自若和自我牺牲完全是一家之长般的存在。

此时的杜建舟却面露难色,额头紧皱成了一个"川"字。他站起身,犹犹豫豫地开口:"好吧,就依李行长的意思办,大家一定要注意安全。"声音不大,也就刚刚能让会议室里的人听见,好像显得底气不足。

他还想说什么,微张着嘴,下嘴唇颤抖着,仿佛要对刚才发生的事情做出自己的判断和控制,话到嘴边却欲言又止。

"时间紧迫,你,你,你,还有你。"不等陈行长发话,李云坤又开口了,他伸出手指点了几个老总,语气显得霸气十足。江源注意到,李云坤点的都是人高马大的精壮汉子。

"你们几个大块头跟我乘电梯下去,其余的人走楼梯去一楼,带上手机。杜行长,"他把脸转向杜建舟,刚毅的脸上掠过了一丝轻松的表情,"您去办公室稍作休息吧,等我的消息。"

江源敏锐地感觉到,这场实际状况都尚不明确的突发事件,无形中已成了一把手和二把手之间政治博弈的工具。

越是在这样的突发情况下,能够当机立断做出决策并冲在最前的领导往往越能获得下面人的尊重。李云坤的当仁不让在面上是替大领导分忧,让一把手回避而自己面对挑事客户所带来的未知风险,实则是无形中利用这样一次危机事件进行了暂时性夺权,取代杜建舟成为发号施令的那个人。

更重要的是,这样越俎代庖的行为细细想来其实风险极低。如果和闹事的客户交涉不成功,大不了再把这个锅甩给杜建舟就是了,毕竟这样的恶性事件如果解决不了,一把手肯定是第一责任人。由杜建舟出面是天经地义的事,还轮不到自己背锅担责,自己挺身而出堵枪眼的行为倒可以在行内攒足口碑。

相反,一旦交涉成功,闹事者退去,危机解除,他李云坤便成了力保城池不失的首功之臣。临危不乱,功高显赫,从此民心所向自是不在话下,这样以后再下什么命令就显得名正言顺。

这实在是一招正反皆有胜算的好棋。

而站在杜建舟的角度考虑则完全不是这样。作为行里的一把手本就做不到事必躬亲,在银行这样体格庞大的机构里做事,将不能在本级消化的事件往上推是常有的事。外面闹事的客户具体情况尚不得而知,没有必要冒冒失失地冲在前面,万一自己解决不了,难道还把责任往总行推吗?派一个二把手去打探下情况本无可厚非,要是解决不了,大不了自己再出面上演一出"天降甘霖"不就好了。

可坏就坏在还没等杜建舟理清思绪,李云坤就抢在他跟前来了个主动请缨,打破了他运筹帷幄、决胜千里的如意算盘。这样非但显得杜建舟处事优柔寡断,更是让李云坤的形象变得高大起来,这显然是一心想要巩固一把手位置的杜建舟不想看到的。

如此看来,就这一次的博弈对垒而言,李云坤无疑已经领先杜建舟一个身位了。

也好,你们斗得越厉害,越无暇顾及我的动作了。江源暗想。

"这个万隆房产是公司部的一个客户,在银行贷了大概8000万,今年开始这个房地产公司资金吃紧,家家银行都在担心这个公司可能会有逾期的行为。老蔡一合计就把人家的贷款给收了,直接导致人家资金链断裂，工地停工，公司也面临破产。所以这几个月万隆的老总经常来和老蔡交涉，估计是没有谈拢吧，现在又带人来闹事了。嘿嘿，这个老蔡，你说他当初把这样的垃圾客户做进来干吗，弄得自己一身骚不说，还连累了大家，真不给行里省心。"

从五楼下到一楼的路上，刘松河把万隆公司闹事的前因后果都和江源简单地叙述了一遍，说是叙述，话到嘴边却总有股酸溜溜的味道。他并没有发现江源的眉头微微皱了皱，对他这副幸灾乐祸的样子很是不屑。

沿着安全通道，江源跟随大部队从五楼匆匆向一楼奔去，推开木质防火安全门径直来到一楼的营业大厅。老远就看到一群人围聚在大厅门口，大声喧哗着什么。

大厅的尽头摆着一尊帆船雕像，象征兴庆银行上下同舟共济的美好愿景。

在这座城市开业的第八个年头，兴庆银行在赢州市老百姓当中已经挣得了足够的口碑。每天来存钱取钱办业务的顾客络绎不绝，渐入盛夏的一楼大厅常常人头攒动，氛围火热，即使打足了中央空调的冷气仍感觉热气腾腾。即便如此，你恐怕也很难想到这个大厅里能同时容纳下这么多的人，江源甚至觉得这里不像是银行，倒像是年关将近大军归巢的车站候车室。

他穿过隔着防弹玻璃的银行柜台，向大门口走去，看到防弹玻璃里面戴着丝巾正襟危坐的柜员们。清一色眉清目秀的小姑娘，一双双水汪汪的大眼睛直勾勾地看着外面发生的一切，眼神里透着惊恐和哀怨，一双双纤细娇嫩的手不安地揉搓着，不知道该放到哪里。

那些和自己擦肩而过的人脸上也是同样的惊恐和好奇，他们或驻足张望，或向拥挤的人群奔去。其中有个从那群人中间挤出来的老太太慌慌张张地往反方向跑，一边跑一边用本地话冲着柜台的方向喊道:"出事了,出事了,这银行要关门了。"

她径直冲到柜台面前,拽起一个刚掏出钱准备往柜台里存的老大爷就要走。里面的柜员准备接钱的手停在了半空中,尴尬地只来得及说一声"请慢走……",这两个神色慌张的老人家就飞快地向后门奔去,把柜员的后半句"欢迎下次光临"甩在身后。看这架势,他们大概是再也不会光临此地了。

"怎么会闹成这样?"刘松河惊讶地感叹,来不及多想,江源已经来到了人群边缘。

百十来个头戴安全帽、脚穿解放鞋、身着工作服、面容黝黑的民工聚集在这里,乌泱泱地将整个大厅的前门围了个水泄不通,其中夹杂着叫喊声、谩骂声和些许哀怨的哭声,整个前门大厅乱成了一锅粥。

方才还在会议室里指挥若定的李云坤和他钦点的几位健壮的中层领导已经先行抵达了现场,正在和对方的带头人交涉着什么。对方显然情绪激动,他们以扇面的形状逐渐向李云坤他们围拢过来,你一言我一语,夹枪带棒地攻击着。

这样在银行聚众闹事的事情并不罕见,江源还在上海民宏银行做客户经理的时候就目睹过。三年前,正逢"十一"国庆前夕,民宏的一名客户经理在上班途中撞伤了一位骑电瓶车的老人,送到医院抢救确认老人暂无生命危险后,他给部门老总打电话汇报。老总听说被撞的老者已经在医院抢救后便没有多放在心上,既没有按照流程上报行领导,也没有嘱咐客户经理多去医院探望伤者,只是宽慰了惊魂未定的客户经理几句,这位归心似箭的部门领导便赶在归巢高峰到来之前乘坐高铁溜回了老家,和家人团聚共度"十一"了。

却不想,隔天老人突然发病,经全力抢救无效后死亡。

愤怒的家属找到银行来理论,结果肇事的客户经理拒接电话，上级领导又在外地。悲愤交加的家属将气撒到了银行头上，在"十一"期间将花圈直接摆到了银行门口，一时间激起了千层浪。

微博上疯狂转发花圈摆在银行门口的图片，"民宏银行、杀人、花圈"作为关键词登上了热搜榜的首位。在国外年休的行长紧急中断了假期回到上海处理该事宜，却从此陷入了焦头烂额、交涉无果的死循环。

长期与钱打交道的生意人最怕晦气上身，素来信奉开门营业生财有道的银行自然也不例外。这样影响声誉的事故，对于注重形象的银行而言是极大的舆情风险。虽然行长和上层领导全力以赴处理该事件，历时一个多月，风波总算暂告一段落，家属在一番讨价还价后索赔离去，肇事的客户经理和未及时上报的直管老总也都分别受到了处分，但民宏银行在上海的发展仿佛跌入了怪圈，当季的储蓄存款暴跌，创下了历史新低，多笔大额存款客户宣布暂停与民宏银行的合作，人声鼎沸的营业大厅连着几个月空空荡荡，甚至不良贷款也在这个阶段中邪般频频爆发。民宏银行一蹶不振，资产质量严重下降，彻底跌出了上海银行业的领跑集团。在风波过去三年之久的今天，民宏银行还在为当年的舆情余波买单。

现在，临危受命的李云坤开启了霸道总裁的模式，只见他站在凳子上，拿着高音喇叭，大声向人群叫喊着："大家静一静，我姓李，是现任兴庆银行的副行长，你们有什么问题可以跟我说，大家坐下来一起解决，千万不要冲动！"他一字一顿地大声疾呼，尾音拖得老长，人群稍稍安静了些，似乎收到了效果。可随即便有领头的民工高声叫骂开来："都是你们银行惹的祸，你们把万隆房产的贷款收回了，他们才没钱发工资的，快还我们弟兄血汗钱！"

"就是，银行都是吸人血的，这么多人到你们这里存钱，为什么没钱贷给公司？都是银行的不对！"

"你一个副行长没用，叫你们正行长出来说话！"

真是秀才遇到兵，有理说不清，眼前闹哄哄的场面依旧没有得到控制。中气十足的李云坤还想和民工们来一次平等对话，哪知道民工兄弟们根本置之不理，你一言我一语夹枪带棒地一通谩骂，很快又把李云坤的气势压了下去。

李云坤这下可有些懊恼，常年混迹于银行领导班子的他，除了面对总行的领导和大客户时显得唯唯诺诺，近年来还是第一次遇到这样难堪的事情。他有些不满地大声说："你们都是成年人，要对自己的行为负责。你们派个代表，跟我到会议室里谈，不要聚在这里……"

他的话音未落，突然愣在了原地，像是被什么东西吸引住了。他瞪大了眼睛，直勾勾地盯向前方，一时间说不出话来。就在他的前方，几个民工抬着一样东西从自动门走了进来，所有的民工自动散开让出了一条道，那样东西似乎很沉重，红黑色的木制曲线构成了一个柔线的矩形状。几个民工步履蹒跚地抬着它来到李云坤和众人的面前，重重地将之放在地上，厚实的木头接触到大理石砖，发出刺耳的响声。

时间仿佛凝固了，所有人在惊愕之余屏住呼吸，呆立在原地不知如何是好。那竟然，是一口棺材！

"都是你们银行干的好事！"一个抬棺材进来的民工发话了，他把安全帽往地上一摔，指着棺材愤怒地喊道，"我们这帮兄弟在这里拼死拼活地打工挣钱，你们倒好，拍拍脑袋就把老板的贷款收了，工地在施工的时候突然断电，我这个堂弟一不小心从脚手架上掉下来，现在就这样躺在棺材里，你说该怎么办！"

其他的民工们你一言我一语地又开始了谩骂，而银行这头的人则陷入了彻头彻尾的被动，大家都被这突如其来的棺材吓到了，一时间竟不知道如何应答。个别的员工甚至撤退到了人群的外围打算悄悄开溜。的确，不管再怎么为这家银行抛头颅洒热血，发生这样性命攸关的事，自然是躲得越远越好。不管这个中曲折如何，农民工抬着棺材到银行来闹事，指责银行间接害死了农民工兄弟，这样的事一传扬出去，还不得满城风雨？

"怎么样，害死了我家兄弟打算怎么办？你们这个狗屁银行倒是给个说法呀！"刚才抬棺材进来的大汉又发话了，他嚣张的叫喊引来了农民工群体的一片响应。

李云坤朝那个说话的民工看了一眼，背后的肌肉立刻紧绷了起来，那人一米八出头，穿着黑色的紧身背心，看起来精壮有力又面带煞气，尤其是脑门上的大光头亮得晃眼，头发楂儿紧贴着头皮，并且隐隐泛着青光。李云坤愣了一下，问身边的风险部总经理周正勋："周总，报警了吗？"

周正勋慌慌张张地回道："报了，但是警察说这是民事纠纷，可能就派几个民警过来调节一下，现在是晚高峰，一时半会儿没那么快到。"

"叫他们加紧过来，领头的那个不是民工。"

"啊，怎么可能？"在办公室里坐得快磨出茧子的周正勋恐怕一辈子也没经历过这样的阵势，此刻已是热锅上的蚂蚁急得团团转，"不是民工，那会是什么人？"

只有经常刮光头的人，脑门上才会有这层亮闪闪的青光，而经常刮光头的只有两种人，一种是敲钟的，另一种，是蹲班房的！

第五章
空棺材

顺着斑马线穿过最后一段车道的密流,站在人民路和富春路交叉口的人行道上,杨霖终于停下了急速飞奔的脚步。

他半蹲着,双手扶着膝盖大口大口地喘着粗气,任由额头的汗水顺着脸颊滴落在地面上。太久没有这样在大太阳底下全速地奔跑过了,他抹了一把脸上的汗珠,狠狠地甩在了地上,然后抬头凝望着这座高7层的办公大楼。

就在一年多前,他曾数十次地出入这幢银行办公楼的大门,试图找寻那件事情的真相,而后果却是遭遇了职业生涯最大的一次挫折,时至今日,依然重创难愈。

他被一道金光刺得眼睛生疼,下意识地用手一遮,随后发现,那不过是这幢大厦四楼墙外的几个大字在作怪。傍晚的夕阳照射在那四个镀金的大字上,折射出金灿灿的光芒,正是"兴庆银行"。

不知怎的,杨霖竟然想起了"佛光普照"这个词,随即便无奈地笑了笑,这家标榜专为中小企业解决融资需求的银行,让普通老百姓和小客户都能在这里贷到款借到钱的银行,自收购了城市信用社在本地立足以来,在一定程度上确实是将它的金融服务普照给了本地的老百姓,在赢州的这几年也确实赢得了不错的口碑,如果不是因为去年的那件事,他几乎真的以为这就是一家名副其实的良心银行……

现在,这家"佛光普照"的银行却变得危机四伏起来。时间已经过了傍晚4点半,再过半个小时,银行的对外营业结束时间就要到了,厚厚的电动卷闸门将封住这座大楼的主要进出口,人们将看到一家喧闹的金融机构在一整天的开门营业后如巨兽安卧般归于沉寂,却不知道里面的员工依然会在大门关闭后紧锣密鼓地做着结算收尾的工作,从外表的平静里丝毫看不出里面的收工工作会是怎样的热火朝天。

而现在的场景却全然不是这样,透过营业大厅透明的外墙玻璃,杨霖看到兴庆银行门内门外足有百十号人,有的戴着安全帽,有的拿着钢管,看穿着应该是工地上的农民工。这样的阵势霎时吸引了很多路人的注意,他们纷纷停下脚步向里头张望,很多好事者甚至掏出手机,一边拍照录像,一边兴奋又好奇地议论起来:

"咋回事?打起来了吗?"

"不清楚啊,听说连棺材都抬进去了。"

"这么厉害,这银行真是害死人啊?"

"真的吗,真的吗,我看看,呀,真的有哎,回头我把这视频传到微博上,肯定大火!"

这是农民工在闹事吗?奇怪,怎么连棺材都用上了?难道是聚众上访?也不对啊,怎么会到银行来上访……

杨霖拨开围观的人群来到营业大厅,就看到了一副乱哄哄的景象,十几个西装革履的银行工作人员正焦头烂额地挤在一起,他们的脸上满是惊恐的表情,十几双眼睛茫然而无神地望着对面黑压压的一群人,而在他们的面前,除了满脸愤怒的百来号民工,正七嘴八舌地骂着污言秽语,还有一口扎人眼球的深色棺材。

现场的气氛已经紧张到了极点,整个大厅像一口沸腾的油锅,滚烫的热油随时都会倾泻而出。几名银行的安保人员此刻也纷纷向这里聚拢过来,他们的脸上淌着汗水,双腿不住地瑟瑟发抖,却更加有力地攥着手中的橡皮棍,仿佛下一刻就要加入这场实力悬殊的恶战之中。

"对,好,请您尽快,就这样,谢谢!"

江源挂了电话,整了整衣服上的褶皱,又推了推有些滑落的眼镜,然后深深地吸了一口气,在心里默念道:"开始了。"

杨霖口袋里的手机突然振动了起来,他掏出手机一看,是佟洲打来的。这个小兔崽子怎么还没来?他急忙按下接听键:

"喂,老杨,你在现场了吗?"

"我刚到,你们人呢?怎么还没来?"

"正巧赶上晚高峰,太堵了,我还要一会儿才能到,你那边什么情况?"

杨霖刚要回答,眼睛却被前方的一个人吸引住了。

只见那几名银行的工作人员纷纷让开一条道,一个身材不高,西装笔挺的男人缓缓地走了出来,他年纪30岁左右,戴着黑框的眼镜,头发梳得整洁而光亮,透着一股子沉着和自信。

杨霖呆住了,他直勾勾地盯着眼前的这个男人,这个身材中等,相貌清秀,眼睛里透着那股熟悉的炯炯有神的人,不就是……

他怎么会出现在这里?

他在这里工作吗?

杨霖只来得及对听筒里说了句"你们到了以后在门外守着,等我消息"，便匆匆挂断了电话。他的大脑一片空白，脑海中不断盘旋的只有一件事：

怎么是他？

原本喧闹的农民工阵营渐渐变得安静了，他们诧异地看着眼前这个不知好歹的年轻人从对方的阵营中信步走来，把那群已成惊弓之鸟的银行员工丢在了身后。他们面面相觑，手中举着的钢管也渐渐放了下来，目光齐刷刷地盯着江源，不知道这个年轻人葫芦里卖的什么药。

江源在那口棺材前站定，朝那个光头大汉轻轻地斜了一眼，对方杀气腾腾的目光刚刚迎上来，他就又迅速地把目光移开，随即面无表情地伸出手，轻轻地抚摸着棺材粗糙的切面，动作非常的缓慢，甚至是，怜惜？

"你干什么！"

光头大汉显然对江源这样缓慢而挑衅的动作十分恼怒，他瞪着铜铃般的豹子眼死死盯着江源，仿佛能从眼睛里喷出火来。

"这位大哥，这棺材里面躺着的，真的是你的堂弟吗？"

江源开口了。他面带诚恳的表情，语气十分的低缓，没有任何质问的口吻，甚至包含了某种悼念和怜悯的感情。

"当然啦，难道还有假的不成！"光头大汉咆哮着，态度十分的粗暴。

"是吗？"江源微微一笑，露出一个略显宽慰的笑容，绕着棺材缓缓地踱起步来，一边走，一边用手轻轻地拂过棺材的表面，甚至不时地用手指背在棺材上轻轻地敲打着。所有人都惊讶地站在原地，默默地看着江源这样一边踱步一边抚摸和敲打棺材的样子。

一圈，两圈，三圈……

突然，江源停住了脚步，转过身来，坚定地仰起头，面朝着光头大汉和他身后的一干农民工兄弟。人们惊奇地发现，刚才那个面带诚恳，笑容可掬的年轻男人不见了，取而代之的是他那凶狠而冷酷的双眼、轻佻并蔑视的嘴角，还有每一个毛孔里都透露出的淋漓杀气。

他冷冷一笑，幽幽地开口：

"我看，这是一口空棺材。"

时间仿佛凝固了。

这句并不响亮的话语缓缓地从江源的口中流了出来，轻声慢语的，宛若微风拂过脸庞，却给对方一种刀劈斧砍般的生疼感。那个光头整个身子微微一颤，两眼睁得老大，惊恐和慌乱瞬间爬上了他的两腮，而他周边的人也不由得紧张起来。

"这是一口空棺材！"

温声细语变成了愤怒的叫喊，江源的双眼瞪得通红，怒发冲冠的吼叫过后是他写满了凶狠和锐利的双眼。

江源，你这个疯子！

杨霖在心中暗暗地骂道，这个家伙真是疯了，在对面百来号来者不善的民工面前竟然敢叫嚣棺材是空的，这还不捅了马蜂窝？那群悲愤交加的农民工怒火中烧起来，冲突随时有可能升级成武斗，这场面可就难控制了。

此时，奇怪的事情发生了，这声侮辱死者挑衅生者的叫喊并没有让对面的人恼羞成怒，他们反倒流露出一种被识破的惊慌，惊魂未定地呆在原地，相互惊恐地望着彼此，然后手足无措而又茫然地，齐刷刷望向了他们的首领。

杨霖大惊，难道，这口棺材真的是空的？

"你们好大的胆子，抬着口空棺材就到这里来撒野，你当银行是你家后院啊！"江源又开口了，他一扬胳膊，手指像尖锐的利剑，一直指到了光头大汉的脸上。

"我，我……"那个光头大汉被问蒙了，一时竟不知道如何是好，他神色慌张，张口结舌，握着安全帽的手微微地发抖，呆立在原地说不出话来。

杨霖的口袋里又振动了起来，他下意识地从口袋里掏出手机，眼睛汇聚的焦点恋恋不舍地从江源和光头大汉移向了手机屏幕，佟洲又来电了，他赶忙接起来。

"喂，你们到哪儿了？"

"快到了，现场情况怎么样？"

"银行这边杀出个程咬金，把农民工那帮人都给镇住了。"

"是吗，这么厉害？对了老杨，有个新情况跟你说一下，有个姓江的银行工作人员给局里来电，说现场有一个农民工感觉像是个蹲班房的，还传了照片给我们，监控中心的妹子用人脸识别系统对比过了，真的是个叫张挺的黑社会，两个月前刚从监狱里放出来！"

"这个张挺是本地人还是外地人？"

"本地人，土生土长的本地人！"

这群农民工大都是外来务工者，本地的极少，如果张挺是本地人，那么他们口中那个死去的农民工兄弟……杨霖好像明白了什么。

"好的，我会注意，"杨霖突然想起了什么，赶忙抓紧听筒继续问道，"等会儿，你说刚才给你报信的那个银行的工作人员姓什么？"

"姓江啊，他说他叫江源。"

江源，又是你！

杨霖大为震惊，姓江的，你到底在玩什么花样！他看了看人群中的江源，并不高大的身躯在此刻显得那样的鹤立鸡群，兄弟，让我来助你一臂之力吧。

杨霖略加思索，对电话里说道："小佟，接下去你这么办……"

"就算这棺材是空的，那……那又怎样，我家兄弟确实是在工地上死的，千真万确，跟……跟你们银行脱不了干系。"那个光头大汉变得结巴起来，黄豆大的汗珠顺着他粗糙的脸颊缓缓下落。

　　江源的口袋里传来了两记轻微的振动，他凭着振动频率判断，这是手机接收到了短信。奇怪，自己刚来这里不久，谁会给他发短信呢？他缩回了指着光头大汉的手，从西装的上衣口袋里掏出了手机，泰然自若地划开屏幕，读取短信，只看了一眼，他的眼睛一下子瞪大了。他抬眼扫了一眼面前装腔作势的大汉，嘴角浮现了一丝不可察觉的笑意。

　　"是吗，"江源开口了，语气带着冰冷和嘲讽，"你说你的这位堂弟，他是哪里人？"

　　光头大汉愣了一下，脱口而出："四川人，怎么……"但他随即明白过来，下意识地闭上了嘴。

　　"四川人，很好。"

　　江源缓缓地挪动着脚步，背剪着双手，在大汉面前踱起步来，步履缓慢而沉重，皮鞋底每一下落地都仿佛落在光头大汉的心坎里，一步，两步，三步……光头大汉被他的踱步弄得惊慌失措，双腿瑟缩着，疑惑地看着面前来来回回的江源，不知道该如何是好。

　　"张挺！"江源突然高声叫了起来，眼睛死死地盯着光头大汉，眼神锐利而凶狠。

　　"你，你怎么知道我的名字！"大汉显然没有意料到面前这个看似瘦削的银行工作人员竟能够直接喊出自己的名字，他后退了两步，惊恐地盯着江源。

　　江源掏出手机伸到大汉面前："这是赢州市公安局刚刚传给我的人脸识别结果，你明明就是赢州本地的地痞混混，之前因为打架斗殴进了局子，上个月刚刚从拘留所放出来，你从小就在本市生活，从来没离开过，哪来什么四川的堂弟！"

大汉这下可彻底蒙了,他的眼睛张得老大,求助似的看着身边的同伴们,半天说不出话来。

而那群农民工也是面面相觑,表情写满了不解和怀疑。的确,那名意外死亡的工友阿贵生前性格孤僻,很少与人来往,怎么死了以后突然就冒出一个光头堂哥来?这"堂哥"四处纠集工友们,跟大伙说是银行断了开发商的财路才导致资金链断裂工资发不出的,得找银行讨个说法去。这群辛辛苦苦大半年而颗粒无收的苦命工人被冲昏了头脑,就这样冒冒失失地跟着光头大汉和他的几个同伙一起前来闹事,现在想想,真的是被愤怒吞噬了理智,有些饥不择食了。

江源又朝着后面的人群大喊道:"各位工友兄弟们,这个人压根不是你们当中的一员,意外死掉的那个工友跟他也没有半毛钱的关系。如果我没猜错的话,他应该就是那个黑心开发商的走狗,煽动你们过来闹事的,大家千万别上了他和开发商的当,被他们当成枪使啊。"

话音未落,一声警笛的长嘶由远而近,众人向门口望去,一辆警用的黑色别克七座商务车拉着警报向银行的方向驶来。

"哥几个别闹了,警察都来了,咱们快走吧。"

人群中有人大喊一声,这声分贝极高的保命式呼喊,连同那恰到好处响起的刺耳警笛声,一举击溃了农民工们心里的最后一道防线。他们看了看义正词严的江源,又看了看原形毕露已经手足无措的光头大汉,又望了望已经到达仍警笛长鸣的警车,很多人开始不安地涌向门口,自动大门打开的那一瞬间,最后面的几个人鱼贯而出,庞大的闹事队伍瞬间溃如蚁穴,百来号人四散逃开,作鸟兽散。

那个光头大汉和他身边的几个同伙看着四散而去的农民工,还有从车上跳下来不断接近的警务人员,心里越发起急。他怨恨地瞪了江源一眼，大喊一声："走！"随即撤离了银行大厅，现场留下了好几条壮胆的不锈钢管，连那口来不及抬走的棺材一起，见证着这半个多小时里惊心动魄的一幕幕。

银行的职员们此刻纷纷长舒了一口气，这场开发商、黑社会掺杂着农民工的聚众闹剧，总算有惊无险地收场了。

江源却有些疑惑，刚才那声保命式的疾呼，那声音为什么如此熟悉？

他朝四下望了望，突然在进门的角落处看见了一个熟悉的身影，那人也在静静地盯着他，高大的身材、健硕的体格、直直挺立的身姿，还有手上提着的警用手提包，脸上那个意味深长的凝重表情。

冥冥中，总有人在暗处与你相遇，在你需要的时候，默默地助你一臂之力。

杨霖，原来是你。

可惜，我们之间的关系，早已不同往日了。

"哎呀，佟警官，这次真是太感谢你们了，要不是你们及时赶到，这帮人还不知道要闹成啥样呢！"

率先出头又无功而返的李云坤此刻充当了清扫战场的胜利者，他指挥着在场的员工将先前杂乱不堪的大厅收拾干净，自己则热情地招呼着佟洲，感激之情溢于言表。他朝杨霖斜了一眼，尴尬和嫌恶的神色浮现于面上，但只维持了不到一秒，就又被热情洋溢的笑容所覆盖。

"哪儿的话，李行长您这就见外了，这是我们应该做的，"佟洲倒是一点都不贪功，"您要谢，就谢谢你们单位那位姓江的工作人员吧，多亏他把领头那人的照片发给了我们同事，这才在第一时间知晓了带头闹事者的身份。"

他顿了顿，继续滔滔不绝："我们查了下，那片工地确实死了个外地人，但与你们银行无关，那批农民工去向开发商讨说法，开发商就趁机把祸水往你们这边引，一来是想赖掉赔偿款和工人的工资；二来嘛，应该是想把事情搞大，造成银行断贷间接导致工人死亡的假象，给你们施加舆论压力，迫使你们续贷。"

他用手指了指江源："多亏了这位江同志，那批工人都是被开发商的那帮狗腿子忽悠过来砸场子的，根本啥事都没整明白，而江同志面对这么多号人临危不惧，大义凛然地这么一说，就把他们都震慑住了，真是有惊无险啊。"

李云坤则笑吟吟地看着江源介绍道："佟警官有所不知啊，这位江总是我们刚刚从上海引进的人才，才32岁，已经是业务部门负责人啦。"

"是吗，青年俊才啊，失敬失敬。"佟洲赶忙过来握住江源的手，赞美之词不绝于耳。

寒暄几句之后，佟洲看了看手表："哟，时候不早了，李行长，江总，不耽误你们下班了。"

"好好，这次事情突然，还有很多后续事要料理，恕我怠慢了。"李云坤笑吟吟地将佟洲一行人送出大门，江源跟在他的身后，与几位警察一一握手挥别。

他的手伸向杨霖："这位警官，谢谢。"

他的嘴角微微上扬，露出一个意味深长的笑容，杨霖的眼神则变得深沉而凝重，他迟疑了一会儿，握住了江源伸过来的手："江总，后会有期。"

黑色的别克车扬长而去，这辆没拉着警报的七座商务车很快汇入了晚高峰的车流中，一点看不出警车的样子。

江源望着警车远去的方向，心中暗暗感慨：我幻想过无数次场景，无数次欢愉、卑鄙、愤怒和释怀的场面，但是，兄弟，我们竟然是这样重逢的。

杨霖也在感慨，刚才在大厅里，在警笛声刺入农民工们心头的那一瞬间，正是他在人群的末尾高喊的那一句"哥几个别闹了，警察都来了，咱们快走吧"，给了军心溃散的农民工阵营最后一击。他知道江源的那一声"谢谢"所蕴含的意义，对方显然明白他的这声疾呼是在见缝插针地助自己一臂之力。而现在，他把头靠在副驾驶的靠背上，凝视着窗外川流不息的人群，心中是止不住的疑惑：

江源，你究竟为什么回来？

你为什么偏偏进到这家银行里？

第六章
细雨中的墓园

"欢迎光临!"

刚刚推开优雅的白色木门,伴着门上挂着的银色风铃发出的一阵阵悦耳脆响,吧台后这声甜甜的欢迎词就携着一阵温润的芳香跃到江源的身边。

真是甜美动听的声音啊,江源这样想着,拥有这样新鲜欲滴的声音的主人,想必也是位温文尔雅的美丽少女吧。

他好奇地盯着吧台后面的那位女孩,想要一睹拥有这甜美声音的女孩芳容,却见她一直低着头忙活着什么,随即,女孩银铃般的声音又一次响了起来:"不好意思,我在给花修剪枝叶,您想买什么花先随便看看,我马上就好。"

于是,江源好奇地在工作室里踱步闲逛着,打量着这里的一切,被眼前这别致而文艺的气息吸引。

这是一家格调与众不同的花艺工作室,分为上下两层,LOFT结构,很是洋气。

工作间的外墙被一整片纯澈的冰雪奶白所覆盖，工作间里却是吧台酒柜、矮凳音响一应俱全的式样，搭配着那些五颜六色争奇斗艳的花朵，像一间开在花海中的休闲吧，给人一种绚烂又温馨的愉悦之感。再看看工作间的旁边，是一整间宽敞明亮的玻璃房。午后的阳光透过玻璃房顶的缝隙照耀进来，落在地板上，显出不尽相同的形状，温馨和活泼洒满了整个房间。

低矮别致的长条桌搭配欧式复古的各类装饰品，还有墙上挂着的小小黑板，这大概是上花艺课的地方吧。这里不仅仅卖花，也可以坐着喝杯咖啡、听节花艺课什么的，从都市的喧嚣中取这样一处幽静放松之所，也确实不错。

还有这间花艺工作室的名字：ROSEMARY，仿佛命中注定似的，触动了他心底柔软的部分。

江源这样想着，那个悦耳的声音又响了起来：

"请问您要买什么花呀？"

吧台后面正弯腰忙活的女生抬起头来，在这样琳琅满目而不杂乱的工作室里，一身白裙的她宛若画中走出来的翩翩少女，有着精致的五官和甜美的笑意，纯澈，清丽，一如江源初到这条有着"花艺一条街"美名的黄花胡同里，从十几家风格不尽相同的花店里一眼相中这家名叫"ROSEMARY"的花艺工作室一样，不仅仅是因为记忆中的那个人，更是被它的素雅和清新所打动。

她抬起头时不经意间的温柔和甜美，竟让江源有些恍惚了。

大概是早已习惯了被陌生男人这样盯着看，女孩的脸上并没有掠过任何娇羞不适的表情。她擦了擦额角的汗水，好奇地打量江源。即使在这样一个休闲的周末，眼前这个还算帅气的男人依然穿着黑色的西装，给人一种庄重和肃穆的感觉。

"呃，啊，你好，我想包一束白百合。"

江源回过神来，略显游离地开口。

"好啊，送给你女朋友的吗？"

女孩甜甜地笑了起来，转身去透明冰柜里拿出新鲜的白百合。她想起欧美电影里，男生为心爱的女生买花的场景，每每这个时候，那些善良的店主都会面带笑容地说一句："Who is the lucky girl？"她会心一笑，这句带着殷切和赞许的话语用英文来表达是如此的温暖人心，但如果直译成中文，"谁是那个幸运的女孩呀？"话到嘴边都透着一股酸溜溜的怪味，让人浑身不自在。

江源却没有接话，他犹豫了片刻，试探着问道："对了，能不能……麻烦你，在花里面，呃，放一点迷迭香？"

"迷迭香？"女孩停住了手里的动作，转身疑惑地看着江源，"是有什么寓意吗？"

她的声音颤抖，轻声细语，脸色也是微微一变。

"我没有别的意思，只是，我要去看的那位朋友，"江源顿了顿，抬起头缓缓地说，"她特别喜欢迷迭香。"

"嗯？"女孩表情复杂，似乎在回忆着什么，过了片刻，她转过头，狐疑地看着江源，"你的女朋友，真的喜欢迷迭香？"

江源点了点头，又摇了摇头，一时语塞："嗯，对，噢，不对，她不算是……"

女孩却没再理会江源的回答，她的眉毛皱在一起，目光投向了远方，瞳孔里满是深邃和空灵。

恰在此时，江源感觉到有什么东西在自己的脚边，一低头，一只棕黄色的可爱小狗在蹭自己的裤脚。一看到江源在看它，小狗兴奋地蹦了起来，差点抓住江源的裤腰带，眼神里是老友重逢的欣喜。他不由自主地蹲下身子，用手抚摸着小博美毛茸茸的额头。

八年了，原来你还记得我。他情不自禁地说出了小狗的名字，思绪也飘回过去……

"Kevin？"江源看着面前刚刚两个月大的小博美，有些不解，"为什么取这个名字？"

"你最爱的凯文·加内特呀，"油菜花丛中的女孩莞尔一笑，"森林狼永远的狼王，你看它那傲娇样，这小家伙一定也会像狼王一样的。"

他也笑了："你想得还真多，博美是幼型犬，长不大的。"

"那也好呀，永远做妈妈的小心肝，是不是呀Kevin？"女孩俏皮地捋着小狗的毛。

小博美用后爪挠着脖颈，摆出俏皮的姿势盯着面前欢声笑语的少男少女，也或许只是盯着女孩手里的狗粮……

"你怎么知道它的名字？！"思绪飘向远方的扎花女孩猛地被江源下意识的一声"Kevin"拉回神来，在心里无声地发问。片刻过后，她似乎想到了什么，仿佛释然了一般，她的脸上雨过天晴，动作也变得舒缓而温柔起来，如同园丁呵护和修剪自己的园林一样，低头悉心而舒展地搭配捆扎起来。

只一会儿，一束捆扎精美、搭配精致的白百合就摆在了江源面前。

洁白如玉的白百合，花瓣上还闪烁着晶莹的露水，而那些碧绿清脆的迷迭香伴着活泼跳跃的紫色花蕾徜徉在白色的花丛中，为洁白的白百合镶嵌上了一层活泼的亮色。

"好啦，白百合搭配迷迭香，你的朋友真是品味独道。"女孩的声音微弱但温和，她嘴角轻轻上扬，露出了一个甜美又淡然的微笑。

江源接过花，付了钱，冲着女孩微笑地道了声谢谢，又爱抚地摸了摸小狗的头，随后戴上了墨镜，转身准备离开。

手触碰到门的那一刻，身后的女孩却开口了："等等。"

江源停住了脚步，转过身，狐疑地盯着面前欲言又止的女孩。

女孩咬着嘴唇，犹豫着。她顿了几秒，仿佛下了很大决心似的抬起头，质询的双眼盯着江源问道："你的那位朋友……"

她小心地措辞，顿了顿，随后说："能带我去见见她吗？"

江源愣住了，他按在门把手上的手缩了回去，透过墨镜，他疑惑的双眼迎向了女孩热切的目光。

"为什么？"他在心里默默地发问。

他听见女孩近乎恳求般的语气："可以吗？"

他摘下墨镜，女孩惊奇地看到他的眼角闪着晶莹的泪花，而女孩渴求的眼神映入他逐渐模糊的眼帘，那么的娇艳欲滴，叫人不忍拒绝。

"可以，只是……"他顿了顿，长长地出了一口气，坚定地迎向了女孩温柔的目光，艰难地说出了那句话。

"我们得去墓园看她了。"

嬴州的六月天，持续着江南地带一年一度的梅雨季，那些被压得低低的云层挤出来的雨滴，饱含着空气里浑浊的尘埃缓缓降临，一连几日，都是这样的阴雨绵绵，飞溅的泥水将墓碑上的黑白照片沾染得模糊不清。

墓园，碧绿的青草地和整齐划一的墓碑，镌刻着人们对逝者永无止境的思念。

江源用纸巾擦拭着那块墓碑，一遍又一遍，悉心而轻缓地，揩去墓碑上沾染的泥垢。相片开始变得黑白分明起来，女孩嘴角的上扬也逐渐清晰可辨。

那是一张白玉无瑕般纯澈而灿烂的笑脸，即使岁月在她的脸上留下了些许风霜，却依然能看出她少女时期的绝代风貌。她的眼睛明亮而幽深，里面透露着很多的讯息，善良，乐观，天真……和祈盼,依稀还是八年前那个善良而无瑕的女孩。

远处田间的油菜花又在傲然盛开了,只是,那个曾经在油菜花丛中粲然微笑的女孩,再也回不来了。她的笑容永远凝固在了这黑白的相片中,凝固在了墓园冰冷的厚土之下,凝固在了一年前那场腥风血雨中,凝固在了江源迟到而破碎的心头。

手捧着那束精致而素雅的白百合,江源久久地凝视着墓碑上女孩的笑脸,任由雨丝拍打在他的身上,他的两眼噙着泪水,在心底默默地念叨着:

再给我一年的时间,小晗,让我为你下一场雪吧,一场洁白无瑕的六月飞雪,把你心中冤屈的泥垢永远地拭去。

而在那之前,我必须进到那家银行里。

我必须,做那些事。

"原来,她叫凌晗。"

江源的身后响起了那道温柔的嗓音,较之前的甜美动听,此刻的声音裹挟着颤抖和娇弱,让人不由得心生怜爱。那个穿着白色连衣裙的花艺工作室拥有者,此刻凝望着墓碑上女孩的相片,在那张灿烂的黑白笑脸下,是这位已故女孩的名字,"凌晗,生于1984年6月23日,卒于2015年3月23日"。

"你刚才说到有个朋友喜欢迷迭香的时候,我就在想,会不会是她,"女孩的脸上浮现了那种既欣慰又惋惜的表情,她朝江源歉意地笑笑,"所以,我就这么冒冒失失地跟了过来,一瞧,果然是,"她眼角涌出了泪花,蹲下身轻轻地抚摸着墓碑,"原来,她竟然在这里。"

她的笑容被泛起的忧伤覆盖殆尽,眼中泪水晶莹,怜惜而深情地望着墓碑上那张灿烂的笑脸,那神情悲悯,而且忧伤。

"你觉得她是个怎样的人?"江源没有回头,他的目光盯着照片上的女孩,没有丝毫的游移。

女孩却并没有跟上江源的思路,她的目光没有离开墓碑,停顿了好几秒钟才反应过来,江源是在问自己。

她狐疑地看着江源,那眼神仿佛在问:"她不是你的……朋友吗?为什么来问我?"

江源的目光正巧也移向了面前的白衣少女,一下子,他明白了她的疑问。他的喉咙突然变得干涩,犹豫了一下,终于幽幽地从喉咙底部发出了声音:"自从我们大学毕业分手以后,我已经7年没有见过她了。"

是啊,7年,甚至没有来得及见她最后一面。

长长的沉默。

"我觉得她是个外冷内热的人,"良久,女孩的声音又响起了,"平时很少见到她笑,但你若走进她的内心就会发现,她的那股善良和热情似火的样子,是很多人所不具备的。"

"你是怎么认识她的?"江源好奇地看着女孩。

"她是我的客人呀,以前经常来我这买花……"

"你终究还是回来了。"

漫长而无声的沉默,被身后突如其来的一句男人的低音打破,那声音低沉而饱满,在六月的阴雨季里显得中气十足。江源不用回头也知道那是谁,在经历了前一个礼拜银行大厅的惊险一幕后,他早已做好了和这个人再次见面的准备。

女孩却陷在回忆里,丝毫没有注意到身后有人来了,吓得踉跄了一步。

她回过头去,盯着面前的陌生人,来人30岁出头,身高接近一米八,面容中正而匀称,一头蓬乱的头发,给人的第一感觉是颓丧而沉默的。仿佛约定好似的,他也穿着深色的西装,戴着黑色的墨镜,手里也捧着一束白色的花。

女孩认出来了,那是一束刚刚包好的白玫瑰,较江源白百合搭配迷迭香的花束而言,显得单调了许多,却依然不失庄重和纯白之美。

来人径直走到了墓碑前,冲着墓碑庄重地三鞠躬,随后俯身将那一束白玫瑰放在了墓碑前。他摘下墨镜,目光深沉而哀伤地盯着墓碑上的女孩照片,片刻过后,他长长地叹了一口气,徐徐地说了一句:"我就知道会在这里碰上你。"

"今天是小晗的生日,我当然会来。"江源没有看来人,他在对方身旁不冷不热地接茬,那声音单调、冷酷,似乎没有掺杂任何的情感,女孩一时竟分辨不出眼前这两个男人的关系。

"生日?噢,是啊,我差点忘了。"男人带着嘲讽和讪笑的口吻,"你是小晗的前男友。"

"你不也是吗?"江源的声音依旧冷冰冰的,硬生生地把对方的话怼了回去。

来人被激怒了,扭过头来死死地盯着江源,声音突然失控得近乎咆哮:"江源,你以为现在回来这事就算完了吗?七年了,她一个人的时候你在哪儿,她遇到困难的时候你在哪儿,她……"话到嘴边,他突然意识到现场还有其他人在,急促地朝女孩看了看,收住了咆哮,将那一句来不及说出口的激烈话语咽进了肚子里,替换的措辞稍显温和,"她最需要你的时候,你在哪儿?"

江源没有回答。他躲开了对方的目光,朝着墓碑上凌晗的照片深情地望了一眼,然后无言地撑起伞,擦着来人的肩头,默默地转身离去。女孩看看离去的江源,又看看刚来的男人,她朝陌生男子露出一个歉意的微笑,快步跟上江源离去的步伐。

"江源!"男人扭过身,愤愤地盯着江源离去的背影,气愤地大声叫喊着,"你到底为什么回来?为什么还要为那家银行工作?"

他咬着牙，一字一句地从牙缝中蹦出了那几个字："你到底，在谋划什么？"

我要调查真相。

我要复仇。

而你如果不能成为我最好的拍档，就不要成为我的累赘……

和我最大的敌人。

江源停住脚步，微微地低下了头，内心的挣扎如大海一样翻涌。片刻过后，他抬头朝身边的女孩看看。目光碰到那一双纯澈和善良的大眼睛，他欣慰地抿了抿嘴，向女孩抛来一个歉意的笑容："去车里等我一下，好吗？"

他顿了顿，声色温润："我会很快。"

他从西裤的口袋里掏出了车钥匙递到女孩手里，目送女孩离开。他微微扬起了脑袋，闭上眼长长地吐出了一口气，然后缓缓地睁开双眼，转身，向着面前的男人和那座墓碑走去。

  雨一直下到了深夜，明天醒来我会在哪里；
  沉默是公馆的街，成长就是去体会异乡的感觉。
  城市熄灭了火焰，风是流沙海鸟是时间，
  沦陷在，徘徊在，我会在天黑之前，
  安静地站在对面。

车里的音响循环地播放着这首悠扬的旋律，陌生，却很好听，女孩不知道这首歌是谁唱的，但那声音仿佛很熟悉，似乎是……

她的目光一直注视着车窗外那两个男人，方才站在墓碑前的他俩，像两尊沉默而彼此疏远的雕像，明明只有咫尺之遥，却仿佛有一道厚厚的墙一样隔在两人中间。

现在，这两人又一次站在墓前，激烈争辩取代了之前的可怕沉寂。他们到底是什么关系？和那个叫凌晗的女孩又有什么联系？还有那个女孩，到底是怎么死的？一连串的疑问在她的脑海中盘旋不止。

突然，她看见那个陌生男子愤愤地将雨伞摔在了地上，不顾纷然而降的大雨，虎着脸扭头就走。

他一边走，一边愤愤地从兜里掏出打火机和香烟，颤抖的双手泄愤般地将打火机对准嘴里的香烟头，一下，两下，狠命地想要点燃却未能奏效。他愤怒地将打火机也摔在了地上，那件灌着汽油的塑料装置接触到冰冷的青砖，发出沉闷的爆裂声。

他扭过头去，扬手指着还呆立在墓前的江源大吼一声："江源！你这是在找死！不要拉我和你陪葬！"

说完这些，他转身便走，一脸怒火地跳上吉普车扬长而去，随着车轮滚滚而溅起的泥点子一路飞扬，在女孩坐的这辆奥迪车的白色车身上留下难看的污渍。

女孩并没有因此而懊恼，她沉静地揩去后视镜上的泥点子，无意间却从后视镜里看到，在路的尽头出现了一辆黑色的轿车。距离太远，她看不清型号，却隐隐地感觉到，这团沉默的黑色像一头伺机而动的猎豹，在阴雨中默默开启了它追踪的脚步，而它追随的目标，似乎就是刚才扬长而去的那辆吉普。

她向江源的方向望去，看到后者望着吉普远去的方向出神，她确信，他也看到了那个追踪者。

"刚才那个人，是你的……朋友？"雨依旧淅淅沥沥地下着，拍打着透明的车窗，女孩把头靠在椅背上，小心地问着江源。

"他叫杨霖，是我的发小，我不在的这几年里，一直是他在照顾小晗。"沉默了许久，江源握着方向盘，不自觉地露出了一个浅浅的微笑，在女孩看来却有些惨淡。

"可是你们的关系好像……"女孩小心地措辞着，不知道该如何表达。

"很奇怪，对吧……"江源自嘲地笑了笑，他朝女孩看了一眼，随即伤感涌上脸颊，"我也不知道从什么时候起，我们的关系就变成了这样。"

他的目光重新对准了面前的公路，半晌，喃喃地说了一句："我这次回来，就是为了弄清楚一些事情。"

车在ROSEMARY工作室前停了下来，女孩解下了安全带，却没有立刻下车的意思，她犹豫了半晌，突然认真地看着江源："对了，你还不知道我的名字吧，江源？"

"嗯？"

"我叫林雨霏。"没等江源反应过来，女孩已经甜甜地笑着做起了自我介绍。

林雨霏？真是个美妙的名字，像她的声音一样如此美妙动听。

"欢迎你常来我的工作室坐坐，毕竟，你的那位小晗姐姐，生前很喜欢这里。"女孩的音量小了起来，生怕触碰到了江源的伤心往事，不等江源回答，她便红着脸说了句"我走了，你注意安全"，拉开车门跳下了车。

没走几步，江源却从后面叫住了他。"等等，"他摇下副驾驶的车窗，微笑地看着女孩，"你知道，小晗为什么喜欢ROSEMARY吗？"

女孩的红唇微微上翘，一脸茫然地摇摇头。

江源笑了："你去看一部电影吧，叫《小曼哈顿》。"

第七章
烂尾别墅群

周五的早晨,空气里是潮湿的泥土气息,忙碌了一周的城市变得浮躁而慵懒起来,仿佛迫不及待地等待周末的到来。一辆白色的奥迪轿车疾驶在盘山公路上,里面的两男一女西装革履,他们平稳而勤奋的样子,与周围的空气显得格格不入。

"江总,这两天大家可都在传颂你的英雄事迹呢。"樊小琳坐在后座上,一脸兴奋地说道。

江源握着方向盘微微一笑:"就那点破事,有啥好传颂的。"

"当然得传颂啦,楼下的柜员小姐妹们都在传,每个人说起你都是一副花痴的样子,看来你很快就要成为万人迷啦。"樊小琳咯咯地笑着,两眼放光,眉宇间尽是赞许。

"是啊,江总,"副驾驶位置上的孙彦君也笑了,"行里的人都在说,你一个人舌战群雄,大义凛然地击退了那群人,那场面简直酷毙了。"

可是,如果你们知道事情的真相是什么,心里又会怎么想呢?

江源这样想着，脸上露出了无奈的笑。

樊小琳却不打算善罢甘休，她透过车前挡风玻璃上的后视镜看到了江源的无奈表情，还以为是他一贯的低调，于是又替他打抱不平起来："哎，江总啊，你说你这么出头地帮行里击退了闹事者，止住了舆情风险，行里非但不奖励，还派你去冉州参与总行的风险排查行动，真是没良心。"

她悻悻地噘着嘴，一副愤愤不平的样子却让江源扑哧一声笑了出来："怎么会，那是我主动要求的。"

"什么？"樊小琳夸张地张大了嘴巴，孙彦君也觉得不可思议。参与总行的风险联习检查行动，去冉州对当地兴庆银行的贷款业务进行检查并对有问题的业务做出处罚处理意见，这种吃力不讨好的事情，别人都是能推则推，怎么江总反倒主动请缨呢？

樊小琳惊讶而不可思议的表情透过后视镜被江源尽收眼底，他清晰地记得几天前，在李云坤的办公室里，当那位日理万机的李副行长听到自己的这个请求时，脸上也是这副惊讶的表情。

赢州分行七楼，副行长办公室。

"李行长，您看这报告……"小微四部的客户经理华赟金试探着开口问道。从他进到这间办公室到现在，短短几分钟里，面前的李行长已经数次走神，眼睛一眨不眨地盯着办公桌前的一个空座位出神，把前来汇报贷款进度的自己当成了空气。

"噢，这样吧，回头我找你们金总再商量一下，看看怎么落实抵押物更合适。"李云坤回过神来，略带歉意地朝华赟金笑笑，指出了报告当中抵押物的产权问题，随后简单地鼓励了几句，便将这个年轻的客户经理打发走了。

送走了华赟金，李云坤仍然一脸的狐疑，他半仰在办公转椅上，眼睛依旧盯着面前的那个座位若有所思，三天前的午后，江源正是坐在这个位置上，向他提出了那个让他困惑不已的请求。

当时，分管风险的李云坤看着面前一脸诚恳的江源，心中满是狐疑。

作为分行分管风险的副行长，那日的银行大厅闹事事件本来可以成为李云坤向上攀登的机遇和阶梯，没想到现实的窘境却差点让他栽了跟头。他这个甚少与民工打交道的分行二把手，面对那群气势汹汹又夹枪带棒的闹事民工显得毫无头绪。幸而，在他就要缴械投降，搬出一把手做救兵的时刻，江源半路杀出，在关键时刻找到了带头闹事人的信息并喝退了不明真相的民工，才将这场风波安然平息。

于是，那天他特意把江源叫到了办公室里，一来是代表分行向江源的勇敢行为表示感谢；二来么，也是想彰显一下身为领导关怀下属的亲民。

他不能很直白地说，"小江啊，这次你给行里帮了大忙，想要什么只管开口"，只能委婉地向江源表达了要给予他一定奖励或者业务支持的想法，岂料江源提出的这个要求却让他惊讶得下巴差点掉了地。

"去冉州参加风险检查，你确定吗？"他再一次确认，仿佛江源的本意完全是另外一句话，被窗外刮进的风切割曲解成了现在他听到的这层意思。

"是呀。"江源的话语很诚恳。

在金融系统内部，存款是银行安身立命的根本，而贷款的质量则直接关系到该行的盈利能力和未来前景。因此，在兴庆银行内部，这种由总行组织的针对一家分支机构而采取的风险大检查活动每年都会举行，检查人员都是从各个机构抽调的专业业务人员，而检查的内容则是被抽查的所在机构辖内的各项贷款业务。去年被抽到的机构是上海分行，而今年，轮到了兴庆银行在江苏的龙头机构冉州分行。

这样的检查工作其实并不轻松。首先，放下手中的本职工作去往一个陌生的城市，每天关在会议室里检查那里的种种业务，这样的工作极为枯燥；而要在几天的时间里将过去一年甚至几年的业务进行摸排整理，其工作强度可想而知。而且，近乎稽查惩戒的工作属性，极其容易得罪兄弟分行的员工，审查人员往往被当地的员工视为眼中钉肉中刺，甚至在业内都流传着诸如"防盗防火防检查"这样的俗话。

这种既影响本职作业，工作强度又大，还容易得罪人，吃力不讨好的事，别人都是能推则推，而面前的江源，为什么这么热衷？

还是说，他有什么别的目的？

李云坤透过他的老花镜，眼珠上翻地盯着江源，眼前的小伙子谦卑、诚恳、恭恭敬敬，没有丝毫大胜过后的骄纵气息。

但不知怎的，他却感觉到江源的周围散发着一股黑夜般的力量，真实、冰冷、不可窥探。

"也没什么，只是刚来到兴庆，人生地不熟的，正好熟悉熟悉行里的业务和政策导向，顺便嘛，"江源露出一种被李云坤看出目的的心虚表情，搓了搓手，不好意思地笑了笑，"也想借此机会认识认识总行的领导。"

有野心，有魄力，刚来行里不久就想着亲近甚至巴结上层的领导，这很好。换作别人可能会觉得江源处心积虑城府极深，但在李云坤看来却是未尝不可。

他想起自己年轻的时候，刚刚退伍分配到地方的储蓄所里，屁股还没坐热就敢一个人冒冒失失地闯进行长的办公室里，大谈建设性的理念和自我的认知。事后想想，当时的自己实在莽撞和愣头青了些，提出的建议也都肤浅而无营养，大有卖弄之嫌，可那股天不怕地不怕的冲劲却着实打动了当时的分管领导，他也由此在那群刚刚入行的毛头小子里显得拔高了不少。

眼前的年轻人，经历了大场面后毫不居功自傲，早早地从过往的荣光中跳出来去结交新的领导，面对新的挑战，32岁的年纪能有这样的意识和远见确实难能可贵，李云坤实在找不出拒绝的理由，索性摆出了满意的表情。

给他做个顺水人情吧，他作为风险方面的分管行长，可以直接敲定去冉州进行风险检查的人员。于是，他佯装若无其事地同意了江源的请求。

目送着这个年轻帅气的小伙出了自己的办公室，他的心里才又犯起了嘀咕：

对于他这样的新晋一线管理者，积极地开拓业务显然是头等大事，他却放着业绩不顾，难道他有心往风险方面转型？

不会，他年纪还不到35岁，转到风险这样的二线岗位显然与他的雄心大志不符，倒不如说是借此机会给直管领导留下个好印象来得更加贴切。

可是风险部门是由我自己主管的，难道他的意图是……

顺着盘山公路行驶了一个多小时，白色的奥迪在一条公路边停了下来。

清远县位于赢州市的西南角，群山环绕，交通闭塞，过去一度有些落后。直到20世纪90年代末期，高速公路通到了这里，清远县的发展才进入了快速通道，近几年俨然成了本市经济重镇。

"醒醒，到了。"

江源微笑地看着副驾驶和后座上已经陷入了梦乡的孙彦君和樊小琳。

"到了？这里就是林长鸣买的别墅？"樊小琳揉了揉惺忪的睡眼看了看窗外，看到了一片废墟般的工地，有些难以置信地脱口而出。

"是啊，"江源略发感慨，"不亲自带你们来一遭，你们都不会相信这就是他的豪宅。"

一个礼拜前，这个叫林长鸣的酒水批发商申请的200万贷款被江源大笔一挥签上了"否决"，为此，孙彦君甚至还鲁莽地顶撞了江源，好在这位新上任的直接领导并没有因此而为难他，相反，江源展现出来的大将风度着实令孙彦君叹服。

关于贷款被否的原因，他和樊小琳将客户的资料反反复复地看了几遍，最后疑点锁定在购房协议上，于是，他再次小心向江源求证这笔贷款被否决的缘由，江源的答案却让他有些诧异：

"我们去清远县走一遭，去看看林长鸣在那里买的别墅吧。"

停车，熄火，他们三人走下车，来到这片工地的边缘地带。

这是一片某房地产公司的开发用地，从路边墙上绘制着的规划介绍看，开发的项目是一片高档的别墅群。与别家都是热火朝天的施工景象不同，这里的工地上呈现的是一种杳无人烟的可怕迹象，四周是疯狂生长的杂乱野草，废弃的钢筋砖瓦散落得随处可见，仿佛已经荒置了许久。

与这片荒乱的地面遥相呼应的，是在这荒地之上突兀耸立着的钢筋水泥建筑群。就是那些正在修筑中的高档别墅。那些突兀耸立的别墅，有的粉刷了外墙，经过雨水的冲刷，呈现棕黑色的痕迹；有的接近封顶，可以看见别墅二楼阳台上结构精致的钟乳石栏杆；有的已经贴上了门牌号码，仿佛被赋予了鲜活的生命，等待主人的入住；还有的仅仅只是钢筋水泥的轮廓结构，可以看见裸露的钢筋和遍地的残垣断壁。

这些进度不一的半成品建筑，错落有致地林立着，仿佛经过了风霜拍打的雕像，在这片荒无人烟的山脚沉默着。在一幢一幢的别墅骨架之间，是那些设计得精致而高档的设施雏形，初具形状的花坛、栩栩如生的假山、半成品的喷泉，都让人依稀可以想见它们落成后美轮美奂的模样。

然而，不知怎的，预想中富丽堂皇的高档别墅小区在某一个节点突兀地断裂，日经风吹雨打，野草遍地，变成现在这一片万籁俱寂的烂尾楼群。

"天呐，这里大概是清远全县规格最高的小区了吧，怎么就烂尾了呢？"

面对着这一片苍白冷酷的钢筋水泥，樊小琳发出了这样一声感叹，遐想中舒适惬意的花园别墅和现实反差是如此之大，让这个大学毕业不久的天真女孩一时有些难以接受。

"资金链断了呗。"孙彦君在一旁默默地接着话。这样的地产项目，总金额高达几十亿元，需要大量的启动和周转资金，在长达3~5年的项目开发中，需要地产商不断地为项目注入资金，而一旦出现资金短缺的情况，房地产商就可能陷入绝境。

"林长鸣花高价在这个地方买了两套别墅，肯定是想着退休之后来这里享享清福的吧，想不到竟然买到了两栋烂尾楼，真是竹篮打水一场空啊。"樊小琳无不惋惜地感叹着。

"汪汪汪！"

几声犬吠突然传来，伴随着金属铁链碰撞的声响，在静得可怕的烂尾楼群，显得尤为可怖。

"啊！"走在最前面的樊小琳被这突如其来的声响吓得叫出了声，倒退了两步几乎就要摔倒，脊背却被一双大手恰到好处地扶住了，她回过头，惊魂未定又感激的目光迎向了这双大手的主人。

孙彦君倒显得很自然，他扶稳了面前的女孩："怎么，怕狗啊？"

"这么大的狗，哪能不怕？"樊小琳拍打着胸口，还是一阵的心悸。

"那你躲在我身后吧。"孙彦君笑了。

江源顺着犬吠的声音望去，在楼群的边缘，有一排砖瓦堆砌的简易平房，一只高大的看门狼狗正在那里来回地走动和狂叫着，双眼直勾勾地盯着面前突然到访的三人。它的脖子上套着项圈，笨重的铁链让它的行动轨迹被局限在一根木桩附近，如果不是这铁链锁着，这条看门护院的猛兽怕是要向他们直扑过来了吧。平房的门口立着几排竹竿，上面挂着棉被和几件晾晒的衣物，看来，这里还有人居住。

"有人在这里，咱们过去看看。"

樊小琳躲在孙彦君的身后，双手贴着孙彦君宽阔的脊背，缓缓地向前挪动着步子。三个人来到这片低矮的简易平房近前，江源敲了敲平房的木门，不一会儿，门"咯吱"一声开了，一个60来岁的老大爷出现在门口，他一头花白的头发，穿着简易的汗衫，脚上的解放鞋显得特别显眼。

"你们找谁啊？"老大爷上上下下打量着面前的不速之客，用本地的方言询问着。

"大爷您好，我们是银行的。"孙彦君走上前去，从口袋里掏出香烟递了过去，老大爷接过香烟习惯性地夹在了耳朵上。

"银行？你们是来讨债的吧？这个老板早就跑路了。"

"是吗，这个工地停工多久了？"江源开口问道。

"好久啦，应该有好几年了吧，我记得是前年的一月份停的工，当时快要过春节了，很多工人辛苦了一年就等着拿到钱回家过年，但是开发商已经到处欠钱跑路了，那些民工在这里闹事，甚至开始砸房子偷材料，后来政府出面发了一部分安置费才把那些民工打发走，从那时候起这片工地就再也没有开工过。"

在清远县的一家土菜馆里，江源一行三人在一间小包房里享受着刚刚烹饪的独特野味。这家野味馆装潢十分的简陋，菜色和味道倒还是不错，具有山间丘陵的独特味道，尤其是那一道爆炒山鸡，色香味俱全，让开了半天车忙活了一上午的三人胃口大开。

"吃饱了没有？"

一番风卷残云过后，江源放下了喝汤的碗。孙彦君敏锐地意识到，江源是要对上午的工作进行总结了。

他朝樊小琳递了个眼色，两人不约而同地收住了筷子。

"说说吧，有什么想法？"

"这个，呃，江总啊，这……"樊小琳扶着碗嗯呀着，欲言又止。

"没事，就谈谈你们此行的想法，还有，有没有发现我拒贷的原因？"

"这个老林买了两套烂尾的别墅不假，可是这和他的贷款没有直接的关系吧，难道作为客户，我买到了一套烂尾楼，就不能和银行有合作了？就不能再到银行贷款了？买到烂尾楼又不是我能控制的，就这样地拒贷了，我不理解。"樊小琳直言不讳地说道。

"你怎么就能确定，这两套别墅真的就是林长鸣买下来的？"江源呷了口茶，不紧不慢地问道。

樊小琳露出了奇怪的神色："咦，江总，你这话从何说起啊，这购房协议上是林长鸣的签名，我们又在现场核实了确有这两套房产，客户拿得出资产的证明，又能经得起实地的检验，只是房子并没有结顶，你凭什么说这两套房子不是林长鸣买的？"

"你们啊，这么关键的信息就摆在眼前，却被你们忽视了。"江源笑盈盈地看着眼前疑惑不解的二人，继续问道，"你们回想一下，今天看门的老大爷说这个工地是什么时候停工的？"

"他说停工两年多了，"樊小琳抢着回答，她的目光碰到江源坚定而充满鼓励的眼神，继续说道，"那也就是说，这片工地是在2014年左右停工的。"

"很好，这点信息很重要，那么我再问你，你还记不记得林长鸣买这两套别墅的时间？"

"呃，这我得去看购房合同了。"樊小琳下意识地伸手去拿包里的档案资料，伸到半空的手却突然停住了，她意识到，手提包被她扔在了车里。

"2015年。"孙彦君开口了，他一直保持着把客户资料拍照留档的好习惯，而每做完一笔业务，他就会将这些资料拷贝到电脑里，这样一旦出现什么问题，他不需要到档案室去调客户资料，只需要打开电脑看看文件里的照片即可。此刻他翻开手机里的照片，林长鸣的购房协议一页页地呈现在他的相册里，而最后一页上甲乙方签字的时间赫然写着"2015.4.18"。

怎么会这样？

孙彦君呆住了，按照看门老大爷的说法，项目在2014年就已经停工，购房协议的签订日期却是在2015年，难道说……

"你们想想看，狮山国际花园这个项目从2012年开始动工，2014年因为资金链问题而停工，此后便一直没有复工。"江源将杯中的大麦茶一饮而尽，继续说道，"如果你是购房者，2014年的时候这个房地产项目就已经停工了，你会在2015年，项目已经烂尾而复工还遥遥无期的时候花钱去买吗？而且是两套别墅，整整600万现金一次性付清，换作是你，你会做这个冤大头吗？"

樊小琳惊讶地看着江源，显然，江源提出的这种想法是她之前从未考虑过的，当初看到林长鸣出具的购房协议，她几乎是想都没想就按照合同将价格录入了调查报告，即便是后来和孙彦君再三复查，也从没有想到会在这里出问题。思索了片刻，她试探地问道："江总，您的意思是，林长鸣并没有买那两套别墅，那两份协议，是他伪造的？"

江源没有立即回答樊小琳的问题，他的目光投向了孙彦君："小

73

孙,谈谈你的想法吧。"

"这倒不一定,协议应该是真的,但我觉得更有可能的情况是,林长鸣投资了这家房地产公司的别墅项目。"孙彦君开口了。

他整理了一下思绪,视线与江源两相交汇,后者向他投来了赞许和鼓励的目光,他听到江源用压抑住的兴奋神情缓缓地说了一句"说下去",于是定了定神继续说:

"我的想法是,林长鸣可能很早就将自己的一大部分资金投到了这个项目里入了小股,想要分一杯羹,但可惜后来项目资金周转不灵陷入瘫痪了,他的钱也就打了水漂,经过一段时间的追讨发现收回钱的希望确实渺茫,所以就按照当时的投入价格与项目开发的房地产公司签订了这两份购房协议,一来是日后政府接盘时作为资金投入的佐证,至少能有两套资产握在手里,避免损失太多,二来么,可能也是想做高自己的资产金额,方便日后在银行里贷到款吧。"

"不错,这种可能性极高。"江源满意地点点头,眼前的这个愣头青从上个礼拜的莽撞无脑到今天一经点拨就茅塞顿开,显然是个可塑之才,做业务,要点之一就是要学会反思,学会举一反三。

"噢,这样我就明白了。"后知后觉的樊小琳也明白了过来,虽然林长鸣手里握有购房协议,但在烂尾楼迟迟没有下家落实的情况下,这两份协议不过就是两张废纸。而剔除了这两套房产,林长鸣账面的资产就缩水了不少。

"我来说说我的想法。"江源从包里拿出了一叠资料,发给孙彦君和樊小琳,二人接过匆匆扫了一遍,发现这是一份客户资产的资料清单,上面标注了林长鸣提供的所有资产资料,房产、车辆、存货、应收款,当然,也包括这两套烂尾的别墅。

"这两套别墅地处清远县,这里经济发展缓慢,增值的空间并不大,他在咱们市区还有两套房产,一套做了抵押贷款用于生意上的经营,一套还有按揭。你们想想看,市区的房价这两年增长快速,他一个生意场上风里来雨里去这么多年的老板,有钱不去投资本市的房产,甚至还做了按揭,却在偏远的县城山区全款一次性付了两套别墅的钱,你们觉得合理吗?"

江源看到了孙彦君和樊小琳下意识的摇头动作,满意地继续说道:"我正是因为这一点产生了怀疑,所以上网查了查这个别墅群的开工和销售情况,一查,果然有问题,这个房地产开发项目,早在2014年就已经停工了。"

江源喝了一口茶,继续说道:"2014年就已经停工的房地产,2015年却有买家大笔出手花600万买了两套房产,这显然有问题,小孙说得没错,这个林长鸣,大概率是个投了钱做了这个项目的小股东,后来发现要不回钱了才想到这个办法止损,当然,仅凭这样,还无法让我做出拒贷的判断。"

"是啊。"孙彦君也在心里暗暗叫道,虽然刚才江源的引导分析非常精彩,他也对这样的分析和定论很认同,可这也只能证明林长鸣投资失败,或者说过去有投资失败的经历,对现在的经营状况和借款需求,似乎并没有直接的影响啊。

"还有一点,你们都没有发现。"江源继续从包里拿出一叠资料,孙彦君和樊小琳接过一看,发现是林长鸣提供的近六个月的银行流水对账单。

银行流水单,是做生意的客户申请贷款时必须提供的资料之一,从这份资金进出的对账单上,能够分析出客户真实的经营状况,在很多的信贷调查过程中,信贷员往往通过对客户银行流水的分析,发现客户存在的经营问题。

"你们看下我用红笔标记出来的地方,看出问题没有?"过了好一会儿,江源问道。

江源用红笔标出的地方几乎每页都有,孙彦君仔细看了看,发现这个林长鸣每个月的14号都会往一个账户里汇钱,金额都是

22500元。

"每个月他都在给一个人打钱,金额还都是一样的。"樊小琳脱口而出。

"没错,对于林长鸣这样低买高卖的批发商来说,每天收款汇款本来就很正常,这样每个月给同一个人打金额相同的钱很容易被忽略在这么多笔流水中,但是你们想一想,每个月给同一个人汇金额相同的钱,钱的数目还不是一万两万这样的整数,最有可能是什么原因?"

"利息?"孙彦君脱口而出,从刚才的一系列表述,他已经明白了江源的意思。

"没错,就是利息!"江源兴奋地一拍大腿,眼前的小伙子真没有让他看错,短短的几分钟时间,他已经跟上了自己的思维和节奏。

"利息?什么利息?"樊小琳还是一副疑惑的表情。

"我判断,这很有可能是林长鸣问私人借了一笔钱,然后每个月给那个人打的借款利息钱,如果真有那么回事,按照咱们当地私人借贷普遍一分半,也就是年息18%的民间借款利率计算,老林每个月给那个人打的利息是22500元,那么他从那个人手里借了多少钱?"江源一口气说完,笑吟吟地看着面前的二人。

"150万?"过了好几秒钟,樊小琳才犹犹豫豫地说出了答案,突然,她惊讶地张大了嘴巴,突然意识到了什么。林长鸣这次跟银行申请的贷款是200万,这么说来……

"老林到我们这里申请贷款不是要购货经营,而是为了还那个人钱?"

江源满意地笑了,在自己的循循善诱下,两个弟子终于将此行的全部意义理顺。"为了证实我的猜想,我去市场里侧面打听了一下,结果,不出我所料。这个老林跟市场里隔壁摊位的一个老板娘借了一大笔钱,现在这个老板娘想买店面投资,天天催着老林还钱，已经催了他好几个礼拜了。"

"所以，这个林长鸣当初投到房地产里的600万里，有至少150万是跟人借的，现在他贷款，摆明了是手头上拿不出钱而拆东墙补西墙的。"

"天呐，江总，你真是神人啊。"樊小琳两眼放光，做出了崇拜的表情。孙彦君也觉得不可思议，这个新到任的老总，眉宇间有着不同于其他管理者眉毛胡子一把抓的混乱模式，一个在他看来几乎无懈可击的客户，一笔近乎可以自动批准的贷款，江源竟能通过一个房产购买的时间错位，和一笔笔金额相同的转账记录而露出的细微裂缝，抽丝剥茧层层推演，最后竟然推导出如此令人不可思议的结果。

"所以我说，答案就在你们的资料中，只是你们没有发现。"

如果当初真的贸然行动，将林长鸣的贷款申请审批成功，后果还不知道怎样呢。想到这儿，孙彦君的脸红了。

江源笑了笑："别沮丧，你们入行时间不长，被这样的老江湖蒙蔽双眼是正常的，今天带你们来就是让你们亲眼见识一下，也好在日后的贷款调查中引起重视。"

孙彦君听罢大为感动，面前的江源明明可以否决贷款后就作罢，却在今天一大早上花了一个多小时长途奔袭，就为了带他们实地调查，并现身说法分享他自己是如何分析的全过程，这对自己和樊小琳在信贷调查方面的帮助实在是太大了。

又是一个多小时的疾驶，白色奥迪在银行门口停了下来。

"那么江总，下个月的风险检查一路顺利哦，但愿老张头的霉运不会传染给你。"拉开车门的樊小琳咯咯地笑着，调皮地冲着江源开着玩笑。

"老张头？哪个老张头？"江源疑惑地看着樊小琳。

"风险部的副总张志超呀,在你主动请缨前,他是咱们分行唯一的人选。"

"噢,是他?"江源的脑海里浮现出了那张哀怨的脸,如坑洼的月球表面般的面皮、无神而茫然的双眼、斯斯文文的金丝边眼镜,以及刚过40岁就花白了的两鬓。江源笑了:"他有啥霉运可以传染给我的?"

"你还不知道啊,"樊小琳摆出一副夸张的惊讶表情,随即便滔滔不绝起来,"整个行里都传遍了,他最近正在遭遇人生中的大坎坷,他老婆被一个臭有钱的小老板拐跑了,听说他老婆连孩子都不要就直接净身出户了……"

第八章
尸体从天而降

车震动了几下,停住了,像在努力爬坡却止步不前的老马。

"醒一醒,张总,咱们到了。"

张志超揉了揉惺忪的睡眼,从自己的位置上抬起头来,窗外淅淅沥沥的阴雨中,面前这幢高层写字楼的外墙上,"兴庆银行冉州分行"几个大字赫然醒目。

这么快就到了?还来不及多想,前排那个眉清目秀的年轻人已经飞快地从车上下来,绕到这边来为自己开门。

张志超活动了一下有些僵硬的四肢,缓缓地动身,他一边下车,一边向年轻人抛来一个歉意的表情:"不好意思啊小江,年纪大了就容易犯困。"

"哪的话张总,工作这么辛苦,能睡着是好事。"前排的江源倒是一脸的温和,积极地帮张志超开车门拿行李。年轻人能有这样的态度,确实难能可贵啊。张志超这样想着,却依然止不住地哈欠连天。

从赢州车站坐上高铁，到出站以后坐上专车抵达冉州分行的营业大厅，前后不超过两个半小时，张志超却感觉十分的疲惫。的确，刚过40岁，依旧是虎狼之年，最近的他却时常被一种莫名的疲倦所困扰，茫然，集中不起注意力，这让他既困惑又无助。

这种茫然的状态一直持续到他从电梯出来。电梯门打开的一瞬间，他神游似的信步往前走，和门外正在等候电梯的大汉撞了个满怀。他跟跟跄跄地退到一边，扶了扶险些被撞飞的眼镜，想朝面前的大汉挤出一个歉意的笑容，但当他抬起头与大汉四目相对时，不由得愣住了，随即换上了惊讶的表情："队长，您怎么在这里？"

对面的大汉嗯了一声，脸上一副满不在乎的表情，凶狠的面相倒是让江源为之一震。他的身高在一米八以上，身材魁梧，面上显得沧桑而老练，腋下夹着个黑色的皮包，散发着令人窒息的气势。他朝张志超和身后的江源瞅了瞅："我来做我的老本行啊。老张，今天怎么有空到冉州来？"

"呵呵，受总行的召唤，参与这里的风险检查。"张志超赔着笑，脸上已经恢复了平日里的镇定自若。

"噢，那就是来视察指导工作的啊，不错不错，"大汉满意地笑了笑，他的目光汇聚到了张志超的胸前，旋即，语调变得凝重而严肃，"咦，你领带怎么没有戴？"

江源饶有兴致地看着面前的二人，却隐隐觉得不对劲，他看到张志超因见到故人而缓和放松的笑容瞬间僵在了脸上，而大汉的脸色此刻变得微妙起来。

"这，这……呃，天太热所以……"张志超语无伦次地解释着，显得慌乱而不知所措，江源不由得疑惑起来。大概是因为阴雨天的关系，张志超在这个炎热的六月依然穿着白色的长袖衬衫，不戴领带虽然和礼仪规范有所区别，但也不至于这么紧张吧。而那个大汉在严肃的表情下隐藏着的，竟是一种淡淡的喜悦，仿佛……

嗅到了钱的味道。

"你们代表总行来分支机构检查工作,那就是总行的脸面,应该起到模范带头作用啊,要给分支机构树立榜样啊。"大汉轻描淡写地冒出这么一句不痛不痒的官话,随即,他从腋下的包里取出一本厚厚的笔记本,翻到新的一页,漫不经心地记录着,同时念念有词,"张志超,赢州分行,2017.06.18,未戴领带,扣罚,500元。"

什么?这样就要罚500元?江源愣住了,他看见大汉漫不经心地在本子上书写画弄着,笔尖画过纸片的声响在安静的走廊里显得无比刺耳,这个人显然是总行某个稽查部的人,说一不二,态度威严,让对面的人不由得心生畏惧。

再看看张志超咬着嘴唇,似乎想要辩解什么,而不等他开口,眼前的大汉收起笔记本,一脸严肃地朝张志超说了句:"下次注意啊。"随即又夹起了那个黑色的皮包,走进了电梯,按键,关门,扬长而去。

江源看到那阴郁和茫然的表情又爬上了张志超的脸颊,布满了他沟壑纵横的苍白面庞,显得辛酸而无奈,他不由得同情起面前这位命途多舛的前辈来。抛开之前听说的传闻不谈,响应总行的召唤放下手头的工作,千里迢迢地赶来参加检查,初来乍到就被扣了500块,任谁都会在心里愤愤不平。

他凑近张志超,小心地开口:"张总……"

张志超回过神来,目光茫然地看着江源,停顿了几秒,才又换上了一个生涩的笑容:"走吧,别让总行的领导等急了。"

他拖着行李箱快步向楼道里走去,行李箱的一角却重重地砸在了楼道的拐弯处,发出沉闷的响声。他沮丧地停下脚步,低着头,从喉咙里发出了一声长长的叹息,随即收起了拉杆,无奈地提起箱子,倔强而踉跄地向前走去。

江源望着张志超的背影,心中暗暗地叹息,这个曾经才华横溢的70后高材生,那个年代里为数不多的硕士,不到40岁就做到风险稽查部副总的有为青年,眼下却被这样一连串的阴郁所裹挟着,他的人生驶入了一片幽暗的浅滩,很可能就此搁浅,就此沉沦。

他似乎迫切需要一个爆发的节点,一个宣泄的缺口,去唤醒自己的职业嗅觉和人生自信。

这样看来,这个见缝插针的大汉,倒是出现得恰到好处。

好吧,既然你没有再次振作的意愿,那我就给你一个不得不振作的理由。

"这次风险检查是对冉州分行近两年的信贷业务的一次大梳理,关系到总行未来几年对江苏全省业务拓展的步骤,请各位务必引起重视。"

以这句话作为结尾,在冉州分行三楼的封闭会议室里,远道而来的总行风险稽查部经理陈庆宪终于结束了他长篇累牍的思想教育。

从半个多小时前,各个分支机构的检查人员到齐的那一刻,他便一脸严谨地向在座的各位介绍着这次风险检查的重要意义,言语中既端着总行人员莅临指导的威严架势,也处处谨小慎微措辞得体。这个45岁上下的总行风险部二级经理,说话时严肃而较真的样子,宛若经验丰富又循规蹈矩的中学班主任,让江源不由得有些好笑。

江源朝身边看了看,自总行风险稽查部陈庆宪以下,除了来自赢州的自己和张志超外,还有各个分行风险条线的稽查员工,检查人员总计竟有十人左右。耗费如此巨大的人力物力,从各分行抽调员工组成这一次的调查小组,对冉州分行近两年的贷款业务进行全面排查,这显然是一次规模不小的大动作。

冉州分行是兴庆银行在2007年全行战略扩展中开立的第一家

跨省级分支机构，也是董事会层面网点遍布长三角战略的重要一步。经过近10年的发展，冉州分行的业绩在全行的排名中一直名列前茅，前些年新设立的分支行经常来这里学习取经。但随着业务开展的深入，老机构的问题也逐渐暴露了出来，比如逐步放缓的存款增长率，比如日渐升高并居高不下的贷款逾期率。

也正是因为如此，这次的风险大检查显得尤为重要。

"抱歉抱歉，我来迟了。"

会议室的大门突然被推开了，一个身材不高、体型微胖的中年男子快步走了进来。他年纪50开外，一脸达官贵人的模样，生得肥头大耳，脸颊和下巴上的横肉随着步伐有节奏地抖动着，给人一种笑弥陀再世的即视感。他快步走到陈庆宪的面前，热情地和对方握了握手："不好意思啊小陈，上午去和一些客户谈贷款重组的事情，来迟了。"

陈庆宪握着来人满是横肉的大手，笑着回应道："王行长，好久不见啊，您的气色可比以前好多啦，看来冉州的伙食不错啊。"

随即，他转头向众人介绍道："各位，这位就是冉州分行的风险总监，王兴方王行长。"

王兴方有些不好意思地摸摸行将寸草不生的秃头，指着陈庆宪对众人咧嘴一笑："哪里哪里，大家都是同事嘛，我在总行的时候跟咱们老陈就是前后桌。"

王兴方，终于等到你了！

王兴方，是目前整个事件台面上的关键点，是他江源放弃上海的大好前程回归家乡的诱因之一，也是他此次主动请缨前来冉州的唯一目标。

现实中的王兴方比照片上胖了一些，尽管已经50开外，王兴方给人的感觉却是正在壮年，脸上没有丝毫的倦意。如陈庆宪所说的那样，冉州的伙食确实不错，将这位自总行下派到分行担任二把手的领导养得白白胖胖。

和很多政府机关一样，员工在被提拔前下派到基层锻炼早已是兴庆银行内部不成文的执行规定，王兴方从去年的9月起就从总行风险稽查部下派到冉州担任风险总监。在兴庆这样的股份制商业银行内部，风险总监这个职位一贯都由总行下派员工担任，担任者仿佛是总行的一双眼睛，任职期内既是分行内部贷款的最终审批人，也时时监察所在机构的信贷业务有无背离总行的政策导向。

大概正因为如此，在每一间分行中，这个一人之下万人之上的位子显得尤为微妙。按照预想，只要该阶段的工作表现不出差错，王兴方明年回到总行后就可以提拔至总行稽查部的一级主管，而最客观反映他下基层一年来工作表现的考评维度，就是这次总行对冉州分行进行的风险检查。

对于一心想在总行占得一座山头的王兴方而言，这次的风险检查仿佛一次期末大考，考试的结果将直接决定他未来几年的仕途归属。

对于江源而言，接近这位肥头大耳的王行长，是他此行唯一的目的。

"妞妞啊，快去追你的姐姐。"

清晨，凤清湾小区9号楼的2层单元楼里，一位年过6旬的小老太太一边换鞋，一边催促着。身边翘臀的可爱的柯基小狗快乐地摇着尾巴，像一道白色的闪电冲出家门去追刚刚下楼的小女孩。

每天早晨，送小外孙女去上小学，然后遛着自己的爱犬去菜场买菜，去公园散步，退休后的生活就是这么阳光灿烂。

可是，没等她换完鞋，就听到楼外的空地上传来了一声闷响，随即，小柯基便疯狂地叫了起来，声声犬吠急促而又尖锐，在宁静的早晨显得尤为刺耳。

"怎么回事？妞妞啊，妞妞。"小老太太疑惑地换完鞋，沿着楼梯向楼外走去，她看见自己的小外孙女背对着她站在楼外的空地上一动不动，身边是小柯基妞妞不停地狂叫。

随即，她的心头一颤，腿肚子不由得颤抖起来，在她面前的，是一个卧倒在地上的男人。

深红色的液体从那个男人的身下蔓延开来，黏稠，温热，好像在逐渐向她逼近……

"啊！"

女孩仿佛没有听到身后外婆发出的那一声凄惨的惊叫，她的大脑此时一片空白，死死地盯着面前瘫软在地上的那具躯干，与她对视的，是躯干顶端，那颗破碎不堪的头颅里，瞪得如铜铃般的狰狞双眼。

赵剑锋拨开围观的人群，在周围人熙熙攘攘的嘈杂声中，镇定自若地从警戒线下侧身钻过，还没目击案发现场，一阵浓烈的血腥味就已刺入鼻腔。

从事法医工作十年了，鼻子自然要比别人灵敏一些，却仍不喜欢空气中弥漫着的这种气息。他下意识地搓了搓鼻尖，似乎想要驱赶越发腥浓的血气，随即，他的目光落在眼前的那具尸体上。

死者看上去40岁上下，尸体呈俯卧状态，头朝右侧歪着，左脸颊向下贴着冰冷的地面，殷红的鲜血洒了一地。

"赵法医，您来啦。"

"赵法医。"

几个略显青涩的民警纷纷向赵剑锋点头示意，作为最先到达案发现场的辖区民警，他们承担着拉起警戒线保护现场，向周边人了解基本情况，记录目击证人信息的基本责任。这样的人命案件在调查之初一律按照凶杀案的流程处理，而确认死者死因的重任，毫无疑问要由法医完成。

"报案人是这栋居民楼里的住户，叫刘婷，目击证人是她的外孙女，今年才8岁，事发时她正好在这片空地上玩耍，目睹了死者落地。"辖区派出所的所长刘生火凑到了赵剑锋跟前，介绍着案发现场的情况。

"小女孩？"赵剑锋吃了一惊。

"唉，这孩子啊，被吓得不轻，我们到这儿都已经一个多小时了，她就光睁着眼睛，一句话都没说过。"刘生火苦笑道。

"这种场面，真不该让孩子看到。"

赵剑锋对着尸体勘验了一番，心中有了初步认识。

第一，目测尸体和大楼之间的距离，死者从天台坠落时，会有初始速度，所以，基本可以断定，死者是在助跑后跳下的。

第二，从现场来看，死者断裂的骨头刺穿肌肉和动脉，血迹呈现喷溅状，证明死者落地时心脏还在跳动。

所以……

"这是从死者裤子口袋里发现的工作证。"刘生火递给赵剑锋一个证物袋，袋子里装着张带有塑料外壳的卡片，虽然外壳被磨得粗糙不已，但里面的死者头像和姓名仍依稀可辨。

只看了一眼，赵剑锋的脸色立刻凝重了起来，他抬起头，眉头紧锁，眼球微微向左转动，在回忆和思考着什么，过了片刻，他突然开口："刘所长，麻烦您打电话到市局，请经侦支队的杨霖警官今天务必到解剖室找我。"

"杨霖？他不是……"刘生火被这突如其来的指示弄得猝不及防。他吞吞吐吐地，一时竟忘了，面前穿白大褂的这位只是个法医，而非自己的领导。

赵剑锋朝刘生火斜了一眼，随即明白了刘生火吞吞吐吐的缘由：“我不管你们怎么看他，他是我们市经侦方面最优秀的警察，这个案子，还得找他。”

他丢下刘生火转身朝车里走去，没有听到刘生火在身后小声地嘀咕着："打给谁不是打啊，为什么偏偏是那个煞星？"

11点10分，赢州市局法医科。

杨霖斜靠在解剖室的门口站了一会儿，见里面的赵剑锋侧对着门的方向，盯着尸体沉醉在自己的世界里，对自己的到来毫无反应，不由得好气。这个家伙，还是一如既往地，一进到解剖室里就像进了世外桃源般沉迷其中，对外界的一切都漠不关心。

他仿佛一个游离于喧嚣外的指挥家，手术刀是他的指挥棒，在解剖一具具尸体，为死者鸣冤的同时，也为自己谱写法医的乐章。

"咚咚咚。"

他的手在门上敲了几下，里面的赵法医充耳不闻，他又狠狠地拍了几下，赵剑锋才恋恋不舍地将目光从尸体上向门这儿移来。

"哟，你来啦。"

"您赵大法医召唤我，我怎能不来？"杨霖笑着想进门，却被对方一伸手拦在了外面。

赵剑锋麻利地从门背后取下白大褂和口罩扔给杨霖："喏，自己换上。"

"怎么回事啊，这死者跟经侦有关？"杨霖一边套上白大褂，一边发问。接到刘生火电话的时候，他正在追查一个无关痛痒的诈骗案，虽然他尽快赶了回来，心里却是丈二和尚摸不着头脑，在来的路上，他已经从相关的同事那里，了解了整起命案的大致情况，但他不明白的是，这起看似是高坠自杀的案件，跟自己有什么关系。

"你来看这里。"赵剑锋指着死者的颈部，杨霖凑过去仔细看了看，眼睛立刻瞪大了。在死者的脖子上，有一个小点，看上去，像是灼烧留下的痕迹。

"这是……"他惊讶地抬起头，眼睛直勾勾地盯着赵剑锋，眼神里透着些许的怀疑。

"对，你猜得没错。"赵剑锋肯定地点了点头，两个各自领域内的顶尖高手打着哑谜似的彼此回应，答案却已心照不宣地在两个人的心中默默传递了。

像这种轻微的灼烧痕迹，最有可能是电击棒所致，死者全身没有任何明显的抵抗伤，但是唯独脖子后面有这样的伤痕，这说明死者生前大有被电击棒电晕受人控制的可能，也就是说……

"死者是谁？"

"项天朔。"

"这名字怎么这么熟悉？"杨霖在脑海中搜索着。

"东征集团曾经的项目经理。"

几个字像晴天霹雳似的，在杨霖的头顶炸响。那些已经退却了许久的记忆和情绪如潮水一样重新汹涌而至，恍惚间，他听到赵剑锋平静地说：

"现在，你应该明白我为什么叫你来了吧。"

从法医室出来，已经是下午一点了，杨霖忽然感到腹部一阵剧痛，贴着墙壁蹲了下来，糟糕，胃病又犯了，刚才在法医室待得太久，已经错过了饭点。

走廊上不时地走过几个身穿制服的同事，看到弓着腰的杨霖，无一例外地低头快步走过，仿佛没有看到他的存在。

所幸，一年多来，他早已经习惯了这样的冷漠。

他捂着肚子靠了一会儿墙，算是缓解了一些痛感，赶忙跑回自己的办公室，开锁，拉抽屉，倒水，几粒药片鱼贯而入，喉结伴着水流一阵有节奏的耸动之后，终于，胃部的阵痛像黑烟一样，缓缓地消退而去。

人永远无法和物质世界比天长地久,杨霖想起高中的时候,逃课去网吧,整夜整夜地水米不进,身体都没什么异样,现在,小小的胃病都能让自己站都站不稳,32岁的年纪,人生却因为一场意外之旅开始走起了下坡路。

而要走出那一步,就意味着,他又要和那个他一辈子都不想再联系的人,扯上关系了。

一连几天,杨霖都在犹犹豫豫中度过。

三年前,在所有同事羡慕的眼神中,自己携破获115大案之功升任市局经侦支队的副支队长,那一年,他还不到30岁,是冉冉升起的警界明日之星,前途不可限量。

然而,这一切的美好,都随着一年后,2015年的3月,那件兴庆银行的存款飞单案戛然而止。

无论站在哪个角度上看,当年这起银行存款飞单案件都并不复杂,证据链完整,逻辑清晰,所有的线索都指向了那个恰在当时失踪的女银行职员。

案件很快告破,全体的经侦警员都沉浸在喜悦中,而唯有一人,对这个案件存有疑虑。

这个人,就是杨霖本人。

如果不是因为嫌疑人和自己的关系,他会这样执着地一次次重启调查吗?事后,杨霖无数次问自己。

在很长的一段时间里,杨霖几乎天天都往兴庆银行跑,又是调阅资料,又是约谈当事人,似乎想在铁板钉钉的案件上凿出一个窟窿,只因为他相信,那个善良的女孩一定是冤枉的。曾经的朝夕相处让他不相信,欺世盗名、坑害客户的银行罪人会和自己曾经的女神画上等号。

然而结果是，完美的证据链没有让他找到任何破绽，不但翻案毫无头绪，还让他变得自暴自弃起来，终究使得上级领导对他产生了嫌隙，甚至还被业内冠以滥用私权为前女友泄愤的罪名。

"你他妈是不是疯了！人家银行都投诉到省厅了！"在那一次不可挽回的错误后，当时的市局副局长韩严硕愤怒地朝他摔了杯子。最终，一身警服还留在身上，但被降职处分。从此，杨霖远离了警队的核心圈层，就此颓丧，一蹶不振。

直到半个月前，在兴庆银行的大厅里，他看到了身着兴庆银行制服的江源，那张冷峻的脸。

直到两天前，在市局的法医解剖室里，那具看似与当年的案子毫无关联的尸体上出现了那点不起眼的灼烧痕迹，还有那张令人玩味的身份证明。

也许，转机，真的出现了。

他犹豫着，钥匙插进了抽屉锁孔，却迟迟没有转动。

过了好一会儿，他深吸了一口气，仿佛下了很大决心似的，转动了钥匙。

十字锁咬合的声音清脆袭来，他打开抽屉，翻到最下面一层，从里面拿出了一台关了机的苹果手机。

他麻利地充电，开机，随后凭着记忆按下了一串数字。

电话那头响起了一阵欢快的乐曲，只过了几秒钟，电话被接起，一个动听的女声甜美地响起："您好，这里是兴庆银行赢州分行，请问有什么可以帮您？"

杨霖清了清嗓子："您好，我是你们的客户，我有点贷款的问题想咨询一下我认识的那个员工，但是，我换了手机，找不到他的电话号码了，您能帮我查一下吗？"

"噢，好的，没问题，"电话那头只迟疑了一秒钟，随即那让人备感舒适的声音又响了起来，"请问您的客户经理叫什么，我帮您查一下报给您。"

"好的，谢谢，他的名字，叫江源。"

第九章
复仇协议

"喂，您好？"

电话那头长久的沉默让江源有些疑惑，这个从赢州打来的陌生号码，会是谁呢？

"喂，哪位？"又是一阵沉默。

"是我。"那个声音犹犹豫豫的，虽然街边的叫卖声此起彼伏，但江源还是听出了他的声音。是他？

"找我什么事？"江源有些好奇，这个上次态度决绝的家伙，这次想干吗？

"上次在墓园，你的提议，还有效吗？"电话那头的杨霖声音沙哑，仿佛刚刚经历了什么重大的变故。

"当然，"江源的回答很干脆，"怎么，你改主意了？"

"你在哪里，我想当面和你聊聊。"

"好啊，等我回来吧，我在冉州出差，至少要等到下周。"

"好，我等你。"杨霖的回答也很干脆。

"对了，"江源忽然想起了什么，"你现在还可以查到任意一个目标的资金流向吗？"

"可以，怎么了？"

"有两个账户，我需要你帮我查一查他们之间是否存在资金联系。"

"你应该知道，没有充分的怀疑理由，我们是不能随随便便查询账户的。"

江源犹豫了一下："和那件事情有关。"

电话那头是长久的沉默，随即传来了杨霖坚定的回答："把账号发给我。"

顿了顿，他又补了一句："用以前的联络方式。"

"来，接着喝。"收起电话，江源转过身，重新融入了一片声色犬马中。

在冉州平江路的夜宵摊上，乒乒乓乓的酒杯碰撞声响此起彼伏，几番推杯换盏后的张志超已经微有醺意。一个多小时前，架不住一再邀请，张志超被同住一间的临时室友江源连拉带拽拖出来，逛逛冉州夜市，吃吃这边的夜宵。也对，江源有一句话说得好，两周之内要把冉州分行近一年的贷款全面排查，接下去几天的工作强度小不了，不放松放松怕是要憋出病来。

闻着桌上烤肉飘出的香味，张志超全身处于松弛状态，恍惚间，他听到对面的年轻人犹犹豫豫地开口问道：

"咱们刚来冉州那天，在电梯里罚您钱的人，他是谁啊？"

一想起前些天那个一脸横肉的家伙，张志超就怒向胆边生。

"闻林发，总行人力资源部负责劳动纪律督察的经理，"他愤愤地回答着，握着酒杯的手因为发力而不由得微微颤抖，过了半晌，看看江源毫无反应，于是又悻悻地憋出四个字，"人称发哥。"

93

"他就是发哥？"

江源的脑海中隐隐闪现出前几日在电梯口见到的那个彪形大汉，一脸横肉，皮肤黝黑，两眼凶狠而气势逼人。

"我听说他原来只是个大堂的保安，想不到竟然可以混到现在这个位置，想必是有过人之处吧。"江源的语气里透着些许的赞许和羡慕，听似无心的感慨，实则却是他刻意为之的言语刺激。

"哼，他能有什么能耐，不过是运气好当了回英雄罢了。"张志超将杯中酒一饮而尽，愤愤地回应着，酒杯重重地摔在桌面上，发出一阵脆响。

"噢，是什么事？"江源好奇地问道。

"2001年，那时候，我刚进总行。我记得那是一个盛夏的傍晚吧，有个吃饱饭没事干的家伙酒后壮胆，在我们总行的大门口对一个刚刚取完钱的女客户持刀抢劫，正好被闻林发撞见，他朝那个歹徒大喝了几声，那家伙厌了，扔下刀撒腿就跑。那个女客户正好是当地一家媒体的记者，于是就大事报道了这件事，传回到行里，他便成了勇斗歹徒，舍身保护客户的救人英雄，总行破例让他进入人力资源部成为正式员工，专门负责各个分支机构的劳动纪律检查。他有董事长亲自批示的尚方宝剑，对全行任意员工的劳动纪律问题，都有权扣罚通报。"

"原来是这样。"江源若有所思地点点头，早在入行之初，他就听闻兴庆银行有位人人避之唯恐不及的发哥。这个闻林发平日里的工作就是夹着个破旧的黑色皮包去各家分支机构转悠，检查当地的劳动纪律情况，每到一处，都会像戏文里搜刮民脂民膏的钦差过境那样，在当地掀起一场血雨腥风。

"没有文凭，没有金融知识，所以只能做这份检查工作，没承想他倒是做得挺好，一干就是十几年，整一个铁面判官，行长穿戴不规范都敢通报扣罚，董事长对他那可是信赖有加啊。"张志超一手拿竹签子一手拿酒杯,大口地嚼着嘴里的羊肉略带不屑地说。

"董事长对他信赖有加,员工们对他可是恨之入骨啊。"江源笑着接茬,他听孙彦君说起过,发哥每次来嬴州都是满载而归,那些桌面不整洁的,穿西装没打领带的,皮鞋擦得不亮的,签到打卡有遗漏的,胡子没刮头发没梳的,统统都在他扣罚项之内。最为夸张的是,针对员工仪容仪表里规定的夏天员工必须穿袜子这一规定,发哥竟然真的把头伸到桌子下面一一查看,揪出了一批批夏天坐在办公室里,穿着裙子凉鞋露出脚丫子的行政女员工。

"哼,一来这里就被他揪了辫子,今年真是倒了血霉了。"张志超又愤愤地喝下一大口酒,满脸的懊丧和恼怒,如果不是喝了酒,外形儒雅的张志超怕是说不出这样满怀愤恨的粗鲁话来。

"是啊,您最近真是出师不利啊,要不这顿我请吧。"江源不适时宜地飘出这么句话,虽是语气关切,在当事人听来,却有些莫名的刺耳。

"怎么着,连你也可怜我是不!"张志超的脸涨得通红,他大着舌头,撩开了嗓子大声吼道,如此失态的样子和平日里的温和儒雅大相径庭。

"不不不,怎么会呢,您可是我在行里敬重的前辈呢,大家都跟我说您审查眼光独到,经验丰富,是我们行控制信贷风险的铁闸。"江源连忙解释着,言语不免加以渲染和恭维。

"眼光独到……"张志超含糊地重复着江源的措辞,浑浊的双眼逐渐变得清晰而愤怒,突然,他将酒杯重重地摔在地上,"哼!他们怎么没说我瞎了眼娶了个婊子!"

江源看着对方手中的玻璃杯以一个怪异的弧线接触到了冷冰冰的水泥地面,顷刻间化为了碎片,那些混合着酒精味的碎片四散开来,像晶莹的泪珠一样,连同张志超心头那片决堤的洪泽,在冉州街头的一角汹涌地蔓延成汪洋大海。

周围的人们都沉浸在觥筹交错、推杯换盏的愉悦中，在混杂着美酒、烧烤、香烟和女人的环境里，没有人去注意那只偶尔在地上摔碎的酒杯，和江源面前这个愤怒而悲伤的男人。

"4月12日，结婚十周年纪念日，那天，连续加班了三个礼拜的我提前订好了西餐厅的位置，早早地下了班去她的单位门口接她，谁承想，正好撞见她花枝招展地上了那个男人的车。"张志超含糊不清的话语，断断续续地讲述着那件让他在盛极之年轰然倒地的事情。通过那天樊小琳的八卦，还有眼前这个酒醉失落的家伙絮絮叨叨的讲述，江源已经明白了事件的大概。

张志超和小悦这对老夫少妻的组合曾经在好几年内羡煞旁人，小悦今年才三十多岁，是赢州市一家房地产公司里的售楼小姐。见过小悦的同事们都交口称赞她是个难得的美少妇，皮肤好，身材棒，气质佳，出落得落落大方。每次行里的活动但凡可以叫家属，这群单身汉都会四下打听小悦会不会来，一旦得到的答案是肯定的，出勤率那叫一个居高不下。而三年前，他们的女儿佳佳呱呱坠地后，一家三口的幸福样子更是羡煞旁人。

也正因为这样，当小悦婚内出轨毅然离婚的消息传来时，瞬间在行里炸开了锅。

张志超作为分行风险部的二把手，有着风险业务第一道防线之称的美誉。但这个在外行看来高大上的位置实则非常辛酸，最突出的特点，就是永无止境地加班审阅贷款。张志超对工作的尽心尽责，无形中却为小悦的红杏出墙提供了契机。据樊小琳透露，小悦的出轨对象姓于，是本市一个开纺织厂的小老板，离异，膝下无子，人到中年却并不发福，甚至还有些为商者并不多见的浪漫帅气，经常开着大奔招摇过市，好不拉风。

一次偶然的饭局机会，他对从事房地产销售的小悦一见倾心，随即便通过各种场合接近小悦。为了得到她的芳心，他甚至和自己道上的那群狐朋狗友们一掷千金，在小悦的业绩下买了好几套房产，帮小悦的业绩一路扶摇直上冲到了云霄顶端。经历惯了老张头儒雅但呆板的沉闷气质，再体验了于老板多情浪漫的花样招数，小悦的心理防线很快被攻破。在结婚纪念日那天，被老张头目睹她上了于老板的车后，小悦顺势就提出了离婚。

"我这个人死板，没什么情趣，工作忙，又不懂得疼人，冷落了她，这些我都认，只要她回头，我都可以原谅她。可我不能容忍的是，她竟然这么狠心地抛下佳佳！"

此时的张志超已是涕泗横流，含糊不清的话语里夹杂着抽泣和呜咽。他哆哆嗦嗦地从口袋里掏出皮夹，笨拙地展开，举到了江源面前。江源接过皮夹细细一看，皮夹的夹层里露出了一张小姑娘的相片。

小女孩梳着羊角辫，浓眉大眼，笑得特别灿烂。看得出，长大后的佳佳一定是个美人。

"你看看，你看看佳佳有多可爱。"张志超又闷下了一大口酒，目光投向了自己女儿的相片，女儿的娇小可爱，让这个悲伤的汉子眼睛里逐渐涌上了柔情和怜惜的意味，"去民政局办理离婚手续的那天，我万般无奈地带上了佳佳，我希望佳佳的存在能让她回心转意，希望她能看在女儿的分儿上，不要离了，给佳佳一个完整的家。"

柔情在张志超的眼睛里停留了瞬间，下一秒，疾风骤雨就扑上了他的面颊："可是她竟然看都不看佳佳一眼，那么狠心地甩开了佳佳的手，头也不回地走了，任凭佳佳哭着喊着要妈妈，哭得撕心裂肺，撕心裂肺啊！"

张志超再也控制不住了，哽咽和啜泣变成了号啕大哭，他哭得那么伤心，那么惨绝人寰，不住地捶胸顿足，像一个失去了妈妈的孩子。

97

周围的人们惊讶地看着这边发生的一切,他们看到一个四十岁出头的中年人借着酒劲像孩子一样地号啕大哭,大口大口地灌着闷酒,而在他的身边,那个年轻一些的男子却静静地看着同伴哭天抢地,不给予安慰,也不阻止对方的暴饮,只是那么安静地坐在那里,把玩着手中的空酒杯,冷静地凝神望着同伴,仿佛若有所思。

"这个臭婆娘,净身出户跟着她的相好风流快活去了,我倒成了行里最大的笑话,下面的员工暗地里嘲笑我,领导又觉得我处理不好家庭问题会影响工作,佳佳每天晚上都哭着问我要妈妈,我过得生不如死,生不如死啊。"

也不知过了多久,张志超的哭声渐渐微弱了下去,他累了,疲倦了,既眩晕又难受。

太久太久,没有这样地宣泄过了。

在很多个难眠的夜晚,在佳佳无数次哭着喊着要妈妈的时候,他都是那么坚强而淡定地哄着脆弱而懵懂的女儿直到她沉沉入睡,然后一个人喝着闷酒,蒙在被子里默默哭泣。他不敢放纵自己的哭腔,甚至只敢呜咽在喉咙里,怕熟睡的女儿从睡梦中惊醒,也怕自己的哭声划破黑夜让自己更加孤寂和心塞。

终于有机会,让自己借着酒劲彻彻底底地发泄一下了。

"哭够了吗?"

一个声音冷冰冰地嵌入他的耳朵里,冷酷,严厉,像不满,更像责怪,仿佛千年寒冰直插心底,那么的冷酷,那么的不近人情。

张志超惊讶地抬起头,他揉揉眼睛,抹了抹湿滑的脸颊,脸上的酒气在冷风的奇袭下逐渐散去,终于清醒些了,模糊的视线逐渐变得清晰,随后,他看到了对面那张写满了冷酷与不屑的脸。

"您就是这样自暴自弃地过着离婚后的生活吗?这可不像我认识的张总啊。"江源的话语没有丝毫的温度,甚至充满了嘲讽。

"我，我也想逃离现在的一切，可我能怎么做？我现在每天都觉得无颜面对身边的一切，一想到他们快活恩爱的样子，我就恨不得去死！"

"那么，如果他们过得比你还落魄，能让你心里好受，重新振作吗？"江源冷不丁的一句发问，让情绪仍在亢奋中的张志超猝不及防。

"你，你说什么？"

"我们做个假设吧，现在你的面前有一个按钮，"江源面无表情地将杯中酒一饮而尽，然后将酒杯重重地摆在张志超跟前，"如果按下这个按钮，你的前妻和那个男人便会遭到报应，你会按下去吗？"

江源的声调很是平稳，说出的话语却仿佛一道凶狠的寒光，让张志超为之一震。

是的，他无数次地幻想过将那对狗男女撕得粉身碎骨，家破人亡方解他心头之恨。

"我想，我做梦都想……"他亢奋地回答，颤抖的双唇一张一合。

"你不想！你更希望她能回心转意地回来，否则你不会还留着她的相片。"面前的年轻人严厉地打断了张志超的解释，他放在膝盖上的手此时抬起来摆到了桌面上，手中多了一只棕红色的皮夹。

张志超一时语塞，片刻过后，他的目光移向了江源手中那个属于自己的棕红色皮夹。江源把皮夹打开，不等张志超伸手阻拦，从佳佳的照片后面麻利地抽出了另一张照片，相片上的女人三十五岁左右，风姿绰约，容貌艳丽，正是张志超的前妻小悦。

"你还留着她的相片，说明你还惦记着她，一个为了享乐抛家弃女的拜金女，竟然还让你这么念念不忘，张总，如果我是领导，恐怕我真的会怀疑你的判断能力。"

在我这样为她的离去内疚、自责，独立支撑家庭带女儿，用酒精麻痹自己的时候，那个贱人指不定和她的新欢在地球的哪个角落风流快活呢！不，不，不能就这样便宜了她，我要让她付出代价，付出代价！

在酒精的作用下，张志超内心堆砌已久的干柴终于被那颗复仇的火种点燃了，他颤抖的双拳捶打在木质的桌面上，一把抢过小悦的相片，刺啦刺啦地撕成了碎片，随后狠狠地撒向空中。破碎的相片像雪片一样翻飞，连同张志超最后一点对前妻的眷恋，一同被这夏夜的热风无情撕碎。

很好，江源满意地点点头，复仇的火焰已经在张志超的体内熊熊燃烧了，现在他所需要的，只是左右天平的最后一颗砝码。

"现在，如果我告诉你，我有办法让那个夺走你妻子的于老板付出代价，而且不会触犯任何的法律规章，你愿意让我帮你吗？"

那个冷冰冰的声音又响起了，张志超惊讶地看着面前的年轻人，他脸上嘲讽和戏谑的表情不见了，真诚的眼神也被掩盖了，取而代之的是一副坚定的神情，每一个毛孔都散发着自信和杀气。

"你，你真的有办法替我教训一下那对狗男女？"张志超不可置信地看着面前镇定自若的年轻人，怀疑地问道。

"当然。"年轻人的话语很简洁。他凑近了张志超，在他的耳边轻声耳语着，逐渐地，张志超的脸色由迷茫变得惊讶，继而变得疑惑甚至欣喜。他听见江源的最后一句话是："我们是银行从业人员，可以在专业的领域里，用属于我们的方法，让他们付出代价。"

一个漫长而周密的复仇计划，一个斯斯文文杀人于无形的完美杀局。如果面前的年轻人真的可以付诸实施，哼，你们这对狗男女，将倒在银行最基层的业务上。

但在那之前，他还有一个疑问需要年轻人解答。

"可是，你为什么要帮我？"

似乎是有什么难言之隐，之前措辞有力的年轻人一时语塞，他犹豫着、踯躅着，陷入漫长的沉默，在张志超以为得不到答案的时候，他听到的声音颤抖而悲伤：

"有个对我来说很重要的人，她被陷害致死，而我既没有能力保护她，也没有办法让陷害她的那些人付出代价，"江源顿了顿，短暂的哽咽之后，他抬起头来，眼睛里闪着泪光，"为了我们所爱的人，有时候，我们不得不用一些手段，我们必须，成为我们曾经并不认同的那种人。"

"仅仅是这样吗？"张志超在心里狐疑着，似乎觉得这个理由过于简单了些。风险出身的他虽然此刻微有醉意，却没有丧失风险人员与生俱来的风控意识。眼前的年轻人虽然态度诚恳，面相和善，但他话语中流露的那种杀气，让见惯了大场面的张志超不寒而栗。

江源像是看出了张志超的疑惑，此刻的他已经恢复了平静，眼睛里已没了那些情到深处的波涛汹涌。他指了指张志超的手机，悠悠然说出的话语却让张志超疑惑不解：

Someday, and that day may never come, I will call upon you to do a service for me. But until that day, accept this justice as a gift on my daughter's wedding day.

张志超盯着江源，丈二和尚摸不着头脑，实在不懂他为什么在这个时候飙出了一段英文，装也得分场合啊。可看看江源的眼睛写满了真诚，实在不像是在他面前显摆英文的水平。顺着江源的目光，他低头看了看自己的手机，差点像触电一样从座位上弹了起来。他明白了。

他的手机壳上是他最爱的一部电影的海报，名叫《教父》，这是一部反映20世纪40年代意大利裔黑手党在美国纽约发家壮大和转型的故事。该片于1972年在美国本土上映后，当年就夺得了奥斯卡最佳影片奖，而片中那位游走在法律与道德边缘的黑手党领袖维托·考利昂也得到了众多影迷的喜爱。

在电影的开场，维托教父在女儿婚礼的当天接见一个又一个需要他帮助的意大利裔居民，而当殡仪馆的老板满含热泪请教父为他那可怜的女儿主持正义的时候，这位由马龙·白兰度扮演的维托教父正义而威严地说出了那句话：

"Someday, and that day may never come, I will call upon you to do a service for me. But until that day, accept this justice as a gift on my daughter's wedding day."

这句话翻译成中文就是：有一天，也许那天永远不会来，我会请你为我做一件事情，不过在那天到来之前，请先在我女儿的婚礼上接受我给你的正义，请把它当作我送给你的礼物。

现在，江源用这句他最喜欢的电影里的人物台词向他委婉地表达了这层意思：

他可以帮助自己一雪前耻，但条件是，在未来的某一天里，自己也要为他江源做一件事。

在电影的最后，教父在许多年后请这位殡仪馆的老板为自己在帮派斗争中死去的大儿子桑尼进行了殡葬化妆，相较于多年以前殡葬老板请求教父主持的正义，教父要他做的事情既简单又合情合理。可江源要他做的事情，又会是什么呢？

"不会有什么过分的请求，请您放心，"江源又一次抢在张志超的问题之前给出了答案，"这是我们的君子协定，如果能帮助到您，我感到很荣幸。"

有那么一个时刻，张志超想到了那些潜在的风险，可一想到小悦冷漠的双眼、于财峰嚣张的表情，还有佳佳在他面前无助的哭喊，他的心中涌起的一团团怒火就将那些疑惑顷刻间燃尽。

尽管他明白面前的年轻人这样帮他一定别有所图，但现在的他已经全然被怒火和仇恨覆盖。也许，仍在微醺中的他并没有意识到，他的愤怒、他的怨恨、他应运而生迸发的复仇火焰，都被面前这个年轻人恰到好处地激发和利用着。

他迎着江源冷峻的双眼，坚定地点了点头，像一个殉道者一样，茫然又果决地，面对快意恩仇背后，那些未知的一切。

也许现在，他还不知道，这一个点头意味着什么。

他只知道，眼前这个斯斯文文的年轻人，会在未来的某一天，将他张志超的前妻和其新欢，拖入一个大快人心的完美杀局。

而他自己，也会因为这场杀局，成为这次庞大复仇中最为关键的那枚棋子。

第十章
请君入瓮

饱饱地享用了一顿丰盛的早餐,又泡了一盏上好的龙井,王兴方坐在真皮转椅上悠悠地喝上一口,开始了又一天的工作。

他的面前放着两堆贷款文件,都是这个月内要审批和出账的贷款。作为冉州分行分管风险条线的一把手,有很多贷款因为金额或者利率优惠的问题,都需要他亲自批示。他瞅准其中一堆,抽出最上面的一个,粗粗地翻看着。他阅读的速度很快,一目十行地在文件中检索着重要的信息,然后大笔一挥,在批阅栏上签上了"同意"二字,后面是他龙飞凤舞的"王兴方"三个字。

他周而复始地重复着这项工作,打开文件,扫几眼,签字同意,然后再去看下一笔。这些500万以下的贷款自己懒得亲自到场参与调查,前期的审查工作已经让下面的信贷审查经理老郑处理过了。

他脑海中浮现出了那个审查贷款时,拿着放大镜一个字一个字看过去,连标点符号都不放过的郑轶的样子,心里不由得好笑。

这个年纪比自己大，职位却在自己之下的审查员患有严重的青光眼，看书看字都不得不用放大镜照着，而他本人也是一副老学究的样子，做事细致认真，去现场走访客户时连客户的库存账目都要去核实一遍，审查起这些50万以上500万以下的贷款锱铢必较，一丝不苟，提出的苛刻要求常常把经办的客户经理和老总都弄得焦头烂额。

老郑签了同意交上来的贷款，应该没什么问题，只要跟着签同意就行了。

他很快把面前的一堆贷款文件批阅完了，至于剩下的那一堆，都是金额在5000万以上的大项目，他得亲自到场参与调查和主持开会讨论，所以，还没那么快收工。

他慵懒地靠在真皮座椅上，舒舒服服地伸了个懒腰，眼看九点半就快到了，正打算打开手机里的证券账户看看即将开盘的股票信息，门外突然响起了一阵平缓的敲门声。

"请进！"

王兴方合上手机，肥大的身躯迅速离开了椅背，重新正襟危坐起来。他一贯注重自己的形象，不管来人是谁，绝不能在对方面前这样四仰八叉地躺着。

深色的红木门"吱呀"一声开了，一个个头中等的男人走了进来，他西装革履，手里握着一个文件袋，看上去应该刚刚三十而立，给人一种干练精神的感觉。初一看，王兴方觉得眼熟，一时却叫不出他的名字。

"王行长，您好，我是赢州分行的江源，这两天在这边风险检查。"来人朝王兴方微微鞠了一躬，态度谦卑，声色动听。

"噢，小江啊，你好你好。"王兴方想起来了，这是风险调查组的成员小江。在风险组第一天到分行的晚上，他作为冉州分行风险条线的一把手在附近的酒店里设宴款待了风险组一行，在酒桌上也和这个年轻人推杯换盏了几次,虽然偶有交谈,但那晚忙着和陈庆宪等老同事觥筹交错,喝得实在多了些,也就对这个温文尔雅的年轻人没有留下太深的印象。

不知不觉,他们已经在这里快仨礼拜了。

"打扰您了,王行长,我们这组的抽样检查已经接近尾声了,针对检查出来的一些问题,我昨晚整理好形成了报告和整改意见,您看看,如果没问题的话,在意见栏上签个字。"江源毕恭毕敬地递上了文件袋。

"哦哟,还要麻烦你亲自送来呀,真是不好意思,"王兴方满意地接过文件袋,朝江源和气地笑笑,虽然面前的年轻人不知道比自己低了多少级,但毕竟是检查组的成员,以礼相待于己也方便,"你先忙吧,我花点时间看看,等会儿我看完了签好字再让人给你送去。"

简单地寒暄了几句后,江源告辞出门。

"对了,这叠文件,你帮我带下去交给出账岗的小于。"王兴方忽然想起了刚才审批完毕的那些500万以下的小额贷款,于是赶忙叫住江源让他把文件带下去,年纪大了,抱着这么一堆文件下楼去都觉得吃力,正好让面前的这个年轻人充当下搬运工。

他目送着这个并没有给自己留下深刻印象的年轻人出门离去,然后泰然自若地打开文件夹看了起来。在前几日和陈庆宪吃饭的时候他就明的暗的都流露过,对于这次的调查还请手下留情。在总行那会儿,他和此次风险检查组组长陈庆宪就是前后桌,平日里虽然私交一般,但毕竟同事一场,不至于在小问题上给他穿小鞋。

他摊开报告饶有兴致地看着,丝毫没有注意到,刚才那个名叫江源的年轻人出门离去的那一刻,脸上弥漫着奇特的笑意。

"小江啊,你的报告我都看过了,情况属实,没什么异议,我已经签字确认了,你上来拿吧。"

经过一个礼拜的漫长等待,江源终于在周五下午四点半的时候,接到了王兴方打来的电话。

此刻,他正坐在王兴方的对面,饶有兴致地低头翻阅着手里的那堆文件,似乎是为了刻意表现自己的严谨而做着二次核对。他翻阅的节奏很缓慢,认真仔细地校对着,但片刻过后,他的眉头皱在了一起。

他像发现了新大陆似的,凑近报告其中的几页看了又看,然后,他抬起头来,看着对面面容和善的王兴方,嘴角微微地抽动着,仿佛陷入了一种犹豫和踯躅,几秒钟后,才狐疑而严肃地开口道:"王行长,这两份原始审批单,您是不是修改过了?"

他从厚厚的档案中抽出了两张薄薄的A4纸,依然毕恭毕敬地递到对面王兴方的面前。

王兴方接过单子一看,额头上隐隐沁出了汗水。

他在心里暗叫不好,该死,还是被这小子发现了。

那是两笔贷款的额度审批单,上面最后一栏,赫然有着自己刚刚签上去的字。在兴庆银行内部,每放一笔贷款,除了行内的信贷系统上要从客户经理到有权审批人一级级地提交和批准之外,还需要这张逐级签字的审批表作为纸质凭证。

"有吗?怎么可能,绝对没有啊!"王兴方佯装惊奇地瞪大了眼睛,随后矢口否认。

"我记得这两张单子上应该是没有您的签字的呀。"江源的眼珠向右转动着,一边回忆一边说道。

"不可能不可能,你肯定是记错了,这种金额大的贷款每笔必须我签字才能放款,怎么可能疏漏了,哈哈。呃,小江啊,你要不抓紧点?下了班我还有个饭局,今天市里的领导来行里,我得在场作陪啊。"王兴方笑着回答道,紧张的情绪得到了稍许的缓解。

他在江源的反馈报告里并没有看到自己漏签审批这一问题，面前的年轻人就算记性好发现了，也没有证据证明他说的是真的，于是，他顺其自然地下起了逐客令。

"可是，"对面的年轻人好像早有准备，他掏出了手机，悠闲地解锁，点击，滑动，然后举起来伸到王兴方跟前，后者惊讶地发现，江源的脸上竟然浮现了一种奇怪的笑意，"我上周拿给您之前明明拍了照片呀，这上面，根本就没有您的签字。"

王兴方的笑容僵在了脸上。

在江源的手机里，王兴方清晰地看到了那两张没有自己签字的审批单，还有边上有意放置着的、被一同拍进镜框里的《冉州早报》，上面清晰地显示着当天的日期。不但是拍照留了证据，眼前的这个年轻人甚至细致地将审批单和当天的报纸放在了一起，丝毫没有给自己造假和辩驳的余地。

如果这张照片被提交到了分行一把手甚至总行领导那里……

王兴方清楚地记得前几日早上看到这两张审批单时内心的躁动。按理来说，在检查小组经过几天的审查后形成的整改报告里，是不会出现审批单这样重要的原始凭证的，一来，这样的凭证属于信贷资料，要和整改报告这类文件分开存档；二来，为了防止经办人对原始材料恶意篡改，贷款一旦出账后，所有的资料就应当封存保管，没有特殊情况，该笔贷款的经办人和审批人一概不得再碰。

所以，当他看到江源早上递来的文件袋里有好几份原始的审批单据的时候，只当是这个姓江的愣小子不熟悉检查流程，把这么重要的原始凭证也放在了整改报告里。更重要的是，他很快在这些单据里发现了两份签字不全的单据，这上面没有自己的签字。

王兴方记得这两笔贷款。当时，自己正因为一些私事在外地疗养休息，正巧碰上下面的部门经理急吼吼地提交这两笔贷款，为了配合当时月末的放款进度,他只让审查员参与了调查便口头上同意出账,事后却忘记了在这样重要的凭证上补签上自己的名字。

没有直管领导签字的审批单据却让贷款正常出账了,这显然不符合流程,更重要的是,如果被检查出来当时是因为自己处理私事而导致了漏签,则更有可能被身后虎视眈眈盯着自己位置的分行下属和总行同事们抓住把柄,得赶快补救。

王兴方想也没想就掏出笔在审批单上签上了自己的名字,并煞有其事用纸巾仔细地吸干刚刚签好的字迹,他暗自庆幸:幸亏这个小江是个啥也不懂的愣头青,把这么重要的凭证也顺手夹在报告里交了上来,给了自己弥补的可乘之机。他哪里想到,自己几乎没经过大脑就大笔一挥的补救动作,正落入了江源精心设计的陷阱中。

"身为分行二把手,风险条线的直接领导,利用职务之便篡改原始单据,逃避处罚,王行长,您这么做可有些不妥吧?"

江源的声音并不洪亮,每一个字眼却都像锋利的钢针,直扎得王兴方心惊肉跳。流程不符规定,忘记签字事小,本不是什么不可饶恕的过错,顶多是个整改处罚就完事了,可是如果被分行的员工甚至总行的领导知道自己出现诚信问题,为了逃避处罚,利用职务之便,在风险调查组检查期间顶风作案篡改原始凭证,那后果可就太可怕了。

王兴方清楚地记得四年前,还在总行风险稽查部的他带队去南京分行进行风险检查的时候,有一名本来发展前景不错的客户经理就因为一次事关诚信问题的疏忽被抓了个典型。

当时,这名姓陈的年轻客户经理在调查不深入的情况下,让一个客户钻了空子。那个混迹商场大半辈子的老狐狸,随便找了个女人假冒自己的配偶签字并贷款成功了,后来贷款逾期,银行因为签字造假问题而在法庭败诉。虽然那名客户经理一再声称自己事先不知情，但是据身边的同事反映，这名客户经理经常出入那个客户的家中和经营场所，没有识别不出签字者是个冒牌货的道理。

事情一出，上下震动，大家都在传言这恐怕不是他经办的唯一一笔问题贷款，分行上上下下那些替他做了审查的、签了协助办理的、审批了贷款的领导同事人人自危，生怕这名犯了大过的客户经理还有其他的问题而殃及了自己。

于是，适逢王兴方到南京检查，由他带队的风险检查组便对那个客户经理的贷款进行了重点排摸，主观的、客观的、有意为之的、无心之过的，凡是有瑕疵可挑的地方都披沙拣金般地筛了个遍，一通屎盆子乱扣搞得那个客户经理最后交了巨额的罚款灰溜溜地离开了兴庆银行，从此在金融界销声匿迹。

在银行的信贷风险条线，有不良贷款并不可怕，可怕的是行里上上下下因为诚信问题而对你表现出的怀疑和不信任。个人的诚信问题在银行内部高于一切，身为银行的客户经理和信贷人员，数以亿计的资金从自己的手中流向市场和客户，一旦在这个方面落下话柄，很多事情就再难以辩驳清楚了。按照总行风险部领导的话说，你今天可以利用职务之便补签签字，明天就有可能为了规避责任篡改合同，后天就有可能代客户冒名签字，甚至伙同客户从银行里骗取贷款拿回扣也不是没有可能的事。

如今，自己好不容易坐稳了冉州分行的二把手，一旦这样的把柄落在了竞争对手手中，那后果可就……

一想到这儿，王兴方的额头顿时冷汗直冒，他极力表现出镇定的样子，手却已经止不住地微微颤抖："这……这个，哎呀小江，你不要这么死板嘛，凡事都有解决的办法的嘛。"

"这么说，您是承认篡改原始凭证喽？"年轻人的话语带着戏谑般的嘲讽，宛如一个蓄意良久的无底黑洞，把无心经过的王兴方吸了个正着。

"这，这……"王兴方一时语塞，他不知道该如何面对年轻人的咄咄逼人，只得抬眼看了看墙上的挂钟。时针已经指向了傍晚5点，再过一会儿，专车就要来到楼下，接他去和市里的领导一起吃饭了，如此重要的饭局他可不能错过。

"你看这样好不好，小江，我呢晚上有点事，你也知道啊，一把手点将点到我去陪市里的领导们吃饭。今天要不先这样，明天一早咱们再聊可以吗？"他试探着，尽量表现出商量的口吻，内心却十分不屑地鄙视着这个职级远低于自己的年轻人，在最初的惊恐过后，此刻他的心里更多的是油然而生的愤怒，这个不知天高地厚的毛头小子吃了熊心豹子胆，竟然敢给自己下拌蒜。

"是吗？别急嘛王行长，"面前的年轻人又开口了，他用一种奇怪的眼神盯着自己，面色冰冷而嘲讽，让王兴方不禁不寒而栗，只见他从挎包里取出了一个档案袋，慢条斯理地打开，递到王兴方面前，"刚刚忘了告诉您，其他一些项目的检查我也已经完成了，报告在这里，要不您再看看？"

他的脸上流露着戏谑和鬼魅的笑，言语中透着不容置疑的嘲笑。王兴方有一种不好的预感，他接过档案粗粗一看，背后的汗毛立刻竖了起来！

对面的年轻人，正歪着脑袋饶有兴致地盯着他，仿佛玩世不恭的随性样子，却有一种令人窒息的压迫感，仿佛随时准备给他致命一击。

他冷酷而俊秀的脸上露出一抹放荡不羁的笑，须臾，他开口了，声音冷冽，犹如千年的寒冰。

"现在，您还想陪市局领导吃饭吗？"

第十一章
演唱会上的奸情

　　孙彦君看着身边一脸焦急的樊小琳。不同于以往工作日时的一身黑色正装，眼前的她换上了自己平日的装束，一身淡粉色的无袖连衣裙，一双漂亮的平底板鞋，再配上一条款式大方的水晶吊坠，还有那化了淡妆的鹅蛋脸，整个人看起来光彩照人，让身边的孙彦君看得有些入神了。

　　"这家伙，怎么还没到呀？"樊小琳焦急地向门口望着，无意中往这边瞥了一眼，撞上了孙彦君直勾勾的目光，随即一脸娇羞地低下了头，嘴上却仍不依不饶地回击道，"看什么看，没见过美女啊？"

　　孙彦君赶忙收起了目光，脸色微微涨红，不好意思地笑笑："呃，没见过你这么美的美女。"

　　"是吗，"樊小琳咧开嘴开心地笑了起来，她捋了捋额头上一丝散乱的短发，沉浸在此刻的满足之中，"想不到你也有嘴贫的时候。"

　　盛夏的傍晚，上海梅赛德斯-奔驰文化中心外广场的一角，在川流不息的人群外围,这两个年轻人此刻心照不宣地坐在台阶上各自把玩着手中的饮料瓶,他们红润的脸上是对这场即将到来的演唱会的无限期待,还有对身边人的小小愉悦。

夕阳的余晖把两人的身影拖得老长,投射在地面上,因为角度问题而重合在了一起,仿佛一对相互依偎的恋人。

如果你不是我的同事,如果我们分在不同的分行里,如果你和我不在同一个团队里,那该多好啊……

"嘿,来了来了。"樊小琳的一声叫喊,打破了彼此醉心的寂静,孙彦君顺着她的目光看去,一个熟悉的身影由远及近。那人上身穿白色T恤,下身穿牛仔短裤,风风火火地向他们奔来,正是人力资源部的朱慧怡。

朱慧怡来到他们跟前,一屁股坐在台阶上大口大口地喘着粗气:"哎哟妈呀累死我了,这一趟赶得,快赶上半程马拉松了。"她拧开瓶盖咕咚咕咚地灌着矿泉水,差点没呛到。

"得了吧,就知道满嘴跑火车,谁叫你睡这么死没赶上高铁,幸亏大巴车还有余票,不然你就后悔吧。"樊小琳一边拍打着她的背,一边嗔怪道。

"是啊是啊,还好我吉人自有天相,赶在最后一刻赶到了。"朱慧怡自卖自夸地笑着,随即把目光投向了孙彦君,"孙大帅哥,替我向你们江总说声谢谢啊,这么难弄到的票他都弄到了,真是太感谢了,周杰伦那可是我的偶像啊。"

"那可不,我们江总也是杰伦的忠实粉丝啊,要不是他在冉州的检查临时加了一周的工作量,他也不至于这次赶不回来看演唱会,真是便宜你了。"樊小琳在旁边打趣道。

"是啊是啊,反正雄性电灯泡换成了我这个雌性电灯泡,效果是差不多的。"大大咧咧的朱慧怡开心地调侃着。

孙彦君清楚地记得,一个多礼拜前,江源再次离开赢州去冉州

113

的当天上午,在那间半透明的套间办公室里,他将三张门票交给自己的场景。

"这里面是三张周杰伦上海演唱会的门票,下周六晚上的,你替我保管着,等我从冉州回来了,请你和樊小琳去上海看演唱会去。"

"天呐,内场票,"孙彦君接过门票仔细一看,不由得大喜过望,"第6排,近得几乎可以贴到周杰伦的脸了!江总,这么难搞的票你是怎么弄来的,市场价现在已经翻一倍了耶。"

"我在上海的客户是大麦网的中层,让他帮我弄几张票还是行得通的,正好你们近期表现不错,带你们去看个演唱会就当是放松放松吧。"江源倒是满不在乎。

"带我们去?看不出来啊江总,您一大把年纪了也听周杰伦。"孙彦君打趣道。

"你这个小鬼头,就知道贫嘴,"江源作势瞪了一眼,"我听周杰伦的时候才上高中,也不老吧?对了,过几天再告诉小樊啊,就她那个性,这几天知道了可就没心情工作啦,还不得翻天。"

"知道嘞您老。"

可是昨天晚上7点,刚吃过晚饭准备健身的孙彦君接到了江源的电话:"不好意思啊小孙,我在冉州的风险检查要延长了,周末都要加班,明天估计是赶不过去看演唱会了。"

"那怎么办?您的那张票不是浪费了么?要不要我明天找人出掉?"孙彦君问。现在演唱会的门票依然抢手得很,只要在朋友圈一发,或者体育场门口一吆喝,及时卖出止损还是可以的。

"没关系,我已经联系了人力资源部的朱慧怡,她也是周杰伦的铁杆粉丝,明天就让她和你们一起去看演唱会吧。"

"朱慧怡?为什么是她?"孙彦君有些疑惑。他的脑海中浮现出了6楼的人力资源办公室里,那个性格大大咧咧,身材却十分火辣的少妇姐姐。

"她不是和小琳是小姐妹吗，在人家闺蜜面前表现好点可是能加印象分的，我这是在帮你呢，傻小子。"电话那头平日严肃认真的江总此刻却像个顽皮的大哥哥，言语轻慢，净拿孙彦君开涮。

"呃，江总，我和小琳可不是……"孙彦君急得慌忙解释，脸涨得通红，隔着电话他都能想见此刻江源幸灾乐祸的表情。

"行啦，你的小心思我还不知道？"电话那头的江源此刻哈哈大笑，通过这几个礼拜的相处，他和孙彦君、樊小琳之间已经合作得亲密无间，工作之余更像是朋友一般。

"到时候穿得帅一点啊，给人家留个好印象。"

单身贵族的直接上司竟然给自己出点子追妹子，还是在不允许办公室恋情的不成文规定下顶风作案，孙彦君想想都觉得好笑。

"好啦，快进场吧。"樊小琳从背包里掏出演唱会的门票分给他们，一行三人就混迹在熙熙攘攘的人群中进入了会场。

当晚的演唱会对于到场的歌迷们来说是一场难以忘怀的视听盛宴，所有人都陶醉在周杰伦的歌声中。而演唱会上最引人关注的焦点，除了小天王十八般武艺连轴转和现场许多穿着婚纱来听演唱会的女歌迷之外，就要属点歌环节中，一个自称是小仙女的网红女孩。

孙彦君清楚地记得，当时这个女孩就在自己前面两排不远处，当帅气的杰伦同学问她要点什么歌曲时，那位自称小仙女的女孩说出的话却让人瞠目结舌：

"我要点一首歌送给我的前男友，他今天也在现场。他马上要结婚了，虽然他长得丑，眼睛也瞎了，但我还是想祝福他，给他点一首《算什么男人》。"

此言一出，全场哗然。

虽然周杰伦用大度和幽默化解了这场尴尬，孙彦君却并不理解这位小仙女这样恶语中伤别人炒作自己的行为，实际上，他对所有

115

自封是小仙女的人都没什么好感。

　　小仙女的闹剧令现场的气氛达到了顶峰，事后更是作为热门话题被议论了很久，"杰伦和小仙女""算什么男人""长得丑眼睛瞎"作为关键词纷纷登上了热搜榜，而第二天的微博上更是开始了频频爆料和人肉搜索，有站出来自称是这位小仙女前男友的现任并说自己长得更美的，有微信截图说这位小仙女是当小三搏出位的，更有长长的技术帖和独家爆料说她背后是一个专业的团队围绕着周杰伦演唱会的平台进行炒作的，轰轰烈烈的人肉搜索勾起了全体网民们的兴趣，一连几天，大家茶余饭后都在议论这件"仙女的闹剧"。

　　但孙彦君和樊小琳却毫无关注这类八卦的心情。

　　因为那天晚上，他们在演唱会上所经历的，比这场闹剧还要荒诞。

　　一天前，月亮岛俱乐部。

　　这是全冉州最高规格的高尔夫俱乐部，即使指针已经指向了晚上七点，高瓦数的照明灯依然让这片世外之地亮如白昼。这里依山傍水，空气清新，映入眼帘的是大片大片开阔的草场，湖光水影的泽国风貌，让身处其中的人无不心旷神怡。

　　江源看着这片恍如世外桃源的地方——那些侍者们西装领结，态度谦和，行色匆匆地散落在大厅和外场。那些休闲放松的、大谈项目的、讨好领导的、贿赂政要的、享受巴结的、索要福利的，或叼雪茄，或斟美饮，一幕幕各怀心事地勾连纵横，在这个暂时休整的周五晚间，于这貌似温煦的和风中竞相上演。

　　有多少买卖会在这里挥着球杆一拍即合？

　　有多少土地会在这里随着球在空中划出的弧线标价挂卖？

　　有多少资金会在此刻沿着通向天际的草坪流向市场？

　　有多少内幕会在这里随香烟的升腾纷纷爆料？

在这些人眼中，这座城市的天际线因他们的存在而不断上扬，他们站在青葱的草场，更像是站在天际的顶端一样，潇洒而无谓地，去俯瞰这座城市的芸芸众生。

只有江源，与他们大相径庭。

身后的王兴方此刻从停车场缓步走来。他走得很慢，甚至有些轻微的哆嗦，他大概做梦也想不到，有一天，他竟然会怀着如此忐忑的心情走进这里。平日进这座豪华会所像进自己家一样随性的他，此时两腿却仿佛灌了铅似的，如履薄冰，倍感沉重。

江源有些好笑："王行长，是不是不记得保险柜在哪儿了？要不要我找个服务生替我们带路？"

"噢，不不不，这边走，这边走。"王兴方慌乱地回答着，小跑上前为江源领路。他大概还没有意识到，一个多小时前，在他那间舒适的办公室里，从江源递给他档案袋的那一刻起，他俩的身份地位已经发生了翻天覆地的变化。

周五临近下班的晚间，在冉州分行那间明亮的顶楼办公室里，王兴方狐疑地从江源手里接过了那个装着贷款资料的档案袋。

在资料的第一页上，附着审计人员江源对这笔贷款逾期的原因分析和认定意见，只看了一眼借款人的姓名，王兴方背后的汗毛便立刻倒竖了起来。

臧鸿军。

"这怎么可能，他是怎么发现的？"他眉宇间的震惊和慌乱，让面前的年轻人很是享受。

江源清楚地记得，半年前，当他还身在上海，为这场旷日持久的追查和复仇做着最后准备的时候，在陆家嘴一处开阔向阳的玻璃房里，那位神秘的前银行高参对他说的话：

"王兴方在冉州有一个关系不错的朋友，叫臧鸿军，是当年他

117

在部队时候的战友，十几年来一直保持着联系。退伍后，臧鸿军在冉州做起了建材生意，由于他在当地的建材行业里颇有名望，兴庆2008年进驻冉州之后，很早就和他建立了合作。王兴方调任冉州分行风险总监后，对臧鸿军的公司更是加大了贷款投入，但是很快，这个公司就倒了，臧鸿军也跑路人间蒸发，贷款自然是有去无回，如果你想抓王兴方的尾巴，从这笔贷款入手应该会有突破。"

于是，在冉州的这半个月里，江源重点对臧鸿军的授信贷款进行了排查。在银行内部，上级风险部门在追寻贷款逾期的原因，并对相关经办人员进行责任认定时，其实都是非常主观的。你在办理时漏签了一个字，少查了一个关联人的信用记录，甚至客户民间融资等隐性负债你没有打听清楚，都有可能被摆出一副事后诸葛亮姿态的审计人员揪着不放。

想想也是，一笔贷款逾期，对银行造成了损失，哪是什么客户经营恶化，客户意外死亡这样天灾人祸的理由所能搪塞过去的，从贷款受理、准入、审批、出账这些环节中找茬纠错，形成责任认定并收取罚金，才是审查人员最终的目的。

说得再直白一点，你放出去的贷款出了风险收不回来，不让你放点血怎么行？

谁又能保证风险人员能够审计出当初贷款出险的真正原因呢？臧鸿军贷款逾期并人间蒸发的消息在行内早已不是秘密，关于这笔贷款的出险成因，事件的各方都有自己的观点，参与贷款投放的经办人和审批人自然也会极力地撇清自己的责任，能少罚一点是一点。

针对这笔贷款，抱有侥幸心理的王兴方只在最开始的时候提心吊胆了一阵，之后便没放在心上，以为顶多是个轻度客观责任，罚点小钱就算完事了，构不成什么大害。

他没想到的是，这次前来审查的年轻人，显然有备而来。

而且，只为他而来。

"2016年10月13日，冉州分行营业二部向冉州隆恒建材有限公司发放贷款200万元，连同之前几年一直稳定发放的500万，总授信达到了700万。当月的20号，你在建设银行的户头上多了150万，而在这笔贷款发放前三个月的7月15日，你的建行账户上通过转账划走了180万，这其中的缘由，需要我挑明吗？"

江源的语速并不快，对报告里那些繁琐的日期和金额早已烂熟于心，一口气说完这些他丝毫不觉得吃力，和连日来他每日通宵地调查这些事情所耗损的精力形成了鲜明对比。

要查询臧鸿军的资金流向并不是一件容易的事情，在总行给他开设的职权范围内，他仅仅能够看到冉州分行在2016年的10月30日向臧鸿军发放的200万贷款通过受托支付的方式打给了一个叫做鼎盛木业的公司，之后的资金流向则超出了兴庆银行内部所能检测的范围。

所幸，江源早有准备。

借助赢州市公安局那位老朋友的帮忙，这笔200万贷款的资金流向终于清晰完整地呈现在了江源面前。

江源不得不承认王兴方是个不折不扣的老狐狸。这笔借款人为臧鸿军的200万资金打到那个木业公司后，辗转了多家银行的私人账户，资金也是增增减减，先是从最初的200万增加到了280万，其后又慢慢萎缩到了150万，看上去真的像是建材行业上下游之间正常的资金往来，但在若干个中转站打转绕圈了一周后，那个江源期待已久的名字，终于出现在了这个资金流向最关键的一环上：王兴方。

至此，这笔穿梭了8家银行、6个不同户主间的贷款资金，终于在它真正想要归属的主人面前形成了资金闭环，由此也让江源确定,这笔贷款的用途不是什么购建材,而是归还行内员工,也是它的最终审批人,冉州分行风险总监,王兴方的。

"你,你到底想怎么样?"王兴方彻底慌了,打着哆嗦,言语里透着哽咽。如果说刚才的补签风波只是开胃小菜的话,眼下档案袋里的内容则足以让面前的年轻人做出一桌丰盛的满汉全席,而自己就是那道宴席上最肥美的待宰羔羊。

他一直认为在臧鸿军贷款的秘密上他做得天衣无缝,却不知道眼前的这个年轻人用了什么魔法,竟打破了自己苦苦搭建的第四面墙,而隐藏在第四面墙背后的内容,恰恰是他最担心的阿喀琉斯之踵:贷款资金流回了经办银行的高层私人卡上,而贷款的最终目的就是填补自己投资失败的缺损。

事情要从去年7月,王兴方刚刚从总行调任冉州分行风险总监时说起。

当时,一到当地,老战友臧鸿军就早早地摆好了阵势为他接风洗尘。因为曾是多年出生入死的战友,加之对方早已是兴庆冉州分行的合作客户,王兴方对臧鸿军有一种天然的信任,在言谈间,当他听到臧鸿军正在暗地里投资一个房地产的开发项目时,马上来了兴致。

货币的通货膨胀率永远跑在银行存款利息的前面,换句话说,存在银行里的钱不是利息变多了,而是本金不值钱了,所以,银行工作人员是最不会把钱放在银行里的。这些年在总行为董事长兢兢业业鞍前马后,王兴方自然也有了不少积蓄,却和很多手有闲钱的人一样,为没有投资的渠道和项目而发愁。

经历了过去几年的严寒凛冬,房地产在2015年前后终于迎来了久违的春天,光冉州开发区过去一年的土地成交金额就高达600亿人民币,大批大批的土地被出让拍卖,意味着无数大厦楼宇将平地而起，只要熬过了黎明前的黑暗顺利开盘售楼，投资的回报那是几倍甚至几十倍。

王兴方当即要求在鲜美的房市蛋糕上分一杯羹，而臧鸿军也是足够爽气，他知道这个在银行位高权重的老战友一定会在日后为自己行个方便，当即同意，让王兴方投资180万入个小股。

两个在各自领域里颇有建树，现在都想把爪子往外伸的老滑头一拍即合，美好的未来画卷在他俩眼前缓缓铺展。

然而，战友间的蜜月期并没持续多久。

就在王兴方携180万资金悄无声息地入驻老战友投资的项目后不久，晴天霹雳就无情降临。仅仅三个月后，他就在行内的风险条线会议上，通过公司部的办事员获知了该项目因为重大偷漏税和涉嫌违规用地而被紧急叫停的消息。

身在风险条线多年，王兴方自然明白这样的浩大工程一旦进入停滞期结果会是如何。他当即找到臧鸿军，情绪激动地要求拿回股本。

可让他沮丧的是，自己的棺材本早就被这位老战友投进了项目里，房地产项目资金动辄上亿，百万级的投资在盘中犹如九牛一毛一样看都看不见，想要拿回自然是难上加难。

盛怒之下的王兴方威胁臧鸿军，如果不想办法拿回股金，他在兴庆银行的那500万贷款就要到期收回，不予续贷。

这可给臧鸿军出了个大难题，他自然也知道，自己的这位老战友既然坐得上风险一把手的位置，势必有否决贷款的权力，为了180万的私人股金，损失500万常年合作的周转贷款，这样的买卖实在划不来。

自己手上一时又拿不出这么多的钱来，臧鸿军灵机一动，提出向兴庆银行再借贷款200万，其中的180万还给王兴方的建议。

动用银行的资金借给臧鸿军，再由臧鸿军将钱还给自己，王兴方自然清楚这样的方案有违自己的职业道德，但为自己的钱发愁的王兴方只是稍加犹豫便点头同意。

贷款的过程进行得相当顺利，臧鸿军跟兴庆银行的稳定合作已经有好几年了，新到任的风险总监王兴方又没有提出异议，贷款增加自然没遇到多大阻碍。

由于担心当地银监会会对资金流向监测从而暴露了自己，老奸巨猾的王兴方在贷款出账以后并没有急于将之划到自己账上，他指示臧鸿军让该笔资金在多个可以信任的人卡上流转，并且将资金做了数字上的增减，最后提了现金30万，再将剩余的150万打到了自己建行卡里。就这样，自己盲目投资而回本无期的180万，借助银行的平台和自己的职务便利遛了个弯，终于拿了回来，而将风险转嫁给了自己的衣食父母，兴庆银行冉州分行。

事后想想，王兴方的本金拿回得着实及时，由于房产项目的违规叫停和自己生意的逐渐萎缩，臧鸿军的资金链日益趋紧。仅仅半年的时间，他在其他银行的几笔贷款接连到期并由于种种原因不予续贷，民间借贷和高利贷的上门催债更让他苦不堪言，终于在2016年的3月，春节刚刚过完的一个礼拜，这个在冉州建材圈呼风唤雨的大佬，竟然连夜跑路，从此消失得无影无踪。

臧鸿军的跑路自然震惊了兴庆冉州分行上下，两次授信，总金额高达700万的贷款成了死账，而当所有人都焦头烂额的时候，王兴方却有些庆幸。

站在他王兴方的立场来看，因为投资失败和经营恶化而造成的臧鸿军的跑路只是无奈之举，并不涉及刑事案件。这位误入房地产深渊的建材大佬欠银行、私人还有高利贷公司巨额借款的行为充其量只能当作民事纠纷，即便找到他的踪迹，他只要两手一摊身无分文，就算法院判决他败诉，对于债主而言也毫无意义。

所以，臧鸿军的跑路对他而言，充其量只是作为最终审批人罚点责任金而已，不但不用担心自己串通客户骗取贷款将自己的资金风险转嫁给银行这一恶劣行径的败露，王兴方还一度为自己在臧鸿军跑路之前审时度势收回了本钱而沾沾自喜，难怪自己能坐上冉州分行风险条线一把手的位置，想来也是有原因的。

所以，当总行检查组下来检查风险业务的时候，王兴方根本就没往心里去，曾经主持参与过这类调查的他自己也知道，对一笔错综复杂的贷款究竟为什么逾期了，审计人员也往往陷入大海捞针的迷茫，像无头苍蝇一样理不出头绪来，最后也只能抱着"我猜我猜我猜猜猜"的态度，揪着环节上的问题找茬，只要面上的解释能够合理即可，根本无法全面地还原贷款逾期的所有成因，更无从知晓贷款背后存在的资金联系。

如果放弃其他环节和成因的追寻，只调查贷款环节上的最终审批人王兴方和企业主臧鸿军之间单线的联系，那么结果就会截然不同。

这就好比一个孩子回到家里，告诉家长自己在放学回家的路上丢了一样不知是什么的东西，家长可能花一整晚寻找都徒劳无功，因为家长既不知道丢失的具体位置，也不知道要找的是个什么东西。但如果孩子明确地说，自己在小区大门到单元楼下这段路上丢了一个橙色的铅笔袋，明确了目标的家长或许就会很快找到。

漫无边际的大海捞针，和精确制导的目标区域地毯式搜索，结果自然是天壤之别。

"你串通客户里应外合骗取贷款，用以填补自己资金上的空缺，将风险转嫁到养育你栽培你的银行，王行长，您这条罪名可不轻呀，怕是进监狱蹲班房也不为过吧。"江源的声音凛冽如寒冰，直扎得王兴方心头凉意彻骨。

"不过你放心，这次的事件是我一个人调查的，报告也是我一个人写的，没有第二个人经手过，"他从口袋里掏出一个U盘，"这是这份资料和所有证据的备份，我敢拿人格担保只此一份，只要你答应我一件事，我马上把证据交给你，绝不食言。"

"好，好，"王兴方像是抓住了救命稻草，一下从椅子上弹坐起来，急切的目光渴求地望着江源，"只要你说，什么条件我都答应你。"

"去年3月，你代表总行来我们嬴州分行检查的那一笔业务，你还记得吧？"

"什，什么业务？"王兴方突然变得紧张起来，"我检查的业务多了，你说的是哪笔？"

"东征置业有限公司存款飞单。"

几个字像尖锐的钢针一样，刺得王兴方几乎原地弹起："那个事情我早就形成报告了，在总行审计组档案库里，我这里没有。"

"你有，因为你知道，你上交的那份是假的。"江源声色严厉毫不退让。

"我，我不懂你在说什么！"王兴方嘴上不依不饶，额头却已大汗淋漓。

"王行长，混到这个位置上不容易吧？"江源饶有兴致地看着他，声音里尽是嘲讽，"200万的贷款好像不足以让你丢了乌纱帽，但是你经得起总行对你的全面审计吗？你过去滥用职权拿到的红利，身为银行职员而做出的隐形对外投资，这些东西，你都敢拿出来，在阳光下晒晒吗？"

王兴方浑身一颤，很明显，江源的话深深地刺痛了他，这次的贷款风波只是小问题，但自己这些年在职期间也算是捞了不少油水，有诸多不可告人的秘密，这些事情一旦东窗事发，那么后果……

"我只要知道真相即可,用事实和报告换你后半辈子的太平,王行长,这个选择题应该不难做吧?"江源的话依然冰冷。

一阵难耐的沉默。

"你要的东西不在这儿,我把它放在一个安全的地方了,"良久,王兴方做着最后的抵抗,话到嘴边却显得绵软无力,"要不你先回去,明天我再交给你?"

"明天?呵呵,你觉得我会让你多一天的时间去做准备吗?"

"可是,那份资料被我放在了一家高尔夫俱乐部的保险箱里,离这儿挺远的,"王兴方看了一眼墙上的挂钟,时针已经指向了5点半,正值每周五的下班晚高峰,"来去一趟,估计要三个小时吧。"

"那就带我去取,现在。"

在另一座城市里碰见熟人的概率有多大?尤其是在上海这样一座拥有46万外籍人、2500万常住人口的国际化大都市。

孙彦君记得,那是在《算什么男人》唱完,点歌环节在喧闹过后继续进行的时候。

《黑色幽默》的旋律响起,孙彦君显得异常兴奋,那是他最喜爱的歌。当他跟着八万人现场大合唱,荧光棒挥舞成一片霓虹的海洋时,樊小琳拉了拉他的衣角,俯身在他耳边大声说:"你看,慧怡姐这是怎么了?"

樊小琳的声音淹没在山呼海啸的大合唱里,孙彦君也只是勉勉强强听了个大概,他朝朱慧怡望去,看到她的头朝一个奇怪的方向望着,而那里既不是周杰伦唱歌的主舞台,也不是大屏幕播放的地方。

奇怪,她在看什么?

而当他伸长了脖子,从侧前方去看朱慧怡的正脸时,却惊讶地发现,朱慧怡的脸上写满了诧异和愤怒。

她死死地盯着那个方向,仿佛看见了杀父仇人一般,两眼中几乎要喷出火焰。

"慧怡姐,你怎么啦?"樊小琳拉拉她的胳膊,在她的耳边大声问道。

朱慧怡却像没有听见一样,对樊小琳的询问毫无反应。樊小琳又大声问了一遍,手上的拉拽力量大了一倍,朱慧怡才突然转过头来,双眼死死地盯着樊小琳,把樊小琳吓了一大跳。

不过马上,像回到了现实世界似的,她看着面前焦急而无措的樊小琳,眼眸里泛上了一层柔情。

"慧怡姐,你究竟怎么了?真的是把我吓死了。"樊小琳焦急地问道。

恢复了镇定的朱慧怡此刻却欲言又止,她下意识地朝刚才那个方向又斜了一眼,樊小琳和孙彦君顺着她的视线看去,想看看她究竟在看什么,寻觅了半天,终于在目光所及处看到了一个熟悉的身影。

那人坐在第四排靠中间的位置,距离他们大概有十个座位的距离,却并不妨碍他们从喧闹的内场认出她来。她身材娇小,穿着一身黑色的连衣裙,披肩长发,脸上贴着"杰伦我爱你"样式的彩色贴纸,此刻正随着周杰伦十分有节奏感的歌声蹦蹦跳跳,充满着青春少女的鲜活气息。

在她的身边,是一个高大英俊的帅气男人,他亲昵地揽着女孩的腰肢,做一个安静的美男子。

"陈欣?她也在这儿啊,想不到竟然能在这里看到她。"孙彦君认出了那个女孩,她是三楼放款中心的陈欣,入行才一年,负责接待贷款客户签字和信贷客户的档案整理。难道,心怡姐是在看她?她们有什么过节吗?

"哇,边上那个是她的男朋友吗?好帅啊。"刚才还惊魂未定的樊小琳,此刻又若无其事地泛起了花痴。

"不是。"

朱慧怡冷冰冰的声音在耳边响起,声音不大,像平静的湖水划过了一片涟漪,随后迅速淹没在空旷嘈杂的会场里,却在孙彦君和樊小琳的耳畔炸响了一道惊雷:

"那是我妹夫。"

现在,但凡该会所的星级客户,都会有这样一间面积不大但装饰精致的私人休息室,这里不但卫浴设施一应俱全,甚至连保险箱都得是客户的指纹才能开启,真的是比银行还要安全。

王兴方打开保险箱,从里面取出了一个牛皮信封袋。在刚才来此地的路上,他已经将这件事原原本本地告诉了江源。

"真的只有这一种方法吗?"抱着最后一丝幻想,王兴方试探着。见江源没有反应,他又颤颤巍巍地开口:"我可以给你钱,给你存款业绩,在总行领导面前为你说好话提拔你都可以,只是这个……"

江源斜了一眼,两道寒光冷冷地穿透了颤颤巍巍的王兴方,逼得他将后面的话生生地咽了回去。年轻人从他的手里抢过牛皮信封,粗粗看了看里面的东西,随后面无表情地转身离去。

"小江。"王兴方禁不住脱口叫住了江源。

"嗯?"江源回过头来,表情复杂地等待下文。

王兴方却欲言又止了。过了良久,他仿佛下了很大决心似的,抬头看着这个几乎将自己送上绝路的年轻人,眼睛里竟泛出了怜惜:"听老哥一句劝,别去查这个案子,别去插手这件事。"

江源没有说话,王兴方又说了下去:"我不知道你和她是什么关系,但是,关于凌晗,我很抱歉,我也是无能为力。"

年轻人的眉毛向上挑了挑,随即恢复了正常,声音依旧冰冷

127

"有什么问题,我会再联系你的。"

说罢,他转身离开,步履轻盈。

在房门被拉开的那一瞬间,王兴方听到了那一句他从牙根里挤出的充满怒火的话语:

"还有,你不配提她的名字。"

说罢,江源大步走出了VIP室,将惊魂未定的王兴方甩在了身后。

第十二章
婚变风波

咸咸，而苦涩的味道。

我这是在哪儿？

他的大脑一片混乱。

耳畔仿佛是海浪拍打礁石的清脆声音，空气中那一缕缕咸咸的味道，让他竭尽全力地睁开疲惫的双眼，然后发现自己身处于一片幽蓝之中。

那是如洗的蓝天吗？他四仰八叉地平躺着，睁眼看到的是一整片蔚蓝的天空，那种海蓝海蓝的颜色是他之前从未见过的。

那是海水吗？他挣扎着爬起来，看到远处一片蓝绿色的世界。

那是提夫尼蓝吗？他记得在参加同事婚礼的时候，身边那个叽叽喳喳的小姑娘再三给他普及过。

奇怪，自己怎么会置身于这样一个如此奇妙的世界？海水、阳光、蓝天、鸥群，身边的一切都是那样迷幻，他却觉得真实而美好。

他好像全身一丝不挂，却也不觉得寒冷和羞愧。

那是彩虹吗?

崖边的天际画下了一道弧线。那是他无法描述的颜色组成的美丽曲线,仿佛调色盘上混合的晶莹。在崖边,那道弧线的尽头,他看到了一个曼妙的身影。

少女穿着一种他叫不出颜色的裙子,背对着他,让他只能看到她的倩影。风轻抚过她的裙角,将她的裙摆吹得飘摇而灵动。

他想起自己最喜欢的电影《追捕》里,高仓健那句经典的台词:"你看,多么蓝的天啊,走过去,你可以融化在那蓝天里。"

他感到身体无限的轻盈,拍打着一团团白色的云雾,轻缓地随着升腾的气流向崖边的少女走去。

他好像搭上了一艘看不见的客船,扬帆起航,顺流而下,向着少女越走越近。

他好像触到了少女吹弹可破的肌肤,却又好像什么也没有碰到。

突然间,少女转过头来,带着长发飘荡的风影,将他吹回了黑暗中。

"啊!"

他大叫一声,跌入了无底的黑暗深渊。

梦醒了。

依旧是无尽的黑暗,带着一缕淡淡的幽香,他发现自己直挺挺地坐了起来。

他意识到,自己,回到了现实中。

芳香是从身旁那具柔软迷人的躯体上散发出来的,它的主人此刻依旧酣睡着,偶尔发出几声呢喃,即使在黑暗中,他依然能够感觉到熟睡时的她散发出来的那种纯洁的味道。

纯洁?他有些为自己的想法感到诧异。

对,就是纯洁。

她比自己年轻了有10岁吧，算不上很漂亮，但很有味道。她的身上同时具有两种截然相反的气质，纯洁和放纵。

别人知道她有多纯洁，而他知道，她有多放纵。

回想刚才的那一晚，在盛夏的酷热里，她去临近的医院看咽喉疾直到晚上十点多。他也坐在不远处的银行大楼办公室里，在空调房肆虐的冷气和零星的飞蚊间，拖着臃肿的身躯装模作样地加班直到深夜。

酷热和繁忙不但没有破坏他们的兴致，还让她产生了那种更为隐秘的冲动，回到这里，几杯红酒下肚之后，那种感觉更是一发不可收拾。

燃烧的心让他们的身体彼此靠得更近了，他们各自施展着手段，在宽敞而幽暗的空间里，借着酒劲将彼此的激情释放得淋漓尽致。

他喜欢她水蛇一样的腰肢，她喜欢他宽厚的胸膛和结实的臂膀。

在顶峰来临的时候，他忽然感到一丝不安，这是人在欢乐的极致时必然会产生的一种感觉，因为谁都知道极致的欢乐总是稍纵即逝的。

盛极的欢乐过后，随之而来的必然是长久的空虚，就像一年多前他经历的那无数个暗夜。起伏的人生曲线经历了峰值的顶点后，他的人生巷道便开始了那段狭窄而无助的旅程，漫长、混沌而又迷茫，未知的命运令他惶惶而不可终日，直到那个白雾升腾的夜晚，他才终于驶出了那段悠长而黑暗的浅滩。

代价是，一条鲜活的生命。

但在今晚，他不会让这一丝不安影响他的情绪，他要摆脱它，他要无尽地回味和享受那种感觉，他要在这个暂时温暖的港湾中享受最为长久的欢愉和宁静，于是他更紧地抱住了身下的女人，任凭汗水从他的每一个毛孔中快乐地奔流而出。

直到后来，连他自己也分不清现实和梦境。

直到后来,他在湛蓝世界的虚幻尽头,在悬崖边的彩虹深处,看到了另一张脸。

一张不可能存在的脸。

唉,真希望这不是个梦境。

真希望,他能永远停留在那个梦境。

正这样想着,他感到枕头底下一阵奇怪的响动传来。

他揉了揉眼睛,随即意识到,是他的手机在振动。

没有持续振动,应该只是短信或者微信吧。他看看床头柜上的夜视闹钟,6点40,一个不尴不尬的时间。

午夜凶铃大概不会在这样晨光微露的时刻响起,可要说是客户的信息,未免也太早了些。

谁会给自己发信息呢?

他拿起手机,半睁着惺忪的睡眼,缓慢地划屏,读取,只看了一眼,他的神智便立刻清醒了。

那是一条来自局域内网的手机短信,这年头还发短信的应该是上了岁数的。

只看了一眼,他的瞳孔便一下子放大了,不知是因为愤怒,还是,欣喜?

那上面只有一句话:

"闹事的人又来了。"

已经是早上的8点48分了,考勤打卡的时间已经过去了近20分钟,放款中心最靠门的位置上却还是空空如也,朱文慧看着那张令她阵阵犯恶心的工作台,再瞥了瞥自己身后穿着制服如临大敌的银行保安,不耐烦地问里边的人:"她怎么还不来?那个贱女人死哪儿去了?"

放款中心的出账管理员邢辉战战兢兢地回答："呃，这个我也不清楚，可能是领导派她出去核保了吧。"

在银行内部，贷款合同的签订对于银行而言至关重要，而核保员的存在就是为了确保合同的真实有效。一笔贷款在放款前，无论调查得多么仔细，担保措施落实得多么完善，抵押的房产多么的足值保值，一旦在签字环节碰上造假且贷款逾期，不符合法律认定甚至造假的客户签字永远是客户胜诉逃避债务的至上法宝，在起诉环节会对银行打赢官司构成巨大的障碍。因为只要签字是假的，就意味着签订的合同成了一张废纸，要想打赢官司收回贷款也就成了空谈。

所以，无论是在银行签订合同还是到客户处上门送签，核保人员都必须在场，当面看着客户签字画押，确保客户签字的真实有效。

"哼，少来，别拿这种借口搪塞我，同一个办公室的，她去了哪里你们会不知道？笑话！"朱文慧狠狠地瞪了对方一眼，气呼呼地一屁股坐在沙发上。她交叉着双手，披肩长发零乱地遮住了前额。但她顾不得整理，呼哧呼哧地喘着粗气。

这已经是她在这里蹲守的第三天了。从周一那天上午，她冲进兴庆银行的放款中心揪着那个小狐狸精，在她白嫩的脸颊上印下了五个手指印，那种泄愤的快感就让她无法自已。她没有想到的是，从那一天起，一连几天，她都没有再见过那个比自己年轻漂亮的狐狸精。

在市中心医院做护士的朱文慧曾一度认为，自己是这个世界上最幸福的女人。她今年27岁，也算是个中等偏上的美人，工作稳定，家境殷实，父母健康，她最拿得出手的老公赵诚波更是百里挑一的人中龙凤，不但年纪轻轻就是证券公司里的一把好手，样貌更是高大帅气。他俩的结合是圈内有名的男才女貌，每次在公开出席的场合，他们金童玉女的恩爱劲儿总是羡煞旁人。

133

如果没有那场演唱会，她大概会一直这样幸福下去。

赵诚波作为证券公司冉冉升起的明日之星，在单位里颇受领导的赏识，经常被公派出差学习和交流，而他也是足够的细心和体贴，每次回来必给她带礼物，还时不时地来一把小惊喜。去年的情人节前夜，原本在外地出差的赵诚波在事先没告知朱文慧的情况下，突然手捧大束玫瑰出现在她的单位楼下，一时间惹来医院里的护士姐妹们无数羡慕的眼神，让她在惊喜之余着实风光了一把。

也正因为如此，作为妻子的朱文慧对于丈夫经常在周末出差的情况早已习以为常了，从未有半点怀疑。直到上周的周末晚上，姐姐朱慧怡突然造访，平静而美好的生活，就此被打破。

朱慧怡看着因为愤怒而花容失色的妹妹，又看看办公室周围那些探头探脑看热闹的同事，心中是无限的尴尬。瞧瞧自己这个笨脑瓜，怎么早没想到妹妹这个火药桶随时会爆炸呢？她不由得后悔起那天晚上直接把她目睹的事情告诉妹妹了。

"什么？诚波出轨？不可能，绝对不可能！"当时的朱文慧一脸的惊讶，随即头摇得像拨浪鼓。

"我亲眼看见的，那还能有假？"朱慧怡毫不示弱，她掏出手机给妹妹看照片，当晚她在愤怒之余竟然忘记了第一时间拍照留下证据，直到快散场的时候才想起来。她混在散场的人群中对着那两人的背影一通狂拍，只可惜，因为场地灯光的因素，她留下的物证并不那么清晰，而且由于现场的人实在太多，她的那两个目标人物很快便消失在散场的人群里，也断了她想要一路跟踪到酒店，将这对狗男女捉奸在床的念头。

"切，就这么一个背影，我都认不出来，你怎么能肯定就是诚波啊，"目光触及照片的朱文慧脸色微微一变，在漫长的三秒钟的僵硬后，却还是矢口否认，"那天诚波去宁波出差了，下午还跟我视频过,怎么可能会出现在上海,去看那什么演唱会嘛。"

"6月30号是那个小姑娘的生日,赵诚波准是陪她过生日才去看演唱会的,"朱慧怡作为行里主管人事的员工,可以看到所有行内员工的个人资料,"我亲眼所见,他就在我前面两排的位置,这么近的距离我会看错?"

"你的眼睛,呵呵。"朱文慧轻蔑地笑了笑,想要再说什么,却最终没有说出口。

朱慧怡可生气了。她知道妹妹想说的是什么,还不是自己那段匆匆结束的荒诞婚姻嘛。"信不信由你,等你明白过来了,不要再来找我哭哭啼啼。"

她气呼呼站起来,穿过长长的豪华走廊来到玄关,麻利地换鞋开门,妹妹欧派的花园洋房装饰得富丽堂皇,但在她的眼里,已经看到了不久后的将来这里的空荡和恶心。

"等等,你刚刚说那个女孩的生日是几号来着?"朱文慧突然叫住了姐姐。

"6月30号,怎么了?"

顷刻间,朱文慧脸上不屑的表情不见了,取而代之的是满满的哀伤。"诚波的手机解锁密码,是0630,"她无神地瘫倒在沙发上,整个人像泄了气的皮球,"他说这是他大学时的寝室门牌号,呵呵,我竟然信到了现在,我竟然信到了现在!"

那一刻,朱慧怡看到,从小在呵护下长大的妹妹,脸上的哀伤逐渐被愤怒所替代。

"啪!"

一声刺耳的玻璃撞击地面的声音,把朱慧怡从沉思中拉了回来,她看见放款中心的几个员工只是漠然地抬头看了看,又低头做起自己的事情来,而门外站着的那些看热闹的同事,脸上写满了看戏的愉悦。

不用说，朱二小姐又开始发脾气了。晶莹的碎片玻璃撒了一地，四处飞溅的开水散落在地面上，还在腾腾地冒着热气，这已经是妹妹这三天来摔坏的第四个茶杯了。

自从上周末的晚上她知道了这事后，家里就仿佛炸了锅似的。妹妹从小在家娇生惯养，而自知理亏的赵诚波显然处于下风，朱慧怡不由得想起前几天微博上看到的段子：

一个男方的亲属劝女方，看在多年夫妻情分上，你就原谅他这一回吧，而那个女生答：原谅他是上帝的事，我的任务，就是送他去见上帝。

眼前的妹妹显然真的是奔着送一个人见上帝去的，只不过她选择的目标，是那个让自己老公出轨的狐狸精，兴庆银行的放款员：陈欣。

"文慧，别闹了，"朱慧怡赶忙上前，伸手拽住了朱文慧的胳膊，"你别这样，陈欣今天没来上班，你别待在这里了，让我多难堪啊。"

"你难堪？"朱文慧狠狠地甩开了姐姐的手，"你的同事勾引我老公，破坏我的家庭，你还想着你的脸面！"

"哎呀，我的宝贝女儿啊，你怎么在这儿啊，别去跟那种贱人一般见识，咱们回家，啊。"朱文慧的父母恰在此时赶到，化解了朱慧怡的尴尬。从她俩的言行举止上，旁人可以清晰地分辨出，朱家的这两姐妹，一个像文弱的爸爸，一个像强势的妈妈。

一番连哄带骗，好不容易将自己的宝贝妹妹交由父母带走了，朱慧怡闭着眼睛靠在墙上长长地出了一口气。唉，都怪自己，真应该和父母商量商量再告诉妹妹，或者把妹夫约出来摊个牌也行，弄成现在这样鸡飞狗跳的局面，走在行里都能感觉到被同事们指指点点，自己快人快嘴的毛病怎么就是改不了，朱慧怡真想抽自己一个耳刮子。

忽然，她感觉到一种被注视着的压抑感，一抬眼，发现在黑暗的角落里，有一双眼睛在死死地盯着自己。尽管对方在黑暗中，朱慧怡依然能够真切地感到，那种将空气凝固的强势和压抑。

她感到对方在冷笑，在她犹豫着要不要上前打招呼的时候，对方已经麻利地转身，消失在走廊尽头。

过了好久，朱慧怡还处在惊魂未定之中，对方显然是对她处理应急事务的能力产生了质疑。曾经，她花了无数的力气才换来他关键时刻的倾囊相助。那么而今对于她而言，那件事情，还能够圆满解决吗？

她还不知道的是，就在十几分钟前，这个她看到了连大气都不敢出的家伙，在他那间独立宽敞的办公室里，和另一个人，展开了如下对话：

"这件事情会造成什么不良影响吗？"

"有啊，男方的老婆每天来行里闹事想要找到陈欣，第一次来的时候，把那小姑娘吓得，躲在5楼的厕所隔间里半天不敢出来，后来学乖了，这两天都是请假躲在外面。"

"谁问你对她的影响了，这个婊子，没事去勾搭人家的老公，自作自受，我是问对行里会不会造成什么影响。"

"呃，这个嘛，倒也不是特别严重，男方的老婆没有在大厅闹事，目前来看不会造成什么舆情的风险，就是员工们一直在议论这件事，反响挺不好的。"

"听说男方的家属是朱慧怡的亲戚？"

"对，是她亲妹妹，我听说好像是陈欣跟那个男的去上海看演唱会，正巧朱慧怡也在现场，所以被逮了个正着。"

"哼,去看演唱会,这个小丫头片子,本来工作就一团糟,勾搭有妇之夫还这么高调,当初要不是一个大客户打了招呼,我才不会让她进来。"

"哎,这话是没错,但是这个朱慧怡啊,也太不给我们省事了,自己的家务事让他们自己解决嘛,还闹到行里来,影响多恶劣。"

"还好我当初没有重用她,就她那性格,早晚会兜不住。不过也好,这件事情一出,大家关注的焦点都在他们的花边绯闻上,应该没有人会注意到我们的动作了。"

"是的是的,只是现在……"

"嗯?"

"呃,因为陈欣最近一直没来上班,放款中心人手不够了,您也知道,现在是贷款旺季,来贷款签字的客户每天都很多,秦总跟我说想要个人。"

"这个嘛,倒也不是不可以,你们跟业务部门商量一下,看看谁比较合适可以顶上来,报个人选给我,我去跟老大说。"

"好嘞,那您忙。"

"等等……这个人选,最好是新员工,入职在一年内的,我不想老员工掺和进来,这对我们没有好处。"

"行,知道了。"

第十三章
我要为她报仇

赢州市高铁站。

即使在这样一个普普通通的周末下午，来来往往的人群依然川流不息，进站的，出站的，带着大包小包将站前广场挤得满满当当，渲染出一种既繁忙又紧张的气氛。

江源一直觉得，车站是最能反映这座城市人口净流入状况的。他不喜欢这样人流密度极高的地方，香烟、臭汗、混迹于行人中慌乱而鬼魅的眼神时常让他感到不安。所幸，这样令人窒息的状态并没有持续很久，很快，他就在出口处的人群中，看到了孙彦君和樊小琳的身影。

"江总，辛苦了。"孙彦君迎了上去，非常自然地接过了江源的行李箱，虽然此前在电话里江源一再地婉拒，但是孙彦君还是坚持来车站接他，并且态度诚恳，言语谦和，丝毫不是那种拍领导马屁的惺惺作态，这让他非常感动。

如果说他到兴庆的一切都是一个精密的布局的话，那么孙彦君,就是为数不多的几个在他计划外相遇的很重要的人之一。

"我的手机呢?我的手机呢?我的手机怎么不见了!"

在他们前面三米处快步行走的一个男孩突然高声地叫嚷开来,他面色铁青,慌乱地翻着身上的各种口袋,额头上分分钟渗出了豆大的汗珠。

江源记得这个背着厚实背包的年轻男孩,刚刚在高铁上,坐在江源身边一副腼腆样的,就是这个年轻的帅小伙。

从之前的交谈中江源知道,这是个在赢州师范大学读书的外地大学生,新学期即将升至大四。在别的大学生都在这个盛夏时节躲在空调房里过暑假的时候,这个小伙子却只在老家歇了俩礼拜,就早早地回到学校准备暑期的实习了。

"你怎么了?"江源走上前去一问方知,小伙子的手机被偷了。江源记得,在高铁上的时候,小伙子就眉飞色舞地跟江源展示过这部新买的手机。那是最新款的小米手机,超大屏,不算特别贵,但是实用,更重要的是,那是小伙子在上学期用兼职攒下的钱买的。

看着这个眉头拧成一股绳的小伙子,江源犹豫了。

小偷虽然还没有走远,但要在车站里找到那个惯偷无异于大海捞针,那么,用那种办法,会不会好一点呢?可是,如果是这样……

他犹豫了片刻,苦笑着摇了摇头,掏出了自己的手机:"老弟,你手机号多少?"

小伙子清秀的脸颊上布满了沮丧:"没用的,我开的是静音,而且,就算现在打过去,他肯定也不会接。"

"你先报来再说。"

问清了号码,江源用自己的手机一拨,一阵音乐后,一个刻板的女声响起:"对不起,您所拨打的电话正在通话中。"

果然,对方直接把电话按掉了,小伙子沮丧地垂下了头,好像最后一丝希望之火也悄然熄灭了。

江源却笑了:"总算没有关机,那就行了。"他随后转向了孙彦君:"借你的手机一用。"

他飞快地用孙彦君的手机朝这个号码发了一条短信,短信的内容如下:

"老弟,我的高铁3点钟就要开,实在等不到你了,之前问你借的钱来不及当面还你,我已经把2万现金存在了高铁站临时存放柜里,编号是14,密码是600176,你去取就可以了。对了,再次感谢,剩下的2万我到家再想办法给你。"

发完这条短信,他朝小伙子微微一笑,指了指不远处的高铁驻点派出所:"你去那里报个案,让他们去柜台那里蹲守吧,我相信你的手机很快就能找回来了。"

不等小伙子反应过来,他就潇洒地转身,带着孙彦君和樊小琳走出了车站大门,混入来来往往的人流之中。

小伙子只来得及对江源的背影说声谢谢,此刻,在重燃希望的小伙子眼里,并不高大的江源潇洒离去的背影,宛如一位巨人。

"江总,刚才您的做法,呃……"车开上了环线,孙彦君握着方向盘,想说什么,却欲言又止,他从后视镜里看到,江源靠在椅背上,面色凝重地望着窗外出神。夕阳透过车窗洒在江源的身上,孤寂、冷漠。这让孙彦君觉得这位平日里谈笑风生的老总,此时却有一种说不清道不明的惆怅。

"嗯?"听到声音,江源回过神来。

"我是说,您刚才的做法,很新颖。"这话倒是出自肺腑,首先是江源平静外表下隐藏着一副热心肠,对一个陌生人伸出援助之手在现在这个社会里可是不常见的了,这点,孙彦君深有体会。

可最为关键的,是江源替小伙子逮小偷追回手机的方式,这个

141

完美的设局,让一切显得既简单又新颖。与其漫无目的地满大街找小偷,让小偷自己来找你可真是最简单的方式。

"惯偷都是贪婪的,一台手机不过千把块钱,去证实一条看似不寻常的短信,却有可能日进斗金,换作是你,你也会去试一试。"江源的回答则轻描淡写。

"厉害了我的江总,"樊小琳调皮地打趣,"我觉得这像是一种逆向思维,特别有意思。"

"前几年我在上海的时候,有天晚上接到个客户的电话,说他在我们银行的ATM自动取款机取款,结果卡被机器吞了,"江源不动声色地娓娓道来,"我让他打银行客服解决,他却告诉我说他早就打过了,银行的人告诉他,要第二天中午才能把机器清空,把卡和钱还给他,可是当天凌晨他就要飞到西班牙看欧冠去了。"

"啊?那可怎么办呀,没有别的方法吗?"樊小琳听得有些入神。

"有啊,逆向思维,怎样挑战银行的规则不重要,重要的是,要让银行的维修人员能够到达现场,"江源的嘴角微微上翘,"我让客户再打电话去给银行的客服,告诉他们,银行的ATM取款机坏了,想取一千结果吐出了一万,于是……"

不看后视镜,孙彦君都能够感到身后的江源露出了一个意味深长的笑,只听得他继续说:"只过了十分钟,银行的人就赶来了,吞卡的事情也就顺带解决了。后来这个客户就和我成了朋友,说起来,小孙,其实你也认识,这个客户,就是前两天找你存钱的,那个姓毛的老板。"

"就是他?"孙彦君大为震惊。几天前,江源还在冉州的时候曾经给他发过一条信息,说有个姓毛的客户要来存笔钱,让孙彦君直接挂在自己名下。老总把属于自己的客户直接分给下面的员工,这在孙彦君以往的工作经历中是不多见的,更让他意外的是,当他看到那个客户拿着的汇款单时,不由得惊得下巴都掉了地。

"2000万！"

"是啊，"江源在心里说，"只可惜，当着你们的面帮了那个陌生人，同样的招式，就不能在老蔡身上用了。"

"咦，这是去哪儿呀？"江源从沉思中回过神来。

"晋江公寓啊。怎么，风尘仆仆地赶回来，您不回家就要去单位开工啊？太敬业了吧。"樊小琳笑道。

"这倒不是，送我去启林路吧，我去办点事。"

"启林路？"孙彦君知道那个地方，不知怎的，他忽然有种不好的预感。

他心不在焉地开着车，大脑却快速旋转着搜索着，启林路离分行不过十几分钟的车程，孙彦君却总觉得心里不安。

这种不安的情绪一直伴随着他，直到江源下车。江源跟他道谢再见的细节，他已经不记得了，他只看到，江源背着背包走进了街边的一家店铺，从外观上都能看出，这家店面的装修别具一格，韵味十足。

那不是ROSRMARY花艺工作室吗？

他的心底顿时疑云升腾。

"I love you more than anyone has ever loved."

《小曼哈顿》的台词又一次在花店里回荡，这是林雨霏不知道第几遍回顾这部温暖可人的电影了。两个十二三岁的少男少女踩着滑板车在曼哈顿的街头相伴穿行，既略显稚气又温暖人心。

看到电影里那两个可爱的少男少女，林雨霏不禁会想，昔日冷言少语，但内心火热的凌晗，是否会像电影里的少女那样，和那个叫江源的男人自小亲密无间，彼此不离不弃呢？

她的心里涌起了一丝小小嫉妒。

143

当门口的风铃又一次响起,脚步声由远及近,林雨霏已经感觉到自己的嘴角开始上扬,因为她知道,那个叫江源的男人,如期而至了。

这是江源第二次踏进这家白璧无瑕的花店了。店中的花卉依旧争芳斗艳,高脚架上插满了奇花异草,水晶器的上端种花卉,下端养一些小鱼,喻示多姿多彩,浪漫中生机盎然。在花架两旁的支架上分别陈列着生命力极强的袖珍植物。

"你来啦。"女孩迎了上来,朝他俏皮地露出了笑容,"我已经把《小曼哈顿》看了三遍了,没想到,我的工作室名字竟然还有这么甜美的出处。"

ROSEMARY 是《小曼哈顿》里女主角的名字,那是个纯美天真的女孩。

可是我和小晗的秘密,你还不知道。

江源笑了笑,眼角一丝淡淡的鱼尾纹,此刻轻轻地舒卷开来,看着让人特别安心。他的目光移向了林雨霏的案台前,那里放着一盆迷迭香。

"这是你的小晗姐送给我的呀。"看到江源的眼神,林雨霏甜甜地笑着,"上次你跟我说,你要来这里之后,我就把它从里面的玻璃房移了出来,我在想,如果你进来的第一眼看到它,心情一定会很好的。"

"谢谢。"江源的感激溢于言表。在这场漫长的找寻真相和复仇之旅里,他必须小心提防,处处留心,甚至连一张照片都不敢带在身边。

睹物思人,似乎是他唯一的念想。

然而,这盆迷迭香却不像预想中的那么郁郁葱葱,枝叶没精打采地垂下了头,奄拉的姿态仿佛沉睡一般,几朵开出的花已经呈现了枯萎的黄色。

林雨霏从江源的眼里看出了一丝失望："不知道怎么了，这盆迷迭香就一直这样，难道是它得知了自己主人的遭遇，也变得无精打采了吗？"她怜爱地拨弄着迷迭香的枝叶。

　　"现在你是它的主人了，你得好好想想怎么照料它了。"江源笑笑，给了女孩一个肯定的眼神。

　　他向旁边瞥了一眼，无意中看见了旁边吧台餐桌上放着的玻璃杯，里面是隐约可见的一片深黑。他的眉头微微一皱。

　　这个不经意的情绪波动，却被林雨霏尽收眼底。她循着江源的目光看去，随即明白过来："对了，你约的那个人，他已经到了，正在后面的玻璃房里看我栽的花呢。"

　　顿了顿，她耸了耸肩又补充了一句："这家伙，可真是厉害，喝最浓的ESPRESSO，一点糖都不加。"

　　后面的阳光玻璃房是林雨霏租了店面以后，根据自己的喜好精心搭建的，明媚的阳光、恰到好处的湿度、晶莹剔透的空间，让这里显得格外舒适宜人，那些繁盛的花儿既不像花艺批发市场那样杂乱，又各自交相辉映错落有致，与这些尤物朝夕相处实在是一种享受。

　　江源这样想着，推开玻璃门，随即便看到了那个坚实挺拔的背影，蓬乱的头发不安分地搭在脑后，整个人看上去孤独而落寞。

　　杨霖回过头来，看到进来的江源，眼睛里泛出了一丝亮光，但很快又黯淡了下去。

　　时间仿佛凝固了，两个人对视了足足半分钟。

　　"为什么约我到这里？"杨霖开口了，语气生硬得很，从他的脸上，依旧看不出任何的表情。

　　"这是小晗生前最喜欢来的地方，"江源的语气依然平缓，"我在想，或许在这里，你可以心平气和地跟我聊聊。"

　　"你想聊什么？"

那一天在墓园的场景，又一次浮现在杨霖的脑海里。

当时，阴雨绵绵，两个人之间仿佛有一道无形的墙，相距不远，却彼此疏离。

"你回来究竟有什么目的？"杨霖开始发问，声色冷酷，像在质问一个待审的囚犯。

"我说我回来支援家乡的金融建设，你信吗？"江源的脸上闪烁着戏谑。

"支援金融建设？"杨霖哼了一声，"你把我当猴耍吗？全市48家银行你去哪家不行，偏偏到兴庆去，你到底想干什么？"

"过去的一年里，你无数次跑到那家银行里去，你又想干什么？"江源硬生生地顶了回去。

"我去查真相！"杨霖怒不可遏。

"然后呢？有半点结果吗？"江源的语气像是嘲讽，"你为了小晗的案子不惜顶撞领导，结果呢，毫无进展，还因为自己的冲动险些丢了公职。"

"消息很灵通嘛。"杨霖两眼瞪得老圆。

他不相信江源入驻兴庆只是个巧合。正如当完整的证据链一次次让他接受那个女孩真的是这一系列事件的策划者的时候，他骨子里却充斥着彻彻底底的抗拒。

如果说世界上有一个人比我更在意那个女孩的话，那个人，只可能是江源。

后来，他们不欢而散，因为什么，杨霖已经不愿去深究了，但他记得江源说话时眼中的那两道寒光，那是一种"虽千万人吾往矣"的寒光。

"你说要给我一个解释，解释呢？"杨霖摊了摊手，"我洗耳恭听。"

"小晗是被陷害的,我要为她报仇。"

"报仇?呵呵,"杨霖重复着江源的话,满脸嘲讽,"你把自己当成柯南还是夏洛克了?要我陪你一起玩侦探游戏?"

"别着急回绝我呀,你看看这是什么。"江源没有接话,他回过身,把一本薄薄的材料甩到了杨霖面前。

杨霖看了一眼材料,眼睛一下子瞪大了。

那是一本不厚但装帧规范的材料,从材料的第一页可以看出这是一份红头文件,但是字迹却是黑色的,显然,这是个复印本,上面用宋体字清晰地标记着:关于兴庆银行赢州分行员工凌晗盗取客户存款案件的审计报告。

第十四章
8000万不翼而飞

2015年3月12日，上午8点08分，凌晗像往常一样，早早地来到了单位。

这是她在兴庆银行工作的第八个年头了，八年来，每天提早十五分钟到办公室里，整理桌面，开窗通风，给自己种的迷迭香浇水已经成了她雷打不动的习惯。

整洁的办公环境会让她的心情舒适，咖啡因则会让她在工作之时精神百倍。正当她给自己泡了满满一大杯美式咖啡，准备开始新一天的工作时，办公室的座机突然响了起来。

"小凌啊，我是东征公司的张会计。"电话那头响起了一个中年妇女的声音，听着有些急躁。

"噢，张姐啊，好久没跟您联系啦，最近怎么样呀？"凌晗的声音温文尔雅，让人听着很是舒心。这个张姐名叫张琴芳，她所在的东征置业有限公司是兴庆银行的老客户，在公司部有好几个亿的贷款。

"哎呀，别寒暄了，我跟你说，我刚才登录我们公司的网上银行想要核对下账目，结果发现开在你们银行的对公户头上少了8000万，这是怎么回事啊？"

"什么？"凌晗一听大惊失色，客户存在银行里的钱没了，这可不是件小事。

她"噌"的一下站了起来："怎么会这样？是不是你们公司要归拢资金所以把钱划走了？"

"怎么可能啊，"张琴芳的语气越发焦急，"这个账户从来没有对外转过钱，再说，我是管账的，如果要转账，也应该由我经手的嘛。"

对呀，张琴芳是财务，如果是东征公司要对外汇款，她怎么可能会不知道呢？该不会真的是……

"张姐，这事，你有没有问过你们老总啊？"

"哎呀，瞧你说的，8000万呐，又不是8000块，我哪敢去问我们许总啊？是他拿去总公司了还好，万一不是，我可怎么办啊？"张琴芳在电话那头已经快哭出来了。

凌晗赶忙劝说："张姐，您先别急，我去问问蔡总，也许他知道是怎么回事。"

安抚了下张琴芳，她拿起电话拨通了公司部总经理蔡友根的座机电话，忙音，再打内线的手机号，还是没人接。

不行，得去探个究竟。她踩着高跟鞋，一路快走来到了公司部的办公室。一进那个大办公室，几个客户经理正聚在一起唠嗑，看到凌晗来了，客户经理梁旭晨迎了上来："哎哟凌大美女，今天怎么有空上我们这儿来呀？"

梁旭晨今年刚过30岁，是个白净高个儿的帅小伙，平日里爱耍宝开玩笑，一直和银行上下的女员工们打成一片，和凌晗的交情虽然不深，但彼此的同事关系却处得不错。

"小梁,你们蔡总呢?"

"你说老蔡啊?他一早就出去了,一个大客户今天从国外回来,咱们蔡总屁颠屁颠地赶去机场接了。哎呀公司部老总亲自去接驾,你说这客户面上多有光啊。"梁旭晨眉飞色舞地讲述着,说到动情处还兴奋地手舞足蹈起来。

"他有没有说什么时候回来?"

"小半天总是要的吧。就算今天不回来也不奇怪啊,咱们蔡总对大客户那服务周到可是出了名的,没准啊,连今晚的家宴都准备好了。"

凌晗有些失望,看来蔡友根一时半会儿是联系不上了,留在这儿干等也没用,还不如去柜台上查查账户的明细,于是她道了声谢谢便转身离去。

"哎,蔡总去接的大客户是谁啊?"公司部的几位客户经理却热热闹闹地讨论开了,凌晗听得出来发问的是公司部新来的帅小伙孙彦君。

梁旭晨一脸不屑:"你这不是明知故问吗?当然是东征公司的董事长许曼初呀,那可是咱们蔡总的金主爸爸。"

凌晗的脚步停了下来。

"哎呀,凌妹妹啊,不好意思,今天去见了个大客户,手机不方便接听,你有什么事?"下午1点,在凌晗焦虑不安了大半天后,她终于接到了蔡友根的回电,此时距离她第一次试图联系蔡友根,已经过去了至少四个小时。在这四小时里,她数次尝试联系蔡友根,都无功而返,而她通过兴庆银行的内部核查系统进行了查询,东征公司的账户上,确实于本月的3号被转走了8000万。

"蔡总,东征公司的张会计来电话,说他们的公司账上被转走了8000万,这是怎么回事?"

"8000万？不会吧？"电话那头的老蔡并没有显出慌张，只是陷入了沉思，隔着电话，凌晗都能想见蔡友根那眉宇间皱成的川字。

"我问问他们老总，你等下啊。"

没过一会儿，办公室的门突然被推开了，风尘仆仆的蔡友根走了进来。

"蔡总，您怎么亲自过来了？"凌晗有些意外，她以为今天是见不到这位日理万机的公司部老总了，赶快招呼蔡友根坐下。

"哈哈，让你紧张了一整天，当然得亲自过来跟你赔罪啦。"蔡友根和蔼地笑笑，"我问过他们老总啦，你说的这笔8000万是在本月3号转走的吗？"

"对的，是在3月3号的下午一点半，通过柜台转走的，汇入的是东征置业有限公司在建行的账户。"凌晗抽出单据对照着说，这是她上午刚刚从柜台上查询到的信息。

"这就对了，"蔡友根的眉间舒展开来，和气的笑容爬上他的面颊，"我刚跟他们老总确认过了，他们最近有一笔其他银行的贷款要到期了，这钱是他们归集资金用来还贷款用的。"

"可是转账8000万这么大的事情，他们的财务为什么都不知道？"

"你说那个张大妈啊，"蔡友根思索了一下，像是想起了那个年逾五十戴着老花镜，做起账来一丝不苟的老会计，"我听老许说那会儿张会计正好年休，他就让另外一个会计办理了。"

"原来是这样，"凌晗悬着的心总算放了下来，"吓死我了，这个老大妈，害得我一天都不得安宁，差点报警。"

"什么，你报警了？"蔡友根像是被雷劈了一样，身体向前，一把抓住了凌晗的肩膀，瞪着惊恐的双眼大声问道，额角隐隐沁出了汗水，他惊慌失措的样子倒是让凌晗颇感意外。

"没有没有，"凌晗赶忙解释，"我就是不放心，客户这么大一笔钱不见了,您又联系不到,我这也是着急嘛。"事实上,凌晗之所以没有立刻报警,而是等待蔡友根的回电,也正是希望这件事只是一个美好的误会。银行作为架构庞大的信用机构,冒冒失失地报警不但于理不妥,更有可能对银行的声誉带来极大的伤害。

"哎哟,吓死我了,我的老心脏啊。"蔡友根悻悻地嘀咕着,如释重负地缩回了手,擦了擦额头的汗水,不好意思地朝凌晗笑了笑。事后想想,蔡友根当时的反应着实过激了些,甚至可以说,过激得有点不正常。

"麻烦您回头跟他们老总讲一下,让他们会计别总是联系我,又不是我的客户,业绩也没算在我头上,到头来我还得担惊受怕。"凌晗抱着刚才被抓得有些疼的胳膊,不满地吐槽着。

"哈哈,说明她信任你呀,"蔡友根倒是恢复了之前和蔼的长者之风,"上次你上门开户的时候服务周到,他们整个财务科都在夸赞你的业务水平高,服务态度又好。我们部门的大客户不来联系我们的客户经理,却单单联系你,唉,真应该让我的人好好学学你的服务理念和营销能力。"

"得嘞,您可别给我戴高帽了啊,我好不容易才到了二线,这才多久,您这一通夸我,回头领导又要让我去做业务了。"

"哈哈,这可不行,再这么折腾下去,咱们的凌大美女都没空找对象了。"蔡友根开着凌晗的玩笑,从八年前兴庆在赢州开立分行之初,凌晗就是第一批入职的应届生,这几年来蔡友根看着她一步步从基层员工做到了如今的二级管理者,虽然不在同一个部门,怎么说也是同事一场,彼此早已熟络。

凌晗在行里也算是有名的美女,从她当柜员那天起,就一直不乏追求者,甚至有客户每天专门到她的柜台上来存钱办业务,就为了能见到她。当时蔡友根听到这个八卦的时候,想想都觉得好笑,这不就跟网上流传的那个段子,说女司机们排着队去违章交罚单,只为了见帅气的交警哥哥一面一样吗？

之前，他就听说行里那些好事的大妈们排着队给凌晗介绍相亲对象，其中不乏上市公司未来掌门人这样的高富帅，但是这位凌大小姐却对历任追求者并不怎么感冒，倒不是嫌弃对方条件不好或是相貌不搭，总之就是一种逃避的态度，这让蔡友根隐隐觉得，这位刚过三十的兴庆一枝花其实心有所属。

可是听了这句玩笑话，面前的凌大美女脸上却闪过一抹哀伤，这让蔡友根有些手足无措。他赶忙扯开了话题："对啦，你记得给那个张大妈去个电话，跟她说一声这事，免得她担心。"

"知道啦，我这就联系。"

送走了蔡友根，凌晗长长地出了一口气，仿佛卸下了所有防备。过去几个小时的焦急等待让她不由自主地想起了一个人，七年了，每每遇到困难和解不开的心结的时候，她总会想起那个曾经在她生命中留下了所有的美好却最终抽身离去的男人，想起他和气的微笑，眼角稀疏的鱼尾纹浅浅地散开，仿佛天大的事情到了他的手上也会迎刃而解，让人看着格外安心。

不行，不能再想起他了，也许他早已有了自己的生活，也许我也应该放下这些向前看。

她驱散了自己心头的杂念，喝下了一大口浓咖啡，拿起电话拨通了那个张会计的座机。

"喂，找哪位？"

"您好，我是兴庆银行的小凌，请问张姐在吗？"

"你说张会计啊，她出去了。"

"噢，那没事，请您帮我转告她，资金……"

但她做梦也没有想到，没过多久，她就开始不断地为这一通电话而懊悔不已。

"这是你们银行内部的审计报告?"杨霖看着封面上"内部机密"的字样,露出了惊讶的表情,他急迫地向后翻阅,却发现只有区区几页纸,"就这些?其他的部分呢?"

"等你考虑清楚了,我自会把剩余的资料共享给你。"江源的回答冷峻而严苛。虽然在冉州的那一晚,接到杨霖的电话让他心头一阵狂喜,但是他清楚,要说服这个几近落魄的警察揭开伤疤,再次踏上寻找真相之旅并不是那么容易的事情,他必须确定,对方有足够的决心愿意与自己面对此后的千难万险。

"这么机密的内部文件,你是怎么拿到的?"

身在经侦,长期和金融机构打交道的杨霖自然明白,像这种级别的内部机密档案,在银行内部都是由双人入库,专人保管的,再加上这是总行审计组的报告,按规定是要封存在总行档案室里的。不要说江源这样一个小小的部门总经理,就连分行一把手都很难拿到。

一年前,他奋力想要通过各种途径去弄到手,最后却都无功而返的,就是这份报告。

"行里派我去冉州参加风险检查,那边的二把手正好是当年那次调查的负责人,从总行下派到基层锻炼的,我瞅准机会抓住了他贪污徇私的把柄,然后,"江源慢条斯理地解释,"作为交换条件,我没有把他滥用职权徇私贪污的事情上报,而他告诉了我当时的细节,并把这份原始档案给了我。"

"王兴方?"杨霖看到了封面上的签字,"这个名字怎么这么眼熟……"

他突然反应过来:"你让我查的流水账就是他的,对吗?"

江源点了点头:"多亏了你的帮忙,否则,我也不会这么快就抓住他的把柄。"

"哇靠,我就这么成了你的帮凶,"杨霖喝了一声,"我说你怎么在这个节骨眼上跑冉州去仨礼拜,原来另有目的。"

他喝下了一大口咖啡:"你小子的狗屎运怎么这么好,偏偏派你去冉州,偏偏那个家伙现在就在……"

他突然停住了,盯着江源看了一会儿,眼睛霎时瞪得溜圆:"这不是巧合对不对,你就是冲着他,才去冉州的?"

"我们银行的那次聚众闹事事件你还记得吧,"江源的回答显得漫不经心,"我解决了那次事件以后,就主动跟行领导申请,参加审计组下派锻炼。"

在那样劫后余生的时刻,没人会拒绝这样一个请求。

"你胆子真是够大,我还以为你是想当英雄想疯了,"杨霖摇摇头,像一个心有余悸的家长,"一群民工拿枪带棒地跑来闹事,换作别人早躲得远远的,你看看你们的一把手杜建舟,整一个缩头乌龟,从头到尾交给手下处理,压根就没出现过。你倒好,自己往上冲,哎,算你运气好,这种混乱场面,弄得不好被开个瓢都是常有的事。"

那天民工围攻银行的场景还在他的心头挥之不去,虽说充其量只是个聚众闹事,算不上什么大案要案,但是他清楚,一群西装革履的银行职员对上一群愤怒的民工,那真是秀才遇到兵,有理说不清,想想也知道,场面一旦失控,会有多危险。

他悻悻地发完牢骚,又喝了一大口咖啡,抬眼却对上了一张意味深长的脸。

江源的脸上显得波澜不惊,眉宇间却露出了一丝笑意,这让杨霖心头一惊:"难道说……"

"那次民工的聚众闹事事件,"江源慢条斯理地,在杨霖的心头炸响一道惊雷,"是我策划的。"

两个月前,嬴州市汇明区,廊河监狱。

沉重的大门"吱呀"一声开了，那个被驯化得略显佝偻的身影，拎着破旧的布包，缓缓地走了出来。

夕阳照在他的光头上，折射出阵阵青光，竟然遮盖住了他脸上些许的横肉。三年的牢狱生涯，好像让这个曾经的混世魔王变得迟钝和温顺了，他依旧弓着身子，小心地向前挪动着脚步，同时竖起耳朵，细细地听着身后的动静。

"砰"，当他听到大门终于关上的那一刻，脸上紧绷的肌肉松弛了下来，他长出一口气，好像卸下了全身的重担一样，脊背缓缓地，挺直了起来，重新变回原来的高大魁梧。

"终于解放了！"他小声嘀咕着，长长地伸了个懒腰，提着破包走到路口。

看到大汉站在路口，茫然地好像不知道该去往何处的样子，江源不由得好笑。他发动车子开了过来，停在大汉面前，摁了两下喇叭，随后摇下了车窗。

"上车吗？"

大汉看到来人是江源，脸上紧绷的表情逐渐舒缓了下来："先给我来根烟，憋死我了。"

半个小时后，江源坐在长条凳上，看着对面的大汉风卷残云一般，将他的那碗鳝片浇头面扫荡干净。

"这里的辣油，还是这么带劲！"大汉满意地抹抹嘴，咕咚咕咚地喝起了汤。

这家李福记干挑面馆是赢州市的老字号面店，足有三十年的历史。因为老城区改造和拆迁等原因，店面几经搬迁，生意却是一年四季火爆如常。现在是傍晚时分，这间20平米左右的店里围满了食客，店外面的人行道上也放着好几张方桌。

"你不应该和我走得太近，"大汉用袖子抹了抹嘴，突然开口，"你是知识分子，银行翘楚，我是犯过事的，咱俩不对路。"

"不和你走得近，我大概也没有今天吧。"江源莞尔一笑。

大汉愣了两秒，随即歪起了脑袋："三年级那会儿的事儿，唉，不提了……"

两人沉默良久，像是在回忆着什么，最后还是江源先打破了沉默。

"那什么，有件事……"

"说吧，需要我做什么？"江源还没说完，就被大汉粗暴地打断了，"你把我老娘接到养老院去，可不单单是做慈善发善心吧？"

他的脖颈处发出关节响动的声音，好像随时蓄势待发。

"可能要你受点委屈。"

"别磨叽，有事说，没事就滚蛋。"大汉又点起了一根烟，贪婪地吸着，仿佛下一秒烟灰就将燃尽。

江源从口袋里取出一张报纸，展开递到大汉面前，加粗的黑体标题"无良开发商拖欠民工工资"赫然醒目。

大汉拿过报纸一看，不由得眼睛瞪得老圆："你要我去帮民工讨薪？"

"不，恰恰相反，"江源神秘一笑，"我要你帮我，演场戏。"

为了这场旷日持久的复仇，江源下足了功夫。经总行的高参推荐进入这里，只是第一步；他迫切要做的，就是在短期内树立自己的威望，然后借此找到机会接近事件的第一经手人。

他先安排了民工的这次聚众闹事事件，再由自己出面解决。张挺是自己安排的人，知道如何把握分寸，同时，通过这个应急事件，他成功判断出了上层领导之间的关系，杜建舟已是廉颇老矣，李云坤却是虎视眈眈。所以，只要分寸拿捏得当，不但可以在行里树立威信，上层领导的脆弱关系网也能一举捅破。

事成之后，面对嘉奖自己的李云坤，他第一时间提出了希望去冉州参与风险检查的要求，不但给行领导留下了一心向上的好印象，更重要的是，让这次行程显得顺理成章，掩盖了自己此去冉州的终极目的。

在冉州的行动则堪称完美，不但揪住了时任总行风险审计组组长、现在的冉州分行风险总监王兴方的把柄，迫使其就范，而且，还有另一个意外的收获。

张志超。

张志超是分行风险部门的二把手，是自己在整个探寻真相和复仇的过程中，能够落下实锤佐证自己猜测的人。为了这件事情，他已在冉州和张志超达成了交易，他帮张志超复仇，而作为回报，张志超要给他一些只有自己能够经手的东西。

虽然复仇的过程漫长，但是为了最后的一锤定音，他只有如此。

"你知不知道自己在做什么？"杨霖虎着脸，瞪着铜铃般的圆眼盯着江源，"教唆他人聚众闹事，这是要坐牢的！"

江源扫了他一眼，眉宇间黯淡无光："那你抓我呀。"

"你……"杨霖声音颤抖，一时语塞。

"张挺是老手，他知道轻重，"冷酷爬上了江源的面颊，"和那些人相比，我做的事情，实在是太过仁慈了。"

一丝寒意，从头到脚的寒意。

"你非要这样吗，不惜游走在法律的边缘？你知不知道你随时可能触犯红线！就不能通过正当的途径去解决？"

"正当的途径？"江源冷冷一笑，"当初，你连着几个月都在调查，希望为这件事翻案，结果呢？"

他停顿了许久："不但毫无进展，还落了个浪费警力资源在个人感情上的罪名，得罪了你的大领导，把你发配下来做开联席会议这样的闲职，你现在告诉我，你还想着要用正常的途径去解决？"

"那你要我怎么办！"杨霖暴怒了，"这个案子不像你想的那么简单，你以为我不想翻案吗？你以为我不想替小晗洗刷罪名吗？"

他拍着桌子，咖啡杯被震得叮当作响："我做了！我尝试了所有的办法，但是能怎么办？证据链都很完备，几乎找不到任何的破绽，从我的层面来看，这就是一起板上钉钉的案子！"

那段日子的一幕幕仿佛电影一般，又一次浮上了心头，多少个日夜，他把自己锁在办公室里，埋首于那些看似枯燥乏味、毫无意义的档案和资料中。每一个东方发白的破晓，于他而言是一次又一次的无尽黑夜。

那是一段最煎熬的岁月，几乎所有的人都用异样的眼光看他，所有人都把他的行为当作是徇私舞弊，试图帮前任开脱。甚至在他们的眼里，他滥用警方资源，他在铁证面前一意孤行，他愧对自己身上的警服。

甚至到后来，连他自己也渐渐开始这么认为。

也许，我真的看错了她。

也许，是我的求而不得在作祟。

"我是警察，我只能相信证据。"

他瘫坐在椅子上，声泪俱下，喃喃自语。

良久，对面的老伙计叹了口气："我不会强求你和我站在一起，你是警察，只相信证据，但我是银行人，除了抵押物，我相信的，还有人心。"

好一句"还有人心"，杨霖抬起了头。

置身于毒蛇的巢穴，你必须化身毒蛇以击之。这是江源在上海金融圈摸爬滚打的几年里，悟出的道理。

"这家银行看似运转如飞，实则内部已经是千疮百孔，从我掌握的信息来看，那次事件，不但小晗是受害人，甚至还牵扯咱们市的好几家上市企业。无论他们做了什么恶，都不应该由无辜的人来承担。我坚信小晗是无辜的,她不会做这样的事情,所以我一定会这么做。"

他俯身看向杨霖,后者望着他,像在仰视一张遥不可及的脸。

"如果你不能站在我身边,帮我为小晗沉冤昭雪,就不要成为我的绊脚石。"

漫长的沉默。

"好,我可以答应你,我们一起来找寻答案,看看当时到底发生了什么。"杨霖开口了,他的回答让旁听的女孩在心里长出了一口气。

"但是,"他话锋一转,"我得跟你约法三章。"

"你说。"

"第一,你不能做任何违法犯罪的事情,否则,我会亲手抓你。"

"可以。"

"第二,你接下去的所有想法,都必须对我如实相告,不能对我隐瞒。"

"没问题。"

"第三,"他看了一眼吧台里面的林雨霏,女孩不紧不慢地做着自己的事情,但是杨霖可以清楚地感觉到她正竖起耳朵听着这边的动静,他犹豫了一下,"第三,等一切都结束了,你必须告诉我,当年你和小晗那件事情的原因。"

吧台前的女孩明显地颤抖了一下,身体前倾,手上的动作也变慢了不少。

"我答应你。"江源站了起来,朝杨霖伸出了手。两个三十而立,却在各自世界里相互回避的男人,终于在彼此陌生了六年之后,因为同一个女人,再次站在了一起。

那两只饱尝了阵痛和愤怒的手,也在六年之后,终于握在了一起。

"开始吧。"他不知道是对自己说的，还是对对面的杨霖说的。

"嘿，你听说了吗，东征公司的一个财务跑路了。"

"我不知道啊，怎么回事啊？"

"我也只是知道个大概，听说是用假的营业执照和公章开户，然后伺机挪用公款，把存在我们这里的8000万存款转了出去挪作私用，现在东窗事发了，人不知道跑到哪里去了。"

"天哪，这么劲爆的事！那个财务吃了熊心豹子胆吧？这么大金额也敢挪为己用。"

"谁知道呢，听说是背着公司在外面做资金生意，给那些没有钱掉头还贷款的小企业做过桥资金，她的背后还有人，警察肯定还在查呢。"

"真看不出来啊，都快退休的年纪了，何必这样搞呢？"

"还不是为了她女儿，听说她女儿在国外留学，成绩好得不像话，她一个离异的中年女人哪里供养得起啊，大概是想大捞一笔供她女儿上学吧。"

"唉，真可惜啊，好好的一个人，大路朝天你不走，非要走歪门邪道。"

"谁说不是呢，可惜了这么好的一个企业，我听说因为这件事情，现在这个企业资金有点困难哎。"

一周后的周二中午，在食堂吃饭的柜员女孩子们在一起交头接耳，丝毫没有注意到，她们身后的凌晗惊得倒吸了一口凉气。

她赶忙来到隔壁桌焦急地问道："你们说的跑路的那个财务，她叫什么？"

几个女孩一时被问住了，她们望望彼此，支吾了一会儿，其中一个吞吞吐吐地回答："我也不知道叫什么，今天公安的人来查过账了,听说好像是姓张。"

凌晗"咚咚咚"地敲响了蔡友根的办公室房门,丝毫不避讳此时是午休时间。过了好一会儿,门吱呀一声开了,睡眼惺忪的蔡友根探出头来,他衬衣上的扣子没有扣齐,手中还拿着一副眼罩,显然是刚刚睡下不久。

"蔡总,东征集团的财务张琴芳失踪了,你听说了吗?"进了办公室,凌晗开门见山地问道。

"噢,听说啦,唉,人心隔肚皮啊,真想不到她一把年纪了会这样。"蔡友根不无遗憾地说。

"这怎么可能啊,那笔钱是她先发现被转走的,打电话问了我,我们这边才知道有这事,如果是她干的,她干吗还要来问我,这不是此地无银三百两吗?"

"也许是她贼喊捉贼呢?被别人发现了这事,看到行迹快要败露了所以故意打电话给你欲盖弥彰,也不是没可能嘛。"蔡友根伸着懒腰,显得毫不在意。

"蔡总,不对吧?"凌晗盯着蔡友根的眼睛,有些疑惑地问道,"我怎么记得,当初不是你告诉我,那笔钱是东征公司还贷款用的吗?这还是你从他们董事长许曼初那里得来的消息。"

"呃,这个,嗨,我当时也确实问过,东征这么大的公司,大额资金流动很正常嘛,我想,也许是老许记错了一笔,又或者是,那几天打了好几笔8000万出去,这也是有可能的嘛。"

不对,凌晗在心里暗暗奇怪,蔡友根努力摆出一副不慌不忙的架势回应着,但额角沁出的汗珠出卖了他。这位看似平静的公司部老总此时内心是大海一样的汹涌,说的话也是颠三倒四,漏洞百出。

职业的敏感让她感到这其中有什么不能忽略的东西。她凑近了蔡友根，两眼死死地盯着他，一字一顿地说："蔡总，您到底知道些什么？"

蔡友根的笑容僵在了脸上。

漫长的沉默。对面的蔡友根呆坐在那里，神情由茫然、无措，逐渐变得羞愧和委屈，像一只泄了气的皮球。

看来是问不出什么了，凌晗狠狠地朝蔡友根瞪了一眼，准备离开。

"小凌，"蔡友根开口了，他瘫坐在椅子上，良久，从牙缝里溜出了几个字，"小凌啊，别去管这件事了。"

凌晗惊奇地发现，蔡友根的眼睛里竟然饱含着祈求。

她无奈地摇摇头，转身走出了办公室。她的心里已经暗暗下定了决心：这件事不能就这么不明不白地过去。

她不知道的是，就在她前脚刚刚踏出蔡友根办公室的那一刻，角落的黑暗中，一个人就拨出了一通改变她命运的电话："老大，有人盯上咱们了。"

第十五章
第三者

"坐吧,不要客气。"于财峰半躺在真皮座椅上,抬起眼皮草草地扫了一眼进门的两个年轻人,嗫着烟斗的肥厚嘴唇稍稍松动了一下,从唇边蹦出了一句自己觉得最态度漠然的话。他叼着烟斗有节奏地吞吐着,努力摆出一副镇定自若的样子,内心却是七上八下止不住地打鼓。有人给他建议过,抽烟的时候叼个烟斗能够显得自己格调够高,不会让人一眼看来只觉得自己是个土包子。

这豹纹底色的烟斗一转眼就叼了一年多了,烟嘴的四周已是沟壑纵横,他的气质貌似不见有什么好转,却养成了爱磕牙的毛病。上周带着老婆,不对,是同居快一年还没领证的小情人去吃法式大餐的时候,他竟然不自觉地咬坏了三根吸管,那位漂亮的女服务员在收拾餐盘的时候,嫌弃的神情写满了整张俏嫩的脸颊。哼,漂亮女人都是这副嘴脸,等我把人民币摔在你脸上的时候,还不是满脸堆笑地靠过来?

想到这儿,他的脸上露出了一些阴森的媚笑,随即意识到对面还有两个大男人正看着自己,赶忙收起了笑容,重新摆出那张不近人情的冷漠脸。那个建议他用烟斗提升气质的狗头军师同时还提醒他,不管内心多么渴望,在最初与银行的信贷人员接触时一定要表现得漠不关心,不要暴露自己对资金的迫切需要,才能让银行的人觉得,你并不缺钱,不需要贷款。

不需要贷款的人,往往才是银行最放心的人。

"有什么事吗?"尽管心里七上八下,于财峰还是装出一副满不在乎的样子。

"您好,于总,鄙人姓江,是兴庆银行的信贷员,之前和您通过电话。"年纪稍长的那一位毕恭毕敬地递上了名片,他谦和的态度、温和的笑容,倒是让于财峰有一种被重视的满足感。

"知道您生意做得好,是丝绸这一块的行家了,特地来跟您熟络熟络,方便的话,也想跟您请教,有些您这个行业的客户来跟我们银行贷款,我们还真看不准呢。"

江南自古就有丝绸之府的美誉,以家庭作坊开始的生产可以追溯到明清时期,直到十年前,这里生产的丝绸依然堪称一绝,不但在国内畅通无阻,而且远销海外,深受国际友人的喜欢。

"请教?"于财峰的眼皮动了动,"我们这行就是传统制造业,小本经营,有啥好看不准的,再说,都是行业机密,我怎么好随便透露给你们银行呢?"

"于总真是个有原则的人啊,"来人目光如炬,眼睛里透着如洗的亮光,"但是,如果咱们也能有机会合作一把的话,您是不是会带我好好地了解下这个行业呢?"

"合作?你是说贷款?"于财峰的声线有些颤抖。尽管闭着眼睛也能想到来人的目的,银行嘛,和自己打交道无非是为了存款和贷款,但是,对方这么快就谈到了自己最为关注的资金问题,依然让他有些惊讶。

"是啊，早就听梁行长讲起过，于总一个人创业到现在，可谓是拿到了改革红利的第一张站台票啊。"

对方口中的梁行长，是赢州农村信用联社一家网点的负责人，十几年前，于财峰的纺织厂刚刚开始转型做大的时候，人生中的第一笔银行贷款，就是从他那里借的。想起当年第一次走进银行这样的机构时，双腿都像筛糠一样颤颤巍巍，跟业务员申请贷款的时候手都不知道该往哪里放。现在，十几年的交道打下来，对银行的一切流程早已熟门熟路，贷款从彼时的10万一路飙升到了现在的2000万，当年的梁金桥也从小小的信贷员一步步升任了现在的网点负责人，官虽然不大，开口闭口却都要尊称一声"梁行长"，逢年过节，少不了要给梁金桥包个红包请个桑拿什么的。

"既然是老梁介绍来的，那咱们就是自己人啦，"于财峰肥厚的嘴唇向上弯起，露出一个自认为完美的笑，在对方看来却有些恶心，"要说合作嘛，也不是不可能，要不，麻烦您给我介绍一下，咱们这个……"

他又看了一眼名片："噢，兴庆银行，对，咱们兴庆银行的贷款有什么政策啊？"

他刻意用了"咱们"，试图拉近自己与对方的距离。

"小孙，把咱们的产品给于总介绍一下吧。"

年纪尚轻一点的那个小伙子开口了，语气生硬，不带感情，但是，足够专业。

他向于财峰介绍了兴庆银行的一些贷款产品和授信政策。兴庆银行，这在之前是个极为陌生的名字，前几年生意好的那会儿，自己的生产线昼夜不停地开足马力，订单像雪片一样纷至沓来，前来提货的大货车排起的长龙时常让门口的主干道陷入瘫痪，他于财峰可以颐指气使地坐在成堆的半成品上，要求下家先打款后发货，用别人的资金赚自己的利润，多少银行上门来求着他贷款他都置若罔闻，但是现在，生产加工业的春天早就一去不复返了。

几年前，从金融海啸席卷全球那会儿，订单数量就开始急剧下滑，材料成本却陡然提升，他的纺织品不得不出口转内销，从此进入了消耗阶段。国内的行情也好不到哪里去，生产出来的产品没有消费者青睐，客户需求的产品又无法在他已经有些落后的生产线上投入生产。前年他下了狠心投了1000万资金改组了生产线，产品的质量是上去了，可是这1000万实打实的现金变成了固定设备，造成了他流动资金上的短缺，再加上他去年看上了那个房产公司的售楼小姐，又是购豪宅又是送跑车的，前几年积攒的那些钱几乎都被他消耗殆尽了。

正在他发愁的时候，银行却主动上门了，这真是个天大的好消息。

他眉宇间的褶皱逐渐地舒展开来，似乎看到了翻身的机会。

他对面那个年长一些的人也露出了同样的笑容。

"贷款嘛，其实我也不是特别需要，"于财峰挠了挠耳朵，"不过这么说来，最近我倒确实想花一笔钱再多买些原料。你们不知道啊，最近原材料价格跌得厉害，这个时候多买一些，节省点成本，也不是不可以。"

这话其实是半真半假，原材料价格下跌是真，但是，他于财峰哪还有钱去买原材料啊。就在不久前，他的一个小股东跟他闹掰了，带着原来的投入资金从他的公司里撤了资，几个下家的客户又迟迟没有给他结账，照这样下去，下个月的工人工资都快付不出来了，他为此真是犯了愁。

送上门来的银行，这可是让于财峰喜出望外。在此之前，为了维持经营，他已经跟私人借了好几百万，算是解了燃眉之急，但是，毕竟私人借贷的利息太高，只要有机会，他还是想多还掉一点高利贷，自给自足来得踏实。

整个会面持续了一个多小时,两名银行人就起身告辞了。

于财峰望着远去的白色奥迪,心中有些庆幸。让他没想到的是,兴庆银行的这两个年轻人对自己的场子格外满意,尤其是那个年长一些的经理,从头到尾都是一副和颜悦色的样子,甚至已经承诺他,只要信用记录没问题,放个200万的贷款应该不成问题。

虽然没有落地,但是,银行的贷款竟然来得这么容易,这让于财峰有些喜出望外。

如果一定要说有什么不对劲的地方,就是那个年轻一些的小伙子,他从始至终都板着张脸,眉宇间总有种让人望而生畏的距离感。

"小孙,于财峰的征信查过了吗?"

下午时分,江源把孙彦君叫到了办公室。

"还行,信用记录挺好的,贷款也不算多,一笔2000万,厂房抵押的,一笔300万,5人联保的,其他就没什么了,好像是个不太和银行打交道的主。"

"那就行,你跟他讲下,担保人落实到位,给他200万额度吧。"江源斜靠在椅背上,头也不抬地回复着手机里的信息。

"江总,"孙彦君突然开口了,"这笔贷款,我……"

"嗯?"江源盯着手机,视线并没有移开。

"我不想做。"

"噢,"江源漫不经心地答应着,突然回过神来,"什么?"

"这笔贷款,我不想放。"孙彦君的声音并不洪亮,但他确信,江源听见了。

"你觉得客户经营有问题?"江源放下手机,坐直了身子一本正经地问。

"这倒不是,"孙彦君犹豫了一下,"他的经营情况我觉得还是可以的。"

　　这话倒是不假，从他们现场调查的观感来看，于财峰的工厂里机器轰鸣，工人们在生产线上干得热火朝天，大批大批的成品堆满了仓库，而且在这些产成品上面，积灰并不明显，这说明，存货并没有过久的积压，一直有人在购买这些商品。

　　这是个不错的信号。

　　"So？"江源露出了狐疑的表情，他不明白年轻人拒绝做这笔业务的理由在哪儿。

　　"能告诉我，你不想做的原因吗？"

　　"这个客户我认识，"孙彦君沉吟了一会儿，"你知不知道风险部副总张志超离婚的事？"

　　"知道呀，怎么了？"江源和张志超之前在冉州的风险检查中共事过仨礼拜，看上去，他们彼此应该还算了解。

　　"当时张总的老婆有了外遇，所以才坚持离婚的，"孙彦君顿了顿，"他老婆出轨的对象，就是这个于财峰。"

　　朱凌骏看着面前的美女，眉头紧锁的焦急样子并没有遮盖她的美艳，相反，恰到好处的褶皱让她眉间的那颗美人痣更加显眼。

　　"朱警官？"对面的女人开口了，语气里好像透着对自己迟迟不言语的不满。

　　朱凌骏咳嗽了两声，算是缓解了刚才走神的尴尬："不好意思，凌小姐，您的意思是，您对张琴芳挪用公款后畏罪潜逃这个案件有疑虑？"

　　"不是有疑虑，这里面一定有个巨大的阴谋，"凌晗显得很焦急，她简单地将之前的遭遇向朱凌骏复述了一遍，"张琴芳在上个礼拜四突然打电话给我，说公司的账上少了8000万，那声音听着很急迫，如果这8000万是她自己挪走的，她何必多此一举来问我呢？"

"您说得有些道理，"朱凌骏点头称是，可随即话锋一转，"可是我们在走访后得知，当时是东征公司的财务总监徐大林先发现这个问题的，他问了张琴芳，张琴芳答不上来，才打电话来问你。"

他核对着手上的案卷，确认自己的逻辑没有问题："我想，这大概是她的缓兵之计吧，故意当着徐大林的面打电话给你，造成她对此毫不知情的假象，来迷惑公司里的其他员工，给自己争取时间。"

"可是……"凌晗想说什么，却欲言又止，她很想告诉眼前这位市公安局经侦支队的接待员自己对蔡友根的怀疑。当初，在张琴芳电话告知她东征公司的账户上少了8000万之后，正是蔡友根告诉她这8000万的去向是正常的，无需惊慌，她才没有继续查问下去，而在张琴芳失踪后，蔡友根又表现得特别暧昧，让她更加怀疑，这位公司二部的老总一定与张琴芳的失踪有着千丝万缕的关系。

可是，就这么把自己的怀疑告诉警方，真的合适吗？经验告诉她，凡事要讲证据，虽然她确信蔡友根一定牵扯其中逃不了干系，但是她最终没有说出口，反而开口问道："关于张琴芳，你们有什么线索吗？找到她了吗？"

"这个嘛，我们有相关的规定，不能向您透露关于案件的内幕。"朱凌骏很干脆地拒绝了，一向循规蹈矩的他可不会在美人面前犯政治性的错误。实际上，张琴芳的携款潜逃在他眼里完全没有疑点可寻。

他调取了过去三年该账户的转账记录，从中不难发现，这个账户所有的转账，经手人都是张琴芳本人。前几年还是在银行柜台上的电汇转账，转账单上的签章正是张琴芳无疑，而到了近一年内，由于省内的所有银行开始普及网上银行业务，所有的转账就改成了线上操作。

不过，这起案件的金额虽然很大，深究到底却是一起简单的民事案件，即便立案追查，多半也不会有太好的结果，根据以往的经验，携款潜逃者即便落网，卷走的钱也基本不知所终。

朱凌骏耐心地解释了一番，随后冷不丁地抛出一个问题："凌小姐，我能问一下，您和张琴芳是什么关系吗？"

"这，"凌晗一时语塞，"她算是我的客户吧，我们其实也不算特别熟。"

"这样？"朱凌骏有些意外，一个看似与本案无关的人竟然这么关心这起案件，这让他心中好生费解。

"对了，杨霖在不在？"她做着最后一丝挣扎，事到如今，也顾不得旧人相见的尴尬了。

"杨哥？"朱凌骏有些意外，"他去省里进修了，怎么，您认识我们副队长？"

"没事。"凌晗犹豫了一下，还是转身走了出去。好吧，那就只有靠自己了。

她并没有意识到，此后她发现的秘密，会让她如此不寒而栗。

第十六章
细思极恐的蝴蝶效应

两周后，周五下午。

"经研究决定，客户经理樊小琳调任分行放款中心。"

江源看着电脑屏幕上这条已经签发的红头文件，暗自会心一笑，自己苦心孤诣筹备了那么久的计划，总算是迈出了那么实质性的几步。他看着桌上那份从王兴方手里得来的报告，心中暗暗窃喜，或许一切真的可以这么顺利。

手里的资料里有一张照片，是2015年度赢州市兴庆分行的员工集体合影，7年，7个网点，300名在职员工，他们在照片中笑得如此阳光灿烂，像一个和谐的大家庭。他们运转如飞，严密缝合，协同操作，共同构成了60亿存款、40亿贷款，和3亿净利润的辉煌业绩，但是，内部的裂痕，早已在那些阳光照不到的黑暗地带，微露端倪了。

随即，他的眉毛拧在了一起。

几周前，他和杨霖就整个计划做了讨论，在很多方向上都达成了一致。但是，他没有告诉杨霖的是，对于已经知悉那件事情却依然置若罔闻任其发展的行内参与者，他对待的方式只有两个字：复仇。

他拿出一支水笔，挨个将他们圈了出来。

一个，两个，三个……

一个庞大的骗局，一次彻底的陷害，一桩骇人听闻的命案，而他们，是这个庞大布局的一枚枚棋子。

棋子，也是肮脏的；缄默，也是有罪的。他们像这栋将倾大厦中的蛀虫，撕咬，吞噬，他们自以为很了解金钱的游戏。

现在，是他们付出代价的时候了。

陈欣傲娇的脸上被打上了红叉，她已经出局了，得到了她应有的惩罚，并且，还让樊小琳成功地打入了放款中心，那么，下一个，该是谁呢？

他盯着第二排左起第一个，那个男人的眼睛眯成了一条缝，别提笑得有多灿烂。江源默念着他的名字：潘斌。

很快，你就笑不出来了。

他微笑着，将这个人打上了红叉，任凭照片上的人回望以更灿烂的微笑。

正这样想着，门外响起了一阵敲门声，他一抬头，站在门口的孙彦君正冲着他微笑。江源也笑了，他注意到，孙彦君的心情不错。

"进来坐吧，"江源笑着招呼孙彦君进来，"怎么，不帮樊小琳搬家，跑我这儿凉快来了？"

樊小琳从本部门调到放款中心的任命，行内已经发出了红头文件，下午就要去放款中心正式报到了。

"哪用得着我啊，听说要来个美女，放款中心的那群狼友个个殷切得很，早就帮小琳把东西搬下去了，"孙彦君回答，他想起刚才樊小琳的嘴里一直嘀咕着离开本部门的遗憾,不由得也多说了两句,"她刚才还一个劲儿地跟我说,这几个月跟您学了不少东西,就这么走了,还真有些舍不得。"

"有啥好舍不得的,又不是生离死别,"江源乐了,这丫头,还真成了戏精了,"再说,这不还在同一个单位吗,想大家了就随时回来看看。"

"我也跟她这么说呢,从此没了业绩压力,多好。"

"是啊,能去二线好啊,留在一线做客户经理,吃了上顿没下顿的,不适合女孩子,"江源真诚地看着孙彦君,下一秒,狡黠的神情爬上了他的脸颊,"再说了,她去了放款中心,不就可以名正言顺地和你在一起了嘛。"

办公室恋情在银行里一直是个讳莫如深的话题,虽然谈不上绝对禁止,但也是要适当阻拦的。在赢州市曾经有一家反其道而行之的银行,逆潮流地以践行双职工政策为荣,本着"男女搭配,干活不累"的原则,在行内大搞员工结亲。结果,这样一家地市级的一级分行,行内双职工竟然占到了三分之一左右,随之而来的裙带关系、串通包庇,甚至私人关系影响授信审批等问题层出不穷,搞得这家银行更换了四任一把手试图解决这一乱象,裙带现象却像老树盘根一样,枝繁叶茂,越长越盛,最终乱成了鸟巢。

所以,在兴庆内部,员工恋爱情况也是员工动态的一项重要内容,直属领导有义务向人力资源部汇报员工的情感问题,针对确立恋爱关系的行内员工,应予以条线上的调动,或者跨分支机构的调配。

也就是说,因为这次樊小琳的工作调动,孙彦君可以肆无忌惮地和她确立关系啦。

想到这儿,孙彦君的脸红了。

也就是说,因为这次樊小琳的工作调动,从此放款中心就有他的耳目了。

想到这儿,江源的脸上浮现了一丝不可察觉的笑意。

"江总,我想给小琳一份惊喜,您能帮忙不?"孙彦君涨红着脸问道。

"噢,什么事呀?"江源饶有兴趣地问。

"小琳的生日就要到了,这是我俩在一起后她过的第一个生日,我想给她一个惊喜,"孙彦君红着脸,顿了顿,"就是给她做一个祝福视频,她身边的每个人对她说一句祝福的话,江总,她平日里最崇拜您了,可以麻烦您录一句祝福的话吗?"

"当然可以啦,"江源有些好笑,这个理工科直男想准备的礼物还真是一点都不惊喜,"现在就可以录啊。"

"真的啊?"孙彦君喜出望外,"那太谢谢了!"

他朝屋内扫视了一圈:"江总,您这个位置有点背光,您上这儿来好不好,我去您那位置上给您拍。"

江源配合地站起身,来到对面的位置上站好,孙彦君则来到江源的办公桌前,捣鼓了一会儿,终于找到了合适的角度。

"三,二,一,Action!"孙彦君拍起视频来倒是有模有样,真像那么回事。

"小琳,今天是你的生日,祝你生日快乐,祝你在今后的生活和工作中……"

"啪",一声闷响传来,孙彦君不小心撞翻了江源桌上的文件,厚厚的一叠文件"哗啦啦"地散落在地面上。

"啊,对不起对不起!"孙彦君赶忙中断了拍摄,蹲在地上想把那些凌乱的纸张叠好。

对面的江源却像猎豹一样从他站的地方窜了过来,一把夺过他手里的文件:"我来收拾就好了!"

他的呼吸很是急促,惊魂未定的样子倒是让孙彦君有些惊讶。

175

"也许是什么机密的文件不能让我看见吧。"他这样想着,定了定神,有些不好意思地说:"那,江总,我先出去了。"

"等等,"江源叫住了转身的孙彦君,"拜托你和小琳做那样的事情,没问题吧?"些许期待爬上了江源的脸颊。

"啊?"孙彦君愣了一下,他没料到江源没来由地问了他这个问题,犹豫了一下,"没问题,虽然不太理解您这么做的用意,但是,只要能帮到您,我会出一份力。"

一个心无旁骛,另一个,却讳莫如深。

"那就好。你去准备一下吧,于财峰下午就要来签字了。"

下完逐客令,江源背过身去继续埋头整理,脸色也在瞬间恢复了铁青。

因为他确信,孙彦君,一定看到了什么。

"想不到你们的动作这么快,才几天,就把手续给我办好了。"

下午4点,赢州分行五楼的放款中心,新到任的放款员樊小琳热情地为客户解释着合同细节和该签字的地方,她对面的于财峰则满面堆笑地一边下笔签字,一边交口称赞:"小银行的效率就是快,想我之前在那些国有银行贷的款,要我的厂房抵押不说,手续一做就是三个月,那会儿真把我急坏了,这帮老家伙,跟你们的服务真是不能比。"

他斜眼看着面前的少女,眉清目秀,笑容可掬,淡淡的发香溢满桌前,让于财峰不由得吸了吸鼻子,贪婪地吮吸着空气中的发香。

这个老色鬼。孙彦君强忍着想要冲上去掐死他的冲动,静静地站在于财峰的身后。

樊小琳却好像浑然不觉似的,依旧耐心地为于财峰解释着合同条款,指导着签字的细节。她专心致志工作的样子,真是无比动人。

做完这些,她捋了捋有些凌乱的头发,红着脸开口:"于老板啊,我有好几个同学都在银行上班,现在业务压力好大,他们都整天叫苦连天的,能不能麻烦您办几张信用卡,帮他们完成下任务呀?"樊小琳一双水汪汪的大眼睛,扑闪扑闪地,宛如放电一样,迷得于财峰不能自已。

"好好,没问题没问题。"于财峰头点得像小鸡啄米,显然,樊小琳的一颦一笑已经让他深深为之着迷。

"这些是信用卡的申请资料,您有什么不清楚的地方可以随时和我联系。"樊小琳麻利地从抽屉里取出一叠信用卡申请单,微笑着递给了于财峰。

填完这些信用卡申请书对于财峰来说并不是难事,只不过,等他大笔挥完,他的征信报告上可就有意思了。孙彦君想道。

"好,好,小事一桩,小事一桩,"于财峰憨笑着接过资料,忽然想起了什么,"小姑娘,到时候我填好了,怎么联系你啊?"

"噢,这个啊,"樊小琳微微一笑,忙不迭地打开桌上的名片夹,"这是我的名片,叫我小琳就行啦。"

"好,好。"于财峰像舌头打了结似的,孙彦君真怀疑他是不是只会说"好好好"这一句话。

望着于财峰离去的背影,樊小琳的脸色逐渐晴转多云,她揉着自己的腮帮子,嗔怪地埋怨孙彦君:"哼,你们这两个家伙,让我对这么个猥琐大叔笑了这么半天,再笑下去,我脸上的肌肉都要笑僵了。"

"这也是现实所迫,没有办法的事嘛。"

樊小琳麻利地签字,盖章,装订成册,然后起身,拿着这叠合同朝屋外走去。孙彦君知道,这是要将贷款合同送到一楼的营业大厅,去柜台出账放款了。

177

想要挽救，这是唯一的机会。

"哎！"孙彦君从后面叫住了樊小琳。

"怎么啦？"

"我……"孙彦君却犹豫了，虽然理智告诉自己不应该放任这件事这么继续下去，但是，他太想看到于财峰大败亏输的样子了。

他不禁想起了几天前，因为于财峰的贷款和江源争执的场面。

"江总，我在这里三年了，我入行的时候张总就对我不错，后来他家庭遭遇变故，落魄成这样，现在却要我给那个始作俑者送钱送温暖，我做不到。"

这是他自林长鸣的贷款被否以来，时隔几个月后，第一次顶撞老总。不同的是，上一次，他竭尽全力想要让客户的贷款落地，而这一次，大好的客户和摆在眼前的收益，他却可以做到熟视无睹，即便冒着得罪上司的风险，他孙彦君也要竭力阻止将宝贵的银行资源投放给这样的人渣。

可是江源的反应却让他大为惊讶。这位年轻的老总推了推眼镜，镜片后的双眼射出了两道寒光，他嘴角微微上扬，露出了一丝让人不寒而栗的冷笑："谁告诉你，我是给他送温暖的？"

从自己的角度来看，自己的领导显然在策划着什么，而且，绝对不是什么"资助小企业与之共同成长"这样冠冕堂皇的业务往来，而更像是在做局。

对于这笔贷款，江源做了两件事情。第一，是让自己把于财峰的贷款期限，从一年缩短为9个月；第二，是把樊小琳约去谈了半个小时，并给了她一大堆各个银行的信用卡申请书，让她在签字环节让于财峰办理。对于前者，孙彦君看不出什么门道，因为在面对不了解的客户的时候，先贷个半年探探底，熟悉之后再加深合作是银行人常用的手法，看不出有什么问题。对于后者，他就百思不得其解了，丝毫看不出江源这么做的目的是什么。

正想着，樊小琳已经推门回来了，之前手上的一叠资料只剩下了一张回单。这样一笔贷款从对接、调查，到签字放款，客户感觉只过了一个礼拜，签了两个字，但是在银行内部却经过了至少六七道程序，正是这些工序上的银行职员各尽职责，才确保了流程上的良性运转，和客户的便捷体验。

"晚上请你看电影去，说吧，想看什么呢？"樊小琳调皮地问道。

"呃，我也不知道，还是你定吧，你喜欢就好。"孙彦君自然地把难题推给了樊小琳。

"哈哈，你真逗，说好了请你看电影的，到头来还是随我意。"

樊小琳租的房子位于市中心的天禧花园，那里的商业街上个月新开了一家私人影院，不但院线上映的影片总能第一时间更新，更重要的是环境优雅，别具一格，是情侣约会的最佳场所。

所以，从演唱会回来，两人确立关系之后，樊小琳便邀请孙彦君这周去影院看电影。

"咱们看个悬疑的电影吧。"樊小琳翻动着手机里的豆瓣电影，选定了条件后按下了搜索键，长长的高分悬疑电影清单就在这个电影狂的女孩面前一一呈现。

"这个还不错，《蝴蝶效应》，很经典的电影呢，咱们就看这部吧。"

"行啊，你喜欢就好。"孙彦君笑着看了一眼。其实他看过这部电影，电影里说，南美的一只蝴蝶扇动几下翅膀，就有可能在几天后的北美引起一场飓风，自那以后，人们就把因为一件细小的事情引发的连锁反应称为蝴蝶效应。

等等，蝴蝶效应。

突然间，孙彦君像是想起了什么，他的大脑飞速地运作，过去

179

几个礼拜发生的一幕幕像电影一样在他的脑海中闪现：

电话中，江源不无遗憾地告诉他："小孙啊，我在冉州的检查要延长，演唱会是来不了了，我让朱慧怡和你们一起去吧。"

上海梅赛德斯-奔驰文化中心，万人欢呼中，朱慧怡悲凉而愤怒的双眼："那个人，是我妹夫。"

营业大厅里，朱慧怡的妹妹朱文慧愤怒地尖叫："叫那个陈欣出来，我要弄死她。"

办公室里，樊小琳娇羞而兴奋地告诉他："嘿，杜行长找我谈过了，因为陈欣请假的事情，我可能要被调去放款中心了。"

所以……

如果不是江源在冉州的检查因故耽搁赶不回来，朱慧怡就不可能和他们一起去看演唱会；

如果朱慧怡不去看演唱会，就不会发现自己的妹夫和放款中心的陈欣鬼混在一起；

如果不是朱慧怡发现了自己的妹夫有了私情，朱家就不会为这事闹到行里来；

如果朱家不闹到行里来，陈欣就不会躲着不敢上班；

如果不是陈欣躲着不来上班，樊小琳就不会调到放款中心去；

如果樊小琳不去放款中心，也就不会成全自己和樊小琳的办公室恋情。

所以，自己能和樊小琳在同一家单位修成正果，仅仅是因为，江源在冉州的检查，因故耽搁了？

真的这么简单吗？

还是说……

孙彦君终于明白了什么叫作细思极恐。

"嘿嘿嘿，你怎么了啊？"樊小琳摇了摇孙彦君的肩膀，有些不解地问道，"你是不是身体不舒服啊？"

孙彦君却没有回答，他的大脑飞速地运转着，脑海中一幕幕地清理着这几个月来发生的事情，一直到今天上午，当他给江源拍视频，无意中撞翻江源桌上那一堆文件的时候，对方的眼里，那一闪而过的慌乱和惊恐。

视频？

对了！孙彦君一拍大腿，虽然拍摄因为这个小插曲而中断，但是当时视频的终止按钮并没有按下，那么视频里会不会，拍到了什么？

他赶紧掏出手机，找到那段没有拍完的视频。

视频里的江源莞尔一笑："小琳，今天是你的生日，祝你生日快乐……"没过几秒钟，"啪"的一声，镜头开始急剧地晃动，里面的成像是自己的皮鞋，然后隐隐可以看到那堆掉在地上的文件，然后就是剧烈的抖动、时不时的光线，和漫长的漆黑。他反反复复地把视频看了好几遍，只看到了那些档案上的一串数字：002116。

"002116？"孙彦君思索着，他好像在哪里见过这串数字，是在哪儿呢？

他忽然瞪大了眼睛，难道说？

在兴庆银行内部，员工的工号是以0开头的6位数排列的，以02编号打头的人在赢州的兴庆应该是老员工了，而002116的工号属于……

他打开内网通讯录，在搜索界面上敲下了这几个数字，老迈的台式机经历了仿佛一个轮回的搜索，终于有了结果，跳出来的名字让他不寒而栗：凌晗。

老天！

"嘿，你到底怎么了啊？哪儿不舒服吗？"樊小琳奇怪地问道。

孙彦君却仿佛没有听到女朋友的焦急发问，他转头望向窗外，从这里，能够看到，江源那间半透明的办公室。

他第一次觉得,那间半透明办公室里的男人,是如此的陌生。和可怕。

"于财峰的贷款还来得及收回吗?"他突然问道。

"收回?为什么啊?"樊小琳有些不解,"已经在柜台放款啦,这会儿应该已经到了那个姓于的账上了吧。嘿,你到底怎么了呀?"

长久的沉默。

太阳已经偏西,落日的晚霞让一切显得安静祥和,但孙彦君的心里却仿佛有巨浪在翻涌。尽管不知道江源这么做的目的是什么,但他确信,一定与那件事有关。

自己恐怕,已经落入了一个巨大的圈套。

"我要告诉你一些事情。"他转过头,严肃地望着女孩。

第十七章
他们知道了

"李行,您找我?"

阳光透过巨大的透明玻璃,将7楼副行长室的屋子照得格外敞亮。

潘斌敲门的时候,李云坤正盯着电脑出神,屏幕上的一则消息让他整整一个上午都坐立不安,虽然是盛夏,但他依然有种不寒而栗的感觉,压根没注意到门口站着个人。直到潘斌再次敲门,并用他播音般字正腔圆的声音开口发问,李云坤才回过神来。

"来啦,过来坐吧。"李云坤面无表情。

潘斌在他的对面坐下,径直打开了随身的笔记本,早已掀开笔盖的中性笔捏在手里,准备着随时下笔,这个习惯一度让李云坤非常满意。

很多被他叫上来吩咐事情的员工都忘记带笔记本,以为光凭脑子就能够记全自己交代的事情,甚至有个别员工一边听他的安排一边把玩着手机,明面上说是用手机记录,实际上,谁知道是不是在做与工作无关的事呢？这让他非常恼火。

在这一点上，潘斌从来都是行里的榜样。虽然职位只是个零售部副总，职业习惯和素养却非常扎实，无论什么时候去领导办公室，永远带着笔记本记录着领导的吩咐，时刻准备着回去将领导精神传达给部门的员工。就为这，身为一把手的行长杜建舟在全员大会上特意点名表扬他，号召员工们向潘斌学习，从职业素养的点滴做起。

李云坤过去一直还挺欣赏潘斌的职业素养，如果不是潘斌站错了队伍，他甚至还有意提拔他。只可惜这一次，任他职业素养再高，也没人能救得了他了。

"最近业绩怎么样？贷款任务都完得成吗？"

李行长的这一次开口，透着领导关心下属的意味，在潘斌听来却着实有些错愕。我没听错吧，李行长居然问自己业务情况！

一个分管风险的行长问自己业绩如何本无可厚非，这就好像数学老师问学生语文考试准备得怎么样了似的，虽然有些不对路子，却也勉强说得过去。可是，李云坤作为副行长，过去是从不过问营销部门业务情况的，特别是对于贷款业绩来说，更不可能这么关心，他关注的，永远是只与自己相关的风险参数。

按照大数定理，营销部门业绩完成得越好，数额越庞大，可能出现不良贷款的概率和比例也就越高，对于李云坤分管的风险条线而言，考核的压力也就越大，这就是所谓的，信贷业务多做多错，少做少错，不做不错的道理。

"目前还行吧，今年的任务有些重，兄弟们的压力都挺大的。"潘斌小心地措辞着，看到李云坤没什么表示，他赶忙又补充道，"不过风险部门对我们的工作支持，几位审查的老师既严谨又认真，让我们的员工学到了不少。"

这话倒是不假，作为营销部门贷款审批环节的直接领导，李云坤掌管的风险管理部门握有审批贷款和否决决议的权力，在行里一直是手眼通天的存在，所有的业务部门都对他们既敬又恨。敬的是这些审查员看问题的角度和普通员工着实不一样，能够从他们那儿学到很多控制风险的方法和理念；怕的是，这群铁面判官大笔一挥，随时都有可能否决贷款，从而将自己耗费了几天甚至几个月的心血付诸东流。

在这个时候，借着汇报工作的当口，夸下风险部门，也就等于是赞扬李云坤领导有方，拍了李云坤的马屁，显然是最恰当不过的，潘斌说完这番话心头暗自窃喜。

李云坤却不接话，反而有一搭没一搭地闲聊着，这让潘斌大感不解。在他的印象里，李行长从来都是雷厉风行，心直口快的，从开会到布置任务，所有的议程都是单刀直入直奔主题而去，从没有半点拖泥带水的意味，今天怎么突然打起太极来了？

这位李行长对自己管理范围以外的事务从来毫不关心，他避重就轻地聊了那么久和自己本职工作无关的话题，恰恰说明他想聊的正是关于风险的问题。

难道，是有什么事发生吗？

这种不祥的预感只持续了几秒钟，答案就呼之欲出了。

"对了，有个事问你一下，"李云坤喝了一口茶，好像继续漫不经心地继续着下一个话题，"听说，你们部门里，有人冒用客户的笔迹签征信查信用？"

"什么？"潘斌的笑容僵在了脸上，这个问题可让他猝不及防，他深吸了一口气，脸上的肌肉却依然紧绷着，"这怎么可能嘛，确保签字的真实有效，维护我行利益，我向来都是严格要求的，应该不会出现这方面的问题。"

"应该？哼！"李云坤斜了潘斌一眼，脸上漫不经心的表情顷刻间化作了黑云压境，他抬手把面前的笔记本电脑转过去对着潘斌，抬手狠狠敲了下鼠标，"你自己看。"

戴尔笔记本电脑的屏幕上出现了一段视频，那熟悉的场景潘斌一眼就认出来了，那是自己的办公室嘛。视频的画质还算清晰，应该出自手机或者数码相机之类的，可是，那拍摄角度却异常诡异，画面的四周都被一股若隐若现的黑色笼罩着，并且镜头也不时地摇晃着，那感觉像是……偷拍。

没过多久，潘斌的眼睛一下子瞪大了，该死，被抓了现行了！

征信报告是我国公民的人生档案之一，里面详细记录着每一个人近年来的信用记录状况，在这上面不但能够看到个人的出生年月、婚姻状况这些基本信息，还可以看到其名下的贷款余额、信用卡透支率、工作单位等隐私信息，更是较为全面地披露了客户的经济状况，因此，作为贷款发放的金融机构，银行将征信报告列为审核贷款的必要材料。

需要注意的是，征信报告属于个人隐私，银行并不能随意获取。按照我国金融法的有关规定，只有在向银行和其他金融机构申请贷款的客户自己签字授权的前提下，银行才有权调取客户的信用记录，但是在实际操作中，银行往往会走一些偏门，这里面既有方便的原因，更有些难以表露的缘由。

曾经，在国内某个热衷于送子女们出国镀金的富裕城市就发生过一起与之有关的恶性犯罪事件。当时，该市一家银行的客户经理与犯罪团伙内外勾结，在未取得客户授权的情况下，冒充对方签字授权，擅自查询该银行客户中国外留学生的征信信息，获知其直系亲属的联系方式和身份背景，然后冒充学校、大使馆甚至绑架集团等身份同学生家长取得联系进行勒索诈骗，利用子女身在国外联系不畅通的特点屡屡得手，涉案金额高达上亿，给当地的金融市场和银行形象造成了毁灭性的打击。

本来在部门内部是明令禁止代客户冒签征信授权书的。"征信授权书是外部监管机构检查我们是否合规的工具，贷款合同是我们同客户签订，证明借款合法有效的书面证据，这两样的签字必须真实有效。"在潘斌大学毕业初入职场的时候，他那位喋喋不休的帮带师傅就是这样教导他的，对此，他也一直谨小慎微，几乎没有在签字造假方面犯过错。

但是就在去年，一件偶然发生的事件改变了他的想法。当时，他的部门内部出了一笔30万的逾期贷款，借款人宣大林意外死亡。由于该客户是丧偶独居，为他的贷款作暗保的独子宣明辉此时又在赢州下辖的县城里上班，接到银行的催收电话后表现得极不配合，既不承担责任，也不愿意回赢州协商，就这样，借款人死亡，担保人失联，贷款的收回成了老大难。

"连他儿子现在在哪儿都不知道，怎么把贷款收回来啊？"

这时，部门里的员工王春蔚出了个主意："要不，查查他的征信，看看他的工作单位是哪里？"

这倒是个不赖的办法，征信报告上的工作单位是根据近期的社保缴存单位更新的，可以说准确率相当高，一旦获知了单位信息，也就掌握了这个家伙的行踪，对贷款的收回可是大有好处的。可问题是，连这家伙的面都没见到，征信授权书该从哪里搞呢？

"我们自己签个吧，先查了再说，等解决了这笔不良贷款，找机会再让他补签也不迟。"

面对王春蔚的提议，部门总经理潘斌显得犹豫不决，征信授权书的签字真伪性，历来都是地方银监会对各家银行管控的重点。按理他本应该一口回绝并严厉批评这名意图在模糊地带生事端的客户经理，但是，贷款逾期的金额和笔数对于部门的整体考核而言影响也是巨大的，如果不能及时解决，扣钱罚款事小，未来的晋升却是问题。

潘斌没有同意也没有反对，算是默认了手下员工的行为。而这样铤而走险的结果却让部门上下喜出望外，通过征信的查询，他们得知这个口口声声不愿意承担责任甚至失联的宣明辉竟然是赢州市下面一个小县城里的公务员。

这下好办了，潘斌通过县里财政局的关系找到了宣明辉的直管领导，由他出面去找这个企图赖账的老赖面谈。机关单位最怕这样的流言蜚语，赌博、欠钱、婚变这些个人消息在机关大院里的传播速度就好比病毒泛滥，那个在电话里趾高气扬的宣明辉一碰到领导谈话马上就妥协了，不但20万欠款马上归还，甚至逾期的利息罚款也如数上缴。

从那时候起，潘斌便对征信签字的真伪性放松了警惕，作为贷款审核的第一步，征信的查询看似简单，落实到操作环节其实并不都是那么顺利的。比如，老公一个人来申请贷款，可征信要求是夫妻双方都得签字，那么征信报告便不可能当场给出，时间和效率都会大打折扣，对于业绩指标时时都压在头上的业务部门来说，代签和冒签确实是一种缩短时间提高效率的好方法。

所以，自那以后，丈夫帮老婆签，父母帮儿子签，公司财务帮领导签的情况，在部门内部的贷款客户里便屡有发生。

打破规矩的行为会给人带来快感，尤其对潘斌这样一个在这里循规蹈矩了六年的人来说，他太享受这种偷尝禁果般的愉悦了。

开闸放水，这样做的结果是大大节省了人力成本，许多要去客户家里、公司单位的征信签字现在都有人代签了，贷款的效率在不断提高，放款速度不断加快，部门的业绩也在不断提高，只要不被上级查出，不被客户举报，一切就都太平无事。

这一次，事情好像没有那么简单了。

"我老婆现在在乡下照顾儿媳妇哎,要下个月月初才能回来,不查她的征信可以吗?"一个普普通通的男低音从视频里传来,虽然看不到这个人的脸,但是显然,这家伙就是偷拍者。

潘斌记得,这好像是一个主动上门要求贷款的客户。

那天在办公室里粗粗地聊了一下,他便对这位自称开玻璃加工制造厂的秦姓客户有了基本的判断。这种看上去老实本分、态度诚恳的小企业主一直很对他的胃口,觉得放一笔30万的贷款对他来说应该是没问题的,但是在查询征信的时候,客户开始支支吾吾,面露难色起来。

"这可不行,我们有规定,查信用记录必须是夫妻双方都要查的。再说,贷款放款的时候,您老婆还得来签字呀。"客户经理王春蔚的身影出现在镜头里。

"如果能贷下来,到时候她会来签字的,就为了查个信用记录让她进城一趟太麻烦了,你们能不能通融一下?"客户的话音中透着诚恳,"她的征信等她签合同的时候再让她签,或者我帮她签个也行呀。您也知道,咱们这小本经营的,要不是这次接了个大单子,也不用借这么多钱,您先帮我把流程走起来,手续提前办办全,万一不能贷,我也好早点想别的办法,您说是吧?"

通融怕是不行的,没有查过信用记录的贷款客户连系统都提不上去,不过代签个征信嘛……

画面中的王春蔚面露难色,转头看着另一边:"潘总,您看?"

镜头里出现了自己的身影,潘斌下意识地咽了咽口水,额头上的汗已经向外冒,自己当初是怎么同意让客户代其配偶签征信授权书的,他已经忘记了,可能是因为顾及那个月的贷款完成进度,也可能是不想和面前的乡巴佬做过多的纠缠。

"行吧,这次就当帮您个忙,您代您老婆签个字吧,注意笔迹不一样一点啊。"画面里的潘斌就这样随口说了一句。他没有想到的是，自己和客户之间的对话、教唆客户冒签征信的过程，甚至之后明目张胆地跟客户提的请客吃饭送礼包红包的要求，都通过客户看似随意放在桌上的手提包里那个特意放置好并打开了摄像头的手机，完整地记录了下来。

尤其是后来赤裸裸地向客户提出某些要求时的惺惺作态，将他的贪得无厌和道貌岸然，拍得纤毫毕露。

"教唆客户冒签征信，当着我的面矢口否认，潘斌，你好大的胆子！"李云坤一拍桌子，红木桌发出了一声闷响，伴随着茶杯剧烈的震动，潘斌的心头炸响了一道惊雷。

"这，这，李行，当时客户……"他这下明白了，李云坤对自己玩了一道先礼后兵，之前要是自己主动承认了可能还好说，现在当面扯谎，怕是要栽跟头了。

"别给我找理由，你吃了熊心豹子胆了，敢在这上面玩花样！"李云坤拍案而起。

"可是，别的部门也都这么干过，为什么……"潘斌脱口而出，下一秒他就后悔了，这个说法其实绵软无力，别人和你干过同样的蠢事，不代表你就可以逃避惩罚。潘斌想起小时候因为在课堂上打闹被班主任训斥的时候，自己的借口是"别的同学也都很吵，为什么单单批评我一个"。

一样的境遇，一样的借口，一样的可笑。

"你别管别人，先管好你自己……"李云坤斜了他一眼，"我不否认我们的个别员工在操作上会有不合规的地方，可是，人家可没有被客户投诉到银监，更没有被拍下证据！"

"投诉到银监！"潘斌倒吸了一口凉气。原来他只是以为客户向行里投诉，却没想到事情竟然牵扯到了外部机构，而且是让银行人谈之色变的银监局。

"你还不明白吗？"李云坤怒了，他一拍桌子跳了起来，"你撞在枪口上了,就算你说得没错,怎么就偏偏你被人家拍了下来,还直接拿到银监去投诉!"

李云坤喝了一口茶,继续不依不饶:"拜你所赐,银监会最近打算对我们的征信档案进行重点排查,一张冒签的征信,就可以罚6万,你这个老总是怎么当的!"

潘斌只有点头称是的份,吓得大气也不敢出。

"我看你这个零售部老总也别当了,清收部门最近缺人,你就给我去那里负责要债吧。"

"这,这怎么行!"潘斌呼地一下站了起来。

"怎么行?怎么不行?难道人事任命还要请示你不成,潘总?"李云坤毫不退让。

"我,我去找杜行长问问清楚。"潘斌气呼呼地转身就走,他相信恩师杜建舟一定不会对自己的爱徒不管不顾。

"你还不明白吗?杜行长已经知道了,"李云坤靠在转椅上,从牙缝里一字一顿地说,"这个决定,就是他下的。"

潘斌僵在了原地。

撵走了垂头丧气的潘斌,李云坤将自己埋在真皮转椅里,长长地出了一口气,露出了一丝微笑。天上掉了个大馅饼,自己的老对手杜建舟手下的得力干将竟然在这个时候阴沟翻船了,实在是大快人心。杜建舟还算是识相,在这个紧要关头赶紧撇清和潘斌的师徒关系,甚至连宣布结果都是让他这个竞争对手来代为完成的。

不对,李云坤忽然想起了什么,他点开那个视频重新看了一遍。奇怪,这件事情有些过于蹊跷了,这个叫秦立的客户经营状况一般,被银行拒贷也是情理之中,可是,这个憨厚的小企业主怎么会想到用手机偷拍记录下这一幕,而且不向银行举报却直接投诉到银监会?谁会在申请贷款的时候就想好了用手机来偷拍留证据呢?

191

并且，从他偷拍的角度和技术来看，他应该早就判断出会有征信冒签的情况发生。所有的镜头都恰到好处地将当事人拍摄其中，征信冒签的全过程更是完整地记录了下来，怎么可能呢？

难道，有人在对付赢州银行？还是说，有人在对付杜建舟的旧部？对了，还有那封邮件。

想到这里，他不由得冷汗直冒，因为在潘斌进来之前，他正为另一封电脑邮件而震惊不已。他再次点开了那封邮件，发件人一栏是乱码，但是邮件的内容却让他触目惊心，那上面，只有一句话：

他们知道了。

第十八章
过桥转贷资金

雪花一直都在飘,却没能遮住那树梢,
像春天一直都没有来到。

红色的小 Mini 缓缓地停进了车位里,纯美的歌声随即戛然而止。林雨霏从车上抱下一大堆从花鸟市场采购回来的花卉种子,一边急切地向前走着,一边从包里取出钥匙准备开门,走到门口的时候,动作却停了下来。

门,已经开了。

她无奈地笑了,这两个家伙,大周末的,起这么早。

她推开白色的木门,悦耳的风铃声时不时地传来,里间的屋子里,江源探出了半个脑袋,一双闪亮的瞳孔望向了自己。见来人是林雨霏,他露出了一个温暖的微笑,随即把头缩了回去,继续伏案而坐。

一连几个礼拜的周末,江源都和杨霖约在 ROSEMARY 工作室里，时而各自翻阅，时而激烈讨论，时而把一大摞文件分摊整理，相互交换材料，各自分工追查。虽然只是偶尔听上两句，但从他们的言谈间，加上自己的信息搜寻，林雨霏还是逐渐知道了整件事情的来龙去脉。

2015年3月16日，赢州市东征集团下属的东征置业有限公司财务科向辖区警方报案，该公司存在兴庆银行的对公账户上莫名少了8000万存款。警方走访发现，实际上，该笔大额存款早在3月3日就已经通过网银汇款从该公司账户划出。

企业内部向来有专人对账的，对于为什么没有第一时间发现这一事件，东征公司人事处的答复是，3月中旬的某一天，财务张琴芳就托同事跟公司请了长假，从此再没和公司联系过。

东征置业有限公司的转账都要通过张琴芳来一手操作，而她又在这个节骨眼上玩起了失踪，无疑，这位年逾五十的老会计成了重大嫌疑人。警方经过摸排走访得知，张琴芳之前可能存在大额赌博和民间集资行为，疑似资金链断裂，挪用公款填补漏洞仍于事无补后，携款跑路。

针对8000万存款的资金流向排摸则出现了重大进展，总额8000万的存款经过了几道周转，最终打入了赢州市另一家上市公司，祥森集团在立盛银行开立的账户上。之后几经周转，最终流向了海外的离岸账户。

这看似是一起简单的公司财务利用职务之便挪用公款的案件。但正是在这起看似简单的资金捐客案件中，一个中间人的出现，引起了警方的注意：兴庆银行的员工，凌晗。

根据资料显示，8000万资金通过网银从东征公司在兴庆银行的账户上划走之后，经过了多个中间人的手，通过网上银行和POS机转账，分多笔汇集到了一个账户并最终流向海外，而其中一个中间方的某张卡主户名是凌晗，也就是说，凌晗的银行卡成了这笔资金的其中一个中转站，其本人自然就有了身为银行人员参与资金中介的重大嫌疑。

一周之后，兴庆银行办公室向辖区派出所报案，员工凌晗离奇失踪下落不明，而在兴庆银行内部的审计检查中，从凌晗的办公抽屉里，搜出了大量的物证：私刻的东征公司财务样章、多家客户的网上银行U盾，还有账本等身为银行职员不该有的物品。

市经侦科的警员朱凌骏回忆说，一名外貌与凌晗非常接近的银行女职员曾在3月17日前后来到公安局信访处，据该警员仔细回忆，当时这名女职员行迹可疑，言语闪烁，大有打探消息，探听警方口风之嫌。

这一系列证据都表明，这名从事事后监督管理岗的兴庆银行女职员，很可能利用职务之便，参与了企业与银行间的资金转贷。

江源和杨霖将所有的证据都梳理了一遍。他们在各自的领域里，极尽所能地为这起始终让他们耿耿于怀的案件寻找真相，却彼此心照不宣地，刻意回避着这起案件最后的结局。

白板上用黑笔画着清晰的时间轴，从案发至今，每一个关键节点都被杨霖标识了出来。虽然案件是在2015年3月16日立案的，但是，要追根溯源，找到这起飞单案件的源起，却要将时间往回再拨一年多。因为警方发现，早在一年多前的2014年2月14日，东征置业有限公司在兴庆银行开立对公账户的那一刻起，阴谋的种子，已经悄然种下。

"东征集团于2012年和兴庆银行建立了合作关系，贷款一直稳定在8个亿左右，2014年2月，按照银行方面的要求，东征集团下属的子公司，东征置业有限公司在兴庆开立了存款账户，打了8000万资金进去，算是作为兴庆贷款的一点小小回报。"

的确，贷款回报机制至今依然是国内银行业不成文的规定。一个企业要想在银行贷款，除了提供相应价值的抵押物和担保，支付合约规定的利息以外，还有一块隐性的支出。譬如，贷款100万，其中20万要作为存款存在户头上不能动，或者要介绍其他存款作为贷款成功的先决条件，或者购买银行的黄金、保险等产品，等等。这些产品搭售的投放模式对于银行这样考核品种多元化的机构来说，是完成诸多任务、提升利润的一大捷径。当然，他们在通过一笔贷款完成诸多业绩考核的同时，对应考核所支付的成本，也就自然转嫁到了客户头上。

"有没有问过他们，为什么母公司账户上不放钱，却要把存款放在子公司的账户上？"

"问过了，说是为了贪图手续方便，母公司的股东比较多，开账户需要半数以上的股东表决同意并签字确认，子公司是全资公司，本身账上又有钱，省了很多手续。"

妈的，这说辞还真是天衣无缝。江源骂了一句。

东征集团旗下的子公司东征置业有限公司，是赢州地界冉冉升起的房地产开发公司，其本来的账户是开在赢州市交通银行的，为了配合母公司在兴庆银行获得贷款支持，东征置业于2014年2月，将账户开到了兴庆银行。对于在建项目繁多、资金进出频繁的东征置业来说，大额资金进出是常有的事，这个账户的举家搬迁，自然对兴庆而言是收益颇丰。

"兴庆是当时我市为数不多的几家可以提供上门开户服务的银行，根据开户的备案资料显示，在当时上门经办的银行职员里，其中一人就是凌晗。"在杨霖出具的一整套开户资料复印件上，银行方面复核的人员名章，确实是凌晗的名字，"这套开户资料里，营业执照、法人身份证、开户许可证这些证照都是真的，但是，经过东征公司的核实，最为关键的印鉴章，是伪造的。"

江源点了点头，从之前他掌握的信息来看，关于东征置业对公账户印鉴章造假这事确认无疑，作为业内人士的他也自然明白，开户资料造假意味着什么。对于银行来说，个人客户的转账和取款要凭借正确的密码，而对公账户却只需要提供开户时的印鉴卡即可，那么，真实的开户证件加上私刻的印鉴章开出来的账户，其结果必然是，只要凭借假的预留印鉴章，就可以直接从公司的账户上将钱转走。

"所以，你们判断，东征置业有限公司内部有人私刻了印章？"

"没错。"杨霖回答。像东征集团这样上了规模的公司，公司及下属子公司的印鉴章必然由专人或者保险箱保管，这给想要公款私用的人频繁使用资金作案造成了非常大的困难，所以，最好的办法，是在开户之前，就找机会用早已准备好的私刻印章将原来的真实印章替换掉，再在开户的时候，将联系电话改成仿冒者自己的。这样，开户完成之后，真实的印章还留在公司专人保管的保险箱里，兴庆银行的开户资料里，却加进了私刻的假印章。如此一来，日后只要出具假的印鉴章，公司账户上的资金就可以神不知鬼不觉地转到别的账户去。

"我们在核查东征置业有限公司的流水后发现，该公司自从2014年2月在兴庆银行开立这个账户后，于当月的14号打进了8000万。据你们公司部的老总蔡友根说，这是你们银行给东征集团授信8亿之后，作为回报存在你们银行的，这点，和东征集团的总经理说法一致，据他所说，这笔钱存在账户上之后，一直没有动过。"

蔡友根，你这个王八蛋。江源在心里骂道。

"但是，我们核查了账户的流水后发现，这种说法并不准确，"杨霖把一大叠流水账单摊开递给了江源，"你是行家，应该能看得出里面的玄机。"

江源接过账单，眼睛的聚焦点在来回地跳跃着，那些密密麻麻，在常人看来毫无意义的数字，在他眼里，绘制成了一个账户真实的交易状况。这是东征置业有限公司从2014年2月开户起到2015年3月的进出流水明细。2014年的2月14日，情人节当天，8000万从东征集团总公司的账户打过来，此后的一年时间里，却并没有像总经理说的那样没有动过，反而经常出现大笔金额频繁进出的反常现象。整个2014年，一共发生过37次大额资金进出，金额在500万到7000万不等，跨度非常大；而另一个非常鲜明的特点是，每一笔资金从账户划走之后，短则三五天，长则半个月，数额相等的金额又重新划了回来，将账户上的余额补足到8000万，一分不多，一分不少。

例如2014年4月6日这一天，600万存款从账户上划走，3天后，600万资金原封不动地打回了账户。而2015年1月12日这一天，2000万资金划出，15天后，他行来账再次打入了2000万，将总金额补齐。所有的交易没有间隔，从不跨月。

在最后一张流水清单的最后一栏，是2015年3月3日，8000万的资金流出，账户只留下了几万块钱的利息，并且，再没有资金入账。

"过桥转贷资金。"江源喃喃自语，其实他只看到第二页的时候，就已通过这些数字的排列组合，大致猜出了这些大金额整数的资金，来来回回转账汇款的目的所在。

过桥资金，是指借款人在归还银行的长期贷款时，因为自己资金不够，从而向中介机构借来临时周转的短期资金。

简单来说，如果你下个月要归还银行贷款100万，但是你手头上只有40万，你便可以向专做资金过桥生意的中介机构临时借60万，凑齐了100万归还给银行，等到银行的贷款重新续贷之后，再把那60万连同这几天的利息一起支付给中介。

这种中介机构的存在，看上去可以促进金融市场繁荣，通过他们的"帮忙"，客户正常还款，确保自己的信用记录处于良好状态，银行按期收款收息，中介机构从中收取高额利息，三方合作无间，彼此收益满满。然而，现实的情况却没有那么美好。

首先，过桥资金的利息往往高得吓人，1000万的资金占用10天，利息就可以达到十几万，这么高的财务成本，往往压得借款人抬不起头来，一年到头辛辛苦苦赚到的钱，最后很有可能全部当利息付给了中介和银行。

其次，这个行业长期潜于水下，中介机构需要大量的资金做资金池，通俗点来说，就是当客户来找你借钱还贷的时候，你得确保你的账户上有足够的资金，所以，众多来路不明的热钱流进这个行业里，让原本简单的借贷关系变得复杂而讳莫如深。

最后，这样的资金中介往往要和黑道搭上关系，以确保借款者无法还款的时候，能够威逼利诱甚至软禁动手，让他们想尽办法凑钱消灾。

在这个一口水憋倒英雄汉的年代，拿得出现金的人，永远是市场上的霸主。

真实的金融行业现状是，小企业缺资金，遍寻银行常常贷款无门，上市公司或者政府平台的企业可以轻易地融到资金，筹到钱，有时候，几十亿的资金躺在账户上几年都没有人管，这些资金，自然成了资金中介这样的机构眼馋的对象。

显然，东征置业有限公司账户上的资金，以这样的方式进出，其目的确实是在用作过桥资金，从中赚取利息。

小博美 Kevin 不知什么时候跑了进来，拽着江源的裤脚兴奋地吐着舌头，江源笑笑，摸了摸小狗毛茸茸的额头，短暂的欢愉过后，重新回到白板前的血海翻涌中。

"资金中介需要热钱做大它的规模，而东征置业的活期账户上，白白地躺着8000万的活期存款，换作谁，都想从中分一杯羹。"杨霖在白板上写下了"中介"两字,指着流水单的其中一栏说,"根据这些银行流水和其他佐证资料,我们认定东征置业内部有人存在挪用公款的行为,通过内外勾结和中介合作,把公款的钱拆借给中介当作过桥资金,中介将钱借给需要还贷款的企业,从中赚取利息与出借一方分成。据东征内部员工反映,财务张琴芳有重大嫌疑,因为她是账户的直接经手人,没有理由资金频繁进出自己却不知情,而另外一点,张琴芳自从3月13日之后就跟单位请了长假,从此失联,到现在也是音讯全无,下落不明。"

"基于此,你们推断,是张琴芳和凌晗利用职务之便和中介合作,将银行存款盗用出去放高利贷赚取息差,对吗?"

"没错。"杨霖回答。事发之后,张琴芳和凌晗先后失联,而那家中介公司此后因为非法吸收资金和涉黑等问题被当地警方取缔。

江源看着那家中介公司的名字:赢州惠隆投资咨询服务有限公司。

"这个公司还在吗?"他问。

"取缔了,股东外逃,法人李宝国和王爱萍夫妇因为非法集资被抓,已经判了。"

"什么时候的事?"

"去年的5月吧,也就是小晗出事之后两个月,正好赶上了P2P严打。"

"他们关在哪里?"

"长湖监狱呀,咱们市所有的经济罪犯都关在那儿。"

"长湖监狱,长湖监狱……"江源喃喃自语,突然掏出了手机,"徐老师,您的犯罪心理测量调查,还在做吗?"

林雨霖推门进来的时候,已经临近中午了,整一个上午,这两个男人就这样相对而坐，讨论和分析着那件萦绕在他们心头的大事。整个屋子被弄得烟雾缭绕，杨霖一个劲地抽着烟，不时地咳嗽着，而江源更多的时候则盯着手里东西发呆，陷入沉思，陷入迷惘。

"要不，咱们再来梳理一遍手上的资料吧，"杨霖提议道，他将最后一根烟蒂按进了烟灰缸里，随即站了起来，指着墙上的白板，"根据最初的时间轴推断……"

"案发现场。"江源突然没来由地蹦了一句，打断了杨霖的话。

"什么？"

"案发现场的卷宗，"江源仰视着杨霖，"我们可以研究一下了。"

"可是我以为……"杨霖有些语无伦次，林雨霏的心头也不由得一惊。在过去的几周里，她看到这两个男人就整件事情的各个问题都展开过细致的分析，甚至还有激烈的争论、明确的分工，但唯独，对这件事情的结果部分，他俩一直心照不宣地彼此回避着。

她不敢去想，当结果的一切细节时隔两年呈现在江源面前的时候，那些文字、图片结合而成的案件分析报告，是否会让这个看似云淡风轻的男人手足无措。

"我们总是要面对的。"江源的眼睛里有哀伤，更有坚定。

林雨霏看到杨霖犹豫了一下，随后从背包里取出了一份文件，展开，摊在桌上。

几乎同一时间，对面的那个男人，脊背微微颤抖。

她知道自己不该久留，于是给两人的杯子里续上了咖啡，打算默默离去，但此刻的她，还是忍不住去瞧那堆档案的封面，那上面的字字句句，让她顿时浑身冰凉：

3.23凌晗死亡案件分析报告

报案人：张超群、孙彦君

……

第十九章
发现尸体

孙彦君相信，不管多少年后，即便自己得了阿尔茨海默症，谁都不认识，谁都记不起来的时候，他也一定能够想起，发生在2015年春天，那件惊心动魄的事。

他清楚地记得，那一天，是3月24号。

"小孙，你今天开车了吗？"刚踏进办公室大门，口中还肆虐着烧饼油条的香味，同部门的美女同事李梦瑶劈头就问。

"呃，开了，怎么了瑶姐？"孙彦君有些疑惑。

"带我去个地方。"李梦瑶头也不回地往外走，高跟鞋跺在地板上，发出刺耳的声响，像是宣泄更像是焦虑。

"可是瑶姐……"孙彦君一时语塞，他想告诉这位大美女，他今天还要带总行的审计人员去被抽查到的客户那里转转。

"快走！"李梦瑶的语气里透着不容置疑，这让孙彦君有些诧异，平日里，这位刚刚年过三十的大美女是出了名的好脾气，对谁都是和和气气的，怎么今天的口气这么生硬？

噢，对了，可能是因为凌晗。

凌晗失踪已经一天了。3月23日的早上，那位在事后监督部门工作的美女姐姐凌晗便没有按时到岗。八年了，在行里所有老员工的印象中，这是破天荒的头一遭。

说来也巧，昨天正好是总行的审计专家组到分行检查的日子，按照日程，当天上午将是审计组对事后监督的检查工作。凌晗作为事后监督岗位，她监督和保管的银行内部印章是审计重点检查的对象，为此，她现任的直系领导，运营管理部的总经理王千桦一早就去办公室找她调阅资料了，可是，凌晗的办公室大门紧锁，显然里面没人，打电话给凌晗，手机也是关机状态。

总行的审计领导已于前天莅临分行开始了审计调研，凌晗偏偏在这个时候玩起了失踪，这实在是让人有些费解。

直到上午10点，凌晗仍没有出现，更重要的是，凌晗所在的办公室套间，就是摆放重要凭证的档案室，自然也就成了接下去几天总行抽查的重点。

联想到过去的几年里，在其他地市进行检查的时候，都发生过个别员工因为道德风险的问题担心事情败露而销毁档案证据的事件，总行的审计组坐不住了，强烈要求进入办公室一查究竟。

审计组组长王兴方在征得分行一把手杜建舟的同意后，用备用钥匙打开了凌晗的办公室大门，对凌晗的办公室进行了突击搜查，按照执行流程，整个抽查的过程都用录像设备完整地录制了下来。

检查的结果并没有当场公布，但是在随后的几个小时里，这间办公室却被严密地把守了起来。专家组的成员、分行风险部门的负责人，甚至是安保部的老总都在这间办公室里忙得热火朝天，气氛非常紧张。

事态的急转直下发生在昨天下午，市公安局的警车停在了行门口。

霎时间，流言蜚语像雪片一样纷至沓来，行里的人们上上下下都在猜测凌晗去了哪里，究竟发生了什么，几个好事者甚至不惜一切代价接近行班子身边的人，希望借此打听消息。随着时间的推移，对于警察的到来和凌晗的失踪，行里众说纷纭，有说凌晗遭到绑架索要赎金的，有说她做了某个大老板的情妇被老板太太泼了硫酸的，有说她涉及了重大案件正遭到警方通缉的，甚至还有说她已被黑恶势力灭口的。

一切的猜想和说法，最终都因为到来警察的警种而不攻自破。因为有人认了出来，那个带头前来的高大警察，是市公安局经侦支队的副支队长，梁胜勇。

那么，凌晗应该是卷入了某些案件，最大的可能是重大经济案件。

就在一周前，东征公司的财务涉嫌挪用公款，畏罪潜逃了。

现在看李梦瑶这么焦急的样子，孙彦君觉得，多半与凌晗有关。

"左转，对，从这儿走，前面那个小区就是了。"李梦瑶一直在指挥着，拐过一个红绿灯，几幢漂亮的小高层映入眼帘，"空中花苑"的大门赫然醒目。

孙彦君把自己的福克斯轿车停在了马路前的车位里，还没熄火，副驾驶位置上的李梦瑶已经迫不及待地推门冲了出去，高跟鞋踩在地上，发出咯咯的刺耳声响，频率的不断加快显示了她已经由快走变成了小跑。

孙彦君赶忙锁好车门追了出去，一边紧赶慢赶一边追问道："瑶姐，你到底是去干什么呀？"

李梦瑶却不回答他，径直跑到了小区门口，劈头就问门口的保安："这两天一直是你在门口执勤吗？"

门口的小保安是个外地人，竟被李梦瑶问住了，一时语塞：

"呃，是啊，我和另外一个人换班的，请问您是……"

"最近有没有访客是来找1号楼3606姜海星的？"

"你说姜老板？没有没有，他最近几个月都没住在这里，好像是出国了，怎么可能会有人找他？"保安头摇得像拨浪鼓。

"我要看你们的访客记录。"

李梦瑶不由分说冲进了岗亭里，里面的几个保安被这突如其来的事情弄蒙了，面面相觑，一时竟不知道如何是好。

孙彦君却突然明白了李梦瑶的用意，他心里一惊，难道，真的和这件事有关？

空中花苑小区是本市近几年最为突出的高档小区，这里的配套设施都堪称一流，小区的格局和绿化设计又都是国际上拿过大奖的风格，所以，来这里购置房产的住户，绝大多数都是本市经济实力最强的那一批，其中就包括孙彦君所在的公司二部在三个月前合作的客户：赢州市聚源钢铁的副总经理姜海星。

孙彦君记得三个月前的那一天，那是个大雨滂沱的日子，临近傍晚，他接到了李梦瑶的电话，让他来市中心的空中花苑接她一下。空中花苑，这是个他想都不敢想的地方，那里寸土寸金，最让人欣喜的，是它的周边就是本市最豪华的足球场，从高楼的窗户向外望去，碧绿的足球场尽收眼底，几乎是不买票就可以欣赏一场场的足球盛宴。

李梦瑶住在那里吗？还是，她找了个有钱的男朋友？

"什么呀，这是姜海星的房子，他把这房子抵押给咱们银行，我们是来现场拍照的。"

"我们？"孙彦君有些奇怪。

"哎呀，你这个小家伙，待会儿就知道啦。"

李梦瑶所说的给房子拍照，是银行面对房产抵押贷款时，必经

205

的流程。

当客户到银行申请贷款,并提出用名下的房产进行抵押时,银行一般都会对该房产进行合理估价,并通过实地走访,对房产的楼层面积、地理位置、室内装修等方方面面进行价格的核定。这是抵押贷款中不可或缺,也是最为关键的一部分,因为一旦客户出现贷款逾期,而客户自身的能力无法偿还贷款的时候,将房产交由法院拍卖,继而用拍卖所得的金额来偿还银行借款,就成了处置这笔烂账的唯一途径。

因此,房产的实地走访和估值的准确性尤为重要,但仍有很多客户经理,在经办的过程中为了简化手续,常常不实地考察就提交了贷款申请。有一次,隔壁零售部的客户经理葛佳琪提交了一笔贷款,抵押物是一个不怎么热闹的商业街上的一个商铺,而当审查人问她这个商铺现在在做什么的时候,葛佳琪信誓旦旦地回答:"在开面包坊。"

"你确定吗?"时任风险部副总的张志超在行内大会上点名批评了葛佳琪,孙彦君清楚地记得张志超讲起这件事情时那副怒不可遏的样子,"那明明是一家酸菜鱼店,还是转让告示贴了半年都没有找到下家的,你告诉我这是哪门子面包坊?连抵押物都不去看,贷款调查流于形式,这不是儿戏吗?"

类似这样没有实地走访核实抵押物而出状况的情况在最初的那段时间还真是不少。另一次的典型事件是,位于市中心环景花园的一套一楼住宅被客户拿来抵押,后来客户还不起贷款导致房产司法拍卖,结果没想到,这套房子的价格,从每平方米12000元的价格一路走跌,半年里流拍了4次,最后价格降到了7000元一平还是无人问津,原因很简单,这套房子的楼上是个舞蹈学校,从早到晚一刻不得安生。

让孙彦君没有想到的是，那天的滂沱大雨里，和李梦瑶一起在雨中等车的，还有另外一位美女，看她的穿着，应该也是兴庆银行的同事。

"这是7楼事后监督的凌晗，现在跟我一起住。"上了车后，李梦瑶主动介绍了起来。

事后监督是个需要极度耐心和细心的职位，每天大量的银行报表和柜台账目如雪片一样纷至沓来，从中核查纠错指正的任务，都会落到眼前这位大方端庄的美丽女人身上。

"嗨，你好，小孙。"凌晗的声音像秋风拂过泸沽湖一样轻柔，正如她的面容一样，让人非常舒心。两个美女和他共处于福克斯狭小的密闭空间里，一位雷厉风行，一位素雅清淡，两种不同的风韵，同一种心旷神怡，这让初入职场半年的孙彦君觉得无比畅快。

在他的印象里，凌晗虽然话不多，举手投足间却都散发着一种大家闺秀般的韵味。

"真的吗？确定这个女人真没来过这个小区？"李梦瑶急促的问询声将孙彦君的思绪从回忆中拉了回来，他看到李梦瑶举着手机，手机里是凌晗的照片。

她果然在找凌晗。

可是，她为什么会认为凌晗在这里？

她的神情，为什么这么笃定呢？

"您放心，我们这里的管理非常严格，如果有您的朋友来过肯定会有记录，至于查看监控嘛，您不是我们小区的业主，恕我们不能提供给您了。"空中花苑的物业接待人员堆着满面的笑容，客气却不容置疑地将李梦瑶和孙彦君让出了位于地下室的物业大门，再往前走几步，就是业主的停车场了。

空中花苑作为本市最高档的小区，一贯以管理严谨著称。来访车辆客人必须出示身份证登记，平时的外卖快递都不允许送进大门，这样的安全措施让小区内的那群富人有了舒适安逸的环境，这也是物业的负责人敢于理直气壮地告诉李梦瑶没有陌生人进来过的原因。

李梦瑶失望地垂着头穿过地下停车场，亦如刚才一路下到地下一层，闯进物业大门时的一言不发。孙彦君跟在她的后面，看着她落寞的身影，被地下室的灯光越拖越长，越拖越失落。

梦瑶姐真是个好人，如此费尽心思地寻找自己失踪的姐妹。

可孙彦君并不明白，之后也再没有机会问的问题是，李梦瑶为什么这么笃定凌晗会出现在这个小区里呢？

一辆黑色的奔驰轿车缓缓地从地上开进了地下停车场，它打着强光，李梦瑶和孙彦君都不由得别过头去，用手遮住视线。

可正是这一扭头，让事情出现了转机。

李梦瑶像是看见了什么，眼睛一下子瞪大了，她突然冲向旁边的一辆红色MINI，扫了一眼车牌，又透过车窗朝车内望了望，然后冲着物业公司那个姓张的负责人高声叫道："你真的确定我的朋友没有来过吗？"

"没有登记过，那应该就是没来过吧，我的这批保安那可都是专业的。"物业的负责人毫不退让，孙彦君却觉得这辆车有些眼熟，好像在单位的停车场见过。

"那你自己来看，这不就是我朋友的车吗？"李梦瑶急切地指着红色MINI。

孙彦君和那个姓张的负责人狐疑地来到了车前定睛一看，不由得愣住了，孙彦君率先认出了贴在挡风玻璃上的那张卡片，那是一张行里统一发的，标有兴庆银行字样的挪车卡片。

卡片上面11位的空白方格上是一串数字，那无疑就是车主的手机号码，而在车主的一栏里赫然用娟秀的字体写着车主的名字：LH。

将观光电梯安装到居民住宅楼中，这在本市的小区里尚属首次，而空中花苑的观光电梯不但美观大方，而且升降速度也是国内一流的。但即便如此，从一楼上升到三十六楼的高度，孙彦君仍觉得这个过程是如此的漫长难熬，在狭小的电梯空间里，李梦瑶、物业公司的张经理，还有他自己，三人默默地站立着。让他诧异的是，李梦瑶的身体竟然在微微地颤抖，孙彦君感到大惑不解，她是怎么了？

他越来越觉得奇怪，凌晗失踪后，行里不得不报案向警方求助。凌晗是孤儿，在本地没有家人，与她同住的李梦瑶就成了警方传唤的重要人选。

物业经理笨拙地用钥匙打开门，一行三人进到屋内。屋内的装饰堪称豪华，但是一眼望去，家电设施却并不齐全，没有电视机、空调，屋内也不像是有人住过的样子。

"哪有什么人嘛？"物业的经理不满地嘀咕了两句，李梦瑶却被什么吸引住了。她几步来到沙发前，拿起了茶几上那只屏幕朝下的手机，那手机壳上是一片湛蓝的花海。

"这是凌晗的手机！"李梦瑶惊呼一声，随即飞快地按下了一串数字键。

孙彦君却被斜前方半开着的厕所门吸引了，透过门缝，他隐隐地看到地上俯卧着一个人。他壮着胆子走过去，推开那扇虚掩着的红木门，刹那间被眼前的一幕惊呆了。

一个身穿白色衬衫、黑色制服裙的女人，体态怪异地倒在冰冷的厕所地砖上，她的双臂抱在胸前，双腿交叉，整个人蜷缩成一团，看上去像是一个害怕寒冷的少女，用抱紧自己的方式抵御着夜晚的严寒。

她是凌晗。

"凌晗姐。"没有反应。

孙彦君壮着胆子走了过去,在凌晗的面前蹲下,伸出手轻轻地触碰凌晗的手。

冰凉,宛如电流一样,从对方的指尖袭向自己的全身。凌晗的手冰冷而僵硬,脸因痛苦而扭曲着。

她已经,死去多时了。

孙彦君惊呆了。

他的大脑一片空白,眼睛死死地盯着面前的这具尸体。

恍惚间,他听到了身后传来的那一声撕心裂肺的惊叫。

第二十章
监狱里的对话

　　李宝国的余光瞥向对面恭敬和善的年轻人，见他时而侧身凝神，专注地听着自己信口开河，时而飞快地在本子上记录着什么，心底涌起了一种被尊重被重视的满足感，继续眉飞色舞地滔滔不绝："做我们这行啊，有时候就好像是私家侦探，债主把全城翻了个底朝天都找不到的王八羔子，咱们一出手，那还不是手到擒来？"

　　他对自己那段过往的风云经历很是得意，说到精彩处，还习惯性地用手比画着，只不过每一次的张牙舞爪，换来的都是手铐和链条扯动桌椅发出的金属碰撞声，这让他意识到，自己已经不在外面的花花世界了，唉，一股懊丧之气从心底油然而生。

　　哼，不过是蹲五年而已，等我出来了，快嘴宝哥又是一条好汉。

　　正想着，他对面的年轻人递过来一张纸："宝哥，这是我做的一张调查问卷，做经济类在押犯心理状况评估用的，麻烦您填一下吧。"

"好，好。"李宝国爽快地答应了。他接过调查问卷饶有兴致地看了看，都是些诸如"你是否对自己的违法行为感到悔过""你认为应该如何加强普法教育防范经济案件的发生"这样无关痛痒的问题，李宝国轻松地勾着选项，时不时地吐槽一句监狱里的伙食一般云云，谁承想翻过来的第二面的第一道题，顿时让李宝国心惊胆战。

"下面哪位银行职员的名字让你觉得眼熟？"

他看看题目，又看看选项，有些不可思议地抬头瞄向对面的年轻人，惊讶地发现他脸上的礼貌不见了，取而代之的是一张冷峻而狞笑的脸，每一个毛孔，都散发着阴冷和杀气。

李宝国满脸惊恐的表情，让江源很是满意。在过去的一个多小时里，他耐着性子听着江湖人称快嘴宝哥的李宝国信口开河，上天入地吹牛皮侃大山，就是为了让他卸下所有的防备，只有当李宝国完全放松的时候，最致命的问题才能最直接地直抵他的心窝，将他的心虚和惊恐暴露无遗。

两周前，当他从杨霖口中得知，"3·23"案件的其中一个参与方，赢州市惠隆投资咨询服务有限公司的法人李宝国已经在长湖监狱收监的时候，这个计划便已在他的脑海中隐隐闪现。

市阳光心理咨询研究室的徐崇杰教授是自己的故交。前些年，徐教授在上海投资房产的时候，遭遇了中介和房东的联手骗局，对方将已经被查封的房产出售给徐教授，害得他差点损失了上百万的首付款，最终是江源帮助他追回了钱，还通过介绍为他找到了适合投资的房产。

现在，随着上海的房价迎来了暴涨的第二春，徐崇杰失而复得的投资由此获利不少。因此，徐崇杰一直对这位金融圈内的小老弟十分赏识，接到江源电话的时候，他正在捣鼓自家后院的花花草草，顾不得摘掉手套，就着满手的泥土便接听了来电。

"你想去长湖监狱和犯人对话？"听到作为金融人士的江源提

出的这个要求,徐教授颇感意外。作为市阳光心理咨询中心的负责人,他会定期去监狱和罪犯进行一对一的交流,但是以往都是他自己或者社里的咨询师出面,从来不会牵扯到其他单位。

"是啊,"电话那头的江源情真意切,"我们银行今年的重点是防范道德风险。我想跟着您去长湖监狱,对那些经济类的涉案犯进行深入了解,给自己单位的人一点警示。不知道您下次去的时候,能不能带上我呀?"

"行呀,没问题,我跟监狱的教导员说一下应该问题不大,不过长湖监狱的在押经济犯人挺多的,你要找什么样的呢?"

"我听说监狱里有个叫李宝国的,做资金中介和高利贷出身的,跟这个人聊聊如何?"

"行呀,我来安排。"

于是此刻,江源顺利地坐在了李宝国面前。

那张调查问卷是他自己瞎编的,上面的题目也都非常简单,而真正想让李宝国原形毕露的问题则放在了反面的第一道。果然,对面原本气定神闲的李宝国浑身一颤,眼角的那丝沉淀的得意瞬间变成惊恐,这个表情让江源一辈子都难以忘怀。

"怎么了,哪个人让你觉得眼熟呀?"江源意味深长地盯着他,眼睛里满是期许和戏谑。

"我,我……"李宝国慌了神,光洁的额头上沁出豆大的汗珠,"我好像不认识。"

"噢?对凌晗这个名字也没有印象吗?"

李宝国不说话了,双手微微颤抖,茫然的神色下隐藏着慌乱。

"2015年3月3日,东征置业有限公司存在兴庆银行的8000万被人转走,这笔钱经过你公司的手,流向了民间拆借市场,而最终没有还进来。是你在警方传唤的时候告诉警方,这些年来,跟你接

213

头的银行职员名叫凌晗,对吗?"

"对,是这样。"李宝国回答着,声音却不由自主地颤抖。

"那么,"江源慢条斯理地从包里抽出几张照片,分别是几名身着制服的女职员头像,他把照片摊在李宝国面前,"麻烦宝哥从这些照片里找出来,哪位是凌晗吧。"

李宝国不说话了,他的目光在几张照片上来回地扫视着,又偷偷抬眼瞄了瞄江源,见后者面无表情,定了定神,指着最右边的一张说:"好像长这样。"

江源死死地盯着他,直盯得李宝国浑身犯毛:"宝哥,不至于吧,才蹲这里一年,记忆力就退化成这样了?"

"这……这个……"李宝国赶紧改口,"有点记不清了,这几张长得都差不多。"

江源冷笑,又抽出一张照片:"要不看看这张,会不会帮您想到点什么呢?"

对面的宝哥脸色一下子就变了。

"你?你怎么有……"李宝国的声线变得尖厉起来,"你到底是谁!"

照片上依旧是一个长相甜美的女孩,可是年纪却要小很多。

"这个小姑娘叫李欣冉,是个很懂事的孩子嘛,现在在杭州文澜中学念初三,据我了解,她已经被学军中学提前录取了吧?"江源平淡地说完前面的话,忽然提高了嗓门,"如果有人不小心告诉学军中学的招生老师,她的亲生父亲是个被收监的老赖,你说,学校还会不会要她呢?她的同学还会正眼瞧她吗?"

国家严打老赖的政策是从2016年起开始实行的,凡是上了失信名单的人,不但不能住宾馆不能乘高铁,其子女还不得不面临不能被重点中学录取、不能报考公务员、不能当兵等尴尬局面。

"我×你妈,不要动我女儿!"李国宝噌的一下站了起来,他的双手还铐在桌角的栏杆上，身体的前倾牵扯手铐，发出刺耳的金属碰撞声。

"哎，老实点，怎么回事？"大门轰的一声被推开了，门外的狱警不满地敲了敲门，用橡胶棍一指李宝国。

"没事啊，兄弟，我俩开了个玩笑，"江源朝狱警摆摆手，满脸堆笑，示意一切安好，随后又把头转向李宝国，"宝哥，不好意思，是我不该把孩子上学的事情瞒着你。"

"给我老实待着。"狱警恶狠狠地瞪了李宝国一眼，重新关上了洽谈室的门。

"我们的谈话是非公开的，没有人会知道你对我说了什么。"听了江源这番话，对面的李宝国满脸愤懑，沉默不语。

"我对你女儿没有恶意，只要你把你知道的告诉我，我不会为难你女儿。"江源的脸上浮现了难得的真诚。

"你想知道什么？"良久，李宝国怒气未消地开口。

"你根本不认识凌晗，对吧？兴庆银行内部和你合作的人也不是她，我说得没错吧？"李宝国点了点头，算是默认了。

"是谁教唆你作伪证，告诉警方跟你合作的人是凌晗的？"

"我不知道。"李宝国无奈地摇头。

"你不知道？！"江源大感意外。

"我真不知道，他们从不跟我见面，只通过电话联系，他们抓住了我的把柄，然后威胁我，只要警方查到我这边，一定要说在兴庆银行里和我们合作的人是凌晗，否则，就要举报我。"几年前，李宝国在追一笔债的时候，手下的讨债团伙下手过重，竟然失手把人打死了。亏得当时夜深人静，没有目击者，那几个打手也早已被他遣散去外地避风头，满以为风平浪静，一切太平无事，却没想到，黑暗中的那帮人竟然早已洞悉了一切。

江源有些愣神。他原以为不过是行内的某些领导买通了李宝国

215

做了伪证，却没想到，对方竟然连李宝国的把柄都捏在手里。看来这事没有那么简单，简单的栽赃和伪造自杀案件背后，可能有更多秘密。

空气安静了一会儿，江源再次开口："兴庆银行内部和你接头的人到底是谁？"

李宝国惊恐地盯着江源，默不作声。

"我没有带录音设备，也没有别的目的，我只想知道，兴庆银行内部，和你合作的人究竟是谁。"

李宝国还是犹犹豫豫，缄口不言。江源见状，抽出了一张花名册摊到李宝国面前，这是他从分行的通讯录上复制下来的，为了防止这个人已经离职，他特意找到了两年前的通讯录。

"这样吧，你不用说出他的名字，我这里有一张兴庆银行的员工名单，你只需要把这个人指出来即可。"

通讯录是按照员工的首字母排列的，李宝国盯着通讯录发愣，过了一会儿，他的视线顺着花名册缓缓地向下，最终定格在了一处，他伸出手指，指在了姓名是L打头的一个名字上。

"确定吗？"江源问道。

"没错，就是他。"李宝国的声音颤抖，但还是点了点头。

"我明白了，"江源收起了名单，满意地笑笑，随即话锋一转，"不过，你的一面之词让一个无辜的人蒙受了不白之冤，你觉得，我会轻易地放过你吗？"

"你，你还想怎么样？"李宝国再次暴怒，他看见江源的眼睛斜看向面前的照片，不由得心惊肉跳，"算我求你了，不要把我女儿牵扯进来。"

"这样吧，我也不为难你，如果想要你的女儿能够顺利被学军中学录取，你还要再帮我做件事。"

"什么事？"李宝国急切地问。

"这件事情，你最擅长了。"年轻的银行家，冷冷一笑。

"你还是觉得，江总有问题吗？"樊小琳靠在身后的椅背上，交叉着双手，陷入短暂的沉思，在她的对面，孙彦君半倚着书桌，表情复杂。

自从半个多月前，孙彦君将自己的遭遇告诉她以后，几天来，他俩都小心地回避着这个话题，直到今天，看到男孩依旧闷闷不乐地若有所思，女孩才壮着胆子问。

"凌晗是去年3·23存款飞单案的主谋，后来畏罪自杀，还死在客户的房子里，当时给咱们银行带来了非常恶劣的影响，"他顿了顿，"她的工号，就是002116。"

"你觉得这个凌晗，跟江总有关？"樊小琳疑惑地问孙彦君，随即又喃喃低语，"会不会是个巧合啊？会不会那就是一串没什么意义的数字，或者，是你记错了呢？"

孙彦君掏出了手机："这是之前我跟你说了那件事以后，我从单位的任职公告栏上找到的。"他把手机递给樊小琳，那上面，是两份任职公示。

在银行业内，但凡有员工提拔升迁，人事部都会在行内贴出一个公示告知全行，对该位员工的升迁有异议的同事，都可以在这期间向上级部门反映甚至举报。

当然，这样的公示通常只是走过场，在公示之后暂缓甚至取消任命的寥寥无几。

这寥寥无几的人中，包括了今日在行内疯传的，即将被整锅端掉的丰江支行拟任行长胡庆飞。

"凌晗，女，1984年6月出生，江宁省赢州人，毕业于江州财经大学金融学专业，原任赢州分行综合柜员，拟提任赢州分行营业经理。"

"江源，男，1984年3月出生，江宁省赢州人，毕业于……"

"他们俩是同一个学校毕业的！"樊小琳有些诧异。

"不但是校友，还是同届的毕业生，如果说这是巧合，你信吗？"

"这个嘛……"樊小琳也陷入了犹豫中，半响，她抬起头，小心翼翼地问，"你觉得，江总来咱们银行，另有目的？"

孙彦君回想起了今年的3月份，自己第一次见到江源的时候，当时，除了惊讶于其年纪轻轻就能坐上老总之位外，他对这个新到任的直接领导并没有什么太深的印象。

后来，自己因为贷款的事情，朝江源发了脾气，如果换作别的领导，大概早就给自己穿小鞋了，然而，江源不但不记恨，反而在工作中不断地把他的经验教训传授给自己。毫不夸张地说，这几个月里，他跟着江源学到的金融知识和风控技巧，是过去几年都不能比拟的。

只是，他怎么也没有想到，这位在短短几个月里就迅速让自己崇拜的老总，竟然很有可能和凌晗有着某些不能言说的关系，如果是这样的话……

"我们，是被拉下水了？"樊小琳有些诧异。

"只有一个办法可以验证。"孙彦君喃喃自语，他的视线望向窗外，在视线的最远端，地平线与天际线相交的地方，可以隐隐看见一幢白色的高楼，还有上面显眼的红色十字。

只有她，能够解我心中的疑惑了。

突然，他想起了什么，转身问女孩："对了，下午的党员活动，你也去吗？"

"长湖监狱的吗？去的呀，咱们部门一个不落。"

长湖监狱，位于距赢州市中心15公里以外的深山老林里。如果你看过《越狱》里那座被绿色覆盖的狐狸河监狱的话，大概就能脑补出长湖监狱的全貌。而与《越狱》里关押的形形色色的犯人不同的是，长湖监狱里关押的多是经济类犯罪的涉案人员。

鉴于最近不断有员工因为道德风险的问题被银监会或者行内查处，在全行范围内都造成了极大的恶劣反响，树风气正人心成了当务之急。为此，分管风险的李云坤近来是愁白了头，整风行动已经迫在眉睫，否则，大厦将倾的那一刻真的到来，可不是他一个人可以支撑住的。

当然，他怎么也没有想到，麻烦，还不止于此。

这次参观长湖监狱，是分行的工会主席张永良想出来的，他通过前期的对接，确定了这一次工会活动的主题。全体营销人员不但在这个休息日的下午驱车十几公里来参观监狱，更重要的议题是，他们将邀请监狱里在押的几位经济涉案犯现身说法，从精神层面，杜绝行内人员滥用职权触犯法律的事情再度发生。

他相信，这些落魄的罪犯的前车之鉴，一定能够给行里那些蠢蠢欲动想要以身犯险的人以警示。

"下次我去你们银行存钱的时候，你们能对我笑一笑，就再好不过了。"讲台前滔滔不绝的教官名叫秦海生，是个膀大腰圆的灵活胖子，正在为大伙介绍着监狱的情况。

"接下来为大家做分享的，是几位咱们所里的人，根据贵行张总的要求，我们特意选择了几位跟金融银行业相关的在押犯，他们有的是混迹江湖多年的资金中介，有的是银行的从业人员，甚至还有某些银行的行长。

"今天的这次分享，是他们在这里服刑之后，发自内心的肺腑之言。作为管教，我对他们表示敬佩，因为这一次，他们要把内心已经逐渐愈合的伤口重新撕裂开来，展示给大家看，"他顿了顿，似乎是在思考着该如何措辞，"也正因此，我希望各位兴庆银行的朋友们，可以做到以下几点。第一，在他们分享的全过程中，请全程保持安静，尊重他们的勇敢。"台下众人纷纷点了点头。

"第二，我希望，当每名罪犯分享完毕之后，大家不要鼓掌，让他们在安静的环境里回到自己的牢房。因为每一次的掌声，都会让他们一再地回想起过去的一幕幕，请不要让你们的掌声加重他们的负担。能够在今天站到台上来面对大家，他们也是非常不容易的。"

"哼，说得比唱得还好听，也不知道私下里有没有对他们动私刑。"孙彦君身后的一个男人不满地嘟囔了一句，言语中透着不屑，他听得出，说话的人，是清远支行的骨干客户经理梁旭晨。

"你来这里蹲一宿不就知道他们有没有在动私刑了吗？"边上一个女人不适时宜地插了一句玩笑。

"进来？呵呵，别开玩笑了，咱这手脚干净得很，一辈子与这种地方绝缘。"梁旭晨不咸不淡地回了一句，下一秒，声音马上变得邪魅起来，"再说，我要是进来了，不就见不着你了吗？嘿嘿。"

"讨厌啦，嘴贫。"

第一个分享的服刑犯，是一家国有银行里的基层客户经理。他年纪不大，看上去刚刚过30岁，据说是在工作期间利用职务之便，和客户玩起了承兑汇票造假的游戏，其所在的银行因此损失惨重。东窗事发后，他丢了工作，进了班房，服刑了三年，因为表现良好，现在狱方正在考虑给他减刑。他的分享可以用情真意切来形容，能够看出所有的话语都是发自肺腑的，坐在前排的同事甚至能够清楚地看到，他分享时眼角闪动的泪花。

第二名分享者，是某家银行的支行行长，即便他留着几乎是光头的板寸，也能隐约看见几乎全覆盖的斑白，看来年纪绝对接近六旬。据他交代，他一辈子兢兢业业，奉公守法，从业前三十年从未拿过客户一针一线，但是却在自己50多岁的时候，禁不住诱惑，利用职权走上了不归路,几年内违规发放贷款高达5亿元,最终锒铛入狱,人财两空。人群中有人发出了一阵唏嘘,感慨这名行长晚节不保,临近退休了阴沟翻船,无法享受儿孙绕膝的天伦之乐。

几名分享者一一上台,讲述他们的犯罪经过,有银行职员串通客户信用卡诈骗的,有证券从业人员挪用客户资金投入股市的,还有用P2P网贷的庞氏骗局骗得投资者血本无归的,其中不乏有声泪俱下者,流着泪对大家做出深深的忏悔。

在他们的对面,兴庆的诸位同事,一开始还细心地聆听,但几轮下来,逐渐也审美疲劳了,纷纷打起了哈欠,休息日的午后的确容易犯困,这样的故事听上一两个还觉得新鲜,再往后就是老生常谈炒冷饭了,实在是索然无味。

只有后排的梁旭晨,从分享一开始,便不安分地和身边的人说着悄悄话,时不时还偷偷地发出一两声奸笑。

终于,到了最后一个分享者了。孙彦君看看手机里张永良发在工作群里的名单,上面的最后一个人,名叫李宝国,曾是赢州市惠隆投资咨询服务有限公司的法人。呵,这个公司抬头,一看就是个皮包公司。

"我有罪,我利用了人性中的贪婪和欲望,将一个又一个无辜家庭拖入了金钱的骗局。"

台上的李宝国言语诚挚、热切,分享也较为生动,但在孙彦君听来,他好像不像是分享,而更像是演说。

这个李宝国看来绝不一般,20世纪90年代就干着投机倒把的勾当,积累了一定的本钱之后,就放起了高利贷。这样的人,往往都是黑白通吃的狠角色。十几年来,他开过皮包公司,养过讨债打手,既和银行、政府谈资金买卖,也和市井商贩打高利贷的交道。2012年,在资金转贷这块做得好好的李宝国突发奇想,尝鲜玩起了P2P的勾当,结果资金链断裂,自己以非法集资的罪名被收监,道上响当当的宝哥，最终在"互联网+"的浪潮下栽了跟头。

大家都开始认真了起来，竖起耳朵听来人分享，孙彦君甚至注意到，不知从什么时候起，后面阵阵的窃窃私语也不见了。

"我创办的许多公司，名义上是咨询服务，其实，大家也都知道，干的就是投机倒把的勾当嘛，没什么技术含量，不过是人脉多了点，以为老子天下第一，可以将钱生钱的游戏玩得风生水起，现在想想，害得多少家庭家破人亡，我的手上，真是沾满了鲜血。"

李宝国的头低了下来，仿佛在真切忏悔。

过了片刻，他再次抬起头，眼睛微微泛红。

"说实话，我很诧异，我看到今天在座的你们，一张张，都是鲜活年轻的面孔，都是不了解我的人，不知道我做的那些勾当，来听我分享，避免日后像我一样走上歧路、危害社会。但是，"他话锋一转，"今天，我竟然在这里看到了我的一位旧相识。"

开小差的众人纷纷集中了注意力，几个哈欠连天的家伙也都坐直了身子，李宝国满意地笑了笑，继续开口："我记得，我是在2009年和他开始合作的，当时，他还是一个刚入职的客户经理，但早已对这一切熟门熟路，吃喝嫖赌，样样都来，谈着资金合作的肮脏买卖连眼皮都不眨一下。我和他一见如故，在他眼睛里，我能够看到那种对金钱最为原始的渴望。很快，我们就合作了第一笔生意。"

大家纷纷交头接耳，猜测李宝国说的是谁。孙彦君却隐隐感觉到，身后的那个人在微微地喘着粗气。

"梁经理，"李宝国向台下一指，众人的目光齐刷刷地望向他指的方向，"好久不见啊，想不到，你还混在银行里。"

人群中发出不可抑制的喧闹，快嘴宝哥口中的银行职员，竟然是他？

而梁旭晨的脸，此刻像猴子屁股一样，晕红，而滑稽。

第二十一章
外援法医

案件综合分析报告

简要案情

2015年3月24日9时28分许，赢州市峡口区凌阳街道辖内派出所接到报案，辖区内的高档小区空中花苑1号楼3606号住宅内发现一具女尸。接报后，峡口区公安局副局长周旭明、刑大大队长刘永福立即带领刑大侦技人员赶赴现场，同时，将案情汇报市公安局。

现场勘验情况

空中花苑1号楼3606号住宅所有者系赢州市聚源钢铁副总经理姜海星。经现场勘验得知，该住宅防盗门锁完好，无撬锁等强行入侵的迹象，房门钥匙置于客厅餐桌上，基本可以确定是以钥匙开门方式进入室内。室内物品摆放齐整，无打斗痕迹，整间屋子布满灰尘，初步判定近期无人居住。

死者死因分析

死者凌晗位于屋内东侧的厕所内，呈侧卧蜷曲状态，上身穿白色长袖衬衫，下身穿黑色套裙，根据其身上的灰尘残留判断，死者生前有从客厅沙发葡匐爬行至厕所的痕迹。经尸体解剖，死者系服用过量舒乐安定导致的休克性死亡，咽喉、鼻处、嘴角均发现安眠药残留物质，厕所马桶内也发现安眠药残留。由于死者全身无抵抗性外伤，判断死者系自行服下过量安眠药，药效发作后因痛苦难忍，求生本能促使其葡匐爬至厕所意图将安眠药呕出，终因剂量过大，药效发作死去。而在死者手机的备忘录里，留下了一封遗书。

死者背景调查

死者凌晗，女，1984年6月生，现年31岁，兴庆银行赢州分行职员，2007年毕业于江州财经大学金融学专业。毕业后进入兴庆银行，历任综合柜员、复核员、会计检辅、事后监督管理岗等职，工作期间表现良好。但据同事及上级反映，死者生前存在伙同他人盗用银行存款的行为，疑因事情败露而畏罪自杀。

分析意见

综合现场情况和初步尸检，该死者应为自杀，由于其生前存在经济犯罪的疑点，由市经侦支队自行决定，是否立案继续调查。

江源坐在ROSEMARY工作室的隔间里，盯着这些案卷出神，他的眼睛里满是殷红的血丝。忽然手机一振，一条短信进来了，他掏出一看，上面只有一句话："L OUT。"

他惨淡的脸上露出了一丝微笑，这是连着几日来唯一的好消息了，第二个人，也出局了。

包间的门"哗啦"一声被拉开了，杨霖走了进来，两个人眼神一对，不用说，他也熬了一晚。

这看起来是一起清晰明朗的自杀案件，然而，此时此刻，在这间屋子里，红着双眼四目相对的两个人却对此持有不同的看法。

小晗一定不是这起案件的策划者，她的自杀也一定是经过精心布置伪造的，这是江源的第一判断。

从凌晗出事两个月后，他回国收到电话留言的那一刻，他便坚信这一点。

而验证这个判断最好的方法，是从各个角度去推翻之前的论断。

自己是兴庆内部的人，他掌握着第一手的材料和原始的审计报告；杨霖是经侦的，他掌握着兴庆银行存款飞单案的外部资料。如今，命案的第一现场的资料也捏在手中，他相信，只要三管齐下，就一定能有所突破。

然而，现实的窘境是，这样的推翻难度着实不小，无论是银行内部可以公布的材料，还是赢州市经侦的调查取证，都无一例外地显示，凌晗就是这起案件的中间人。她的办公室里搜出了伪造的图章、电话卡、账本，上门开立对公账户，凌晗也是经手人之一，甚至她的银行卡上，都明明白白地存在着流水的进出。还有东征公司的其他财务人员作证，凌晗曾经在资金被转移期间试图与张琴芳联系，所有的这一切都将线索指向了凌晗。

还有自己并不熟悉的领域，案发现场。所以，想要为凌晗翻案，找寻最后的真相，仅靠他一个人从银行内部入手，是远远不够的。

所幸，这座已经陌生的城市里，还有一个他尚能称得上熟悉的人，一起在长夜中一往无前。

熟悉，并且有意愿为之一战的人。

接下来他要做的，就是在法律的框架内，找到各种方法，去验证这个结论，然后，用自己的方式，向他们复仇。

复仇，不一定要流血，让那些嗜钱如命的蛀虫身败名裂，从此远离金融圈，是最好的选择。

当然，关于复仇，他是不可能向体制内的杨霖透露的。

"小晗的尸体在客户的房子里被发现，而她本人却并不住在那里，那么，她是怎么进入室内，并被判定是自杀的？这点，你们警方是怎么解释的？"江源看着结案报告，提出了自己的问题。

"这个姜海星是本地钢铁公司的老总，这套房产是他的私人住宅，"杨霖摊开卷宗，指着上面的一栏介绍道，"我们经过事后调查得知，姜海星自2014年起就和兴庆银行建立了合作关系，这套房产，是他抵押给银行获得贷款资金的抵押物。"

"这个我知道，我的意思是，小晗是怎么进到这套房子里的？"

杨霖犹豫了一下，见江源一直盯着自己，还是开了口："警方一开始怀疑，凌晗是姜海星的情妇，所以会有这套房子的钥匙……"

他看到江源的眉毛瞬间拧在了一起，赶忙说下去："但是姜海星却矢口否认了他和凌晗的关系，甚至表示，他根本不认识凌晗。外围的排查人员经过摸排发现，这两个人确实没有什么交集，姜海星的贷款也不是凌晗经办的。"

"既然如此，她是从什么渠道拿到钥匙进去的，又是怎么被判定为自杀的？"江源大惑不解。

"你别急呀，我们走访了姜海星，按照他的说法，他的公司在天津有个重要的项目在跟进，因此，他长期不在本市居住，即使回来了，也会住在其他地方，所以，房子的钥匙一直都是由小区的物业代为保管的。"

他顿了顿，继续说："我们又走访了小区物业，得到的答复也是一样，姜海星的房子常年处于空置状态，除了他本人指派的保姆定期会去打扫之外，没有人可以进到这间屋子里。但是，兴庆银行在办理抵押手续的时候,曾经去房子里现场拍照,而物业登记簿上显示,签字领取钥匙的兴庆银行员工,就是凌晗。"

这句话仿佛一个狭长的惊叹号,继而是一阵沉默。江源缓缓问:"所以,你们认定,小晗之所以出现在房子里,是因为先前利用工作之职开门拍照的时候,偷偷复制了钥匙,对吗?"

"没错,"杨霖的声音里透着无奈,"物业的负责人张超群是报案人之一,据他回忆,当他开门进去的时候,钥匙就搁在客厅的餐桌上,物证科事后核查过,那上面,只有凌晗一个人的指纹。"

他喝了口水,忽然想起了什么,又补充道:"还有,物业那边也确认过,这把钥匙不是他们的那把,而是按照模子复制的。"

漫长的沉默。

他把室内的照片一张张按在了台板上:"所以,结合小晗的背景调查,警方内部得出的结论是,凌晗因为长期参与与资金中介的合作,诱发该行存款飞单事件的发生,事情败露,被债主追讨,在走投无路的情况下,想到了之前曾经复制过姜海星的住宅钥匙,于是就用这把钥匙进到了姜海星的房子里暂避风头,大概觉得走投无路,万般无奈之下,服用过量安眠药自杀。"

杨霖说完,却发现江源的脸色不大对劲,他刚想开口,却听见江源的脖颈处发出了一声古怪的响动,还没等他反应过来,对面的江源已经从座位上弹了起来,紧赶慢赶跑进了厕所里。

厕所的门被关上了,里面传出了江源剧烈干呕的声音。好一会儿,伴着一阵下水管道响亮的水声,门开了,江源从里面走了出来,脸色惨白。

"继续。"声色黯淡。

杨霖递给江源一杯水:"要不,咱们稍微停一会儿?"

"继续!"江源的喉咙里发出了一声嘶吼,虽然他努力控制住音色,却依然能听见声音中带着的撕裂和愤怒。

227

他沉默了一会儿，突然开口："你们是怎么认定小晗自杀的？"

"这个，"杨霖犹豫了一下，"这个问题我回答不了，但是，有人可以解答。"

"谁？"

杨霖不答，他望着窗外，露出了一丝微笑："他应该到了。"

白色的玻璃门突然被推开了，伴着风铃发出的脆响，一个男子迈步进来。他35岁上下，身材匀称，样貌清秀。

杨霖看了看表，15点59分，外援，如期而至。

江源朝杨霖投来一个询问的目光，那眼神仿佛在问："你怎么可以把这件事告诉别人呢？"

杨霖却罕见地回以一个坚定的眼神，江源犹豫了一下，没有再坚持，他的目光对上来人，感到对方的眼睛里透着一股阴冷。

"我来介绍一下，"杨霖开口了，他的手势指向江源，"这位是兴庆银行小微部门的负责人江源。"然后又指向了来人，"这位是我的同事，市局法医科副科长，赵剑锋。"

江源跟来人握了握手，他感觉到，赵剑锋的手十分有力，却透着彻骨的冰凉。

"也许是尸气吧。"他突然想到，这双冰冷的手，在切开女孩腹部，打开胸腔的时候，是否也是这样的冰冷彻骨呢？

想到这里，他的肩膀微微颤抖。

"我不是凌晗的主检法医，"赵剑锋仿佛看出了江源的心思，眉头缓缓舒展，"但我会尽力帮你。"

杨霖恰在这个时候开口："老赵是我兄弟，自己人。"

"赵科长，能请教您一些问题吗？"一坐下，江源便迫不及待地问道。

"你说吧，只要我能解答的。"

"从你专业的角度，你真的觉得凌……死者，是自杀的？"他努力稳定自己的情绪。

"这么说吧，当时负责这起案件的主检法医已经退休，我反复看了案卷，从面上看，这是一起非常简单的自杀案件。"赵剑锋坐下，喝了一大口白茶，指着白板上的资料娓娓道来。

他用了"从面上看"，江源心想。

"第一，门锁没有被破坏的迹象，显然是用钥匙打开的，而开门的钥匙就搁在室内的餐桌上。排查外围的民警经过走访得知，这间屋子的业主姜海星当时远在国外，物业的钥匙又有严格的保管机制，除了定期前来打扫屋子的家政以外，唯一有可能接触到钥匙的人，只有之前曾经来过这里，来拍照取证的银行职员凌晗，也就是死者本人。她借着工作之便，偷偷复制了钥匙以备以后所用，之后在案发几天前进入姜海星的住宅。虽然复制钥匙的来源我们没有办法通过取证进行确定，但是这层逻辑关系是解释得通的。

"第二，室内虽然布满灰尘，看上去应该是好几个月没有人居住了，但是，所有的物品摆放都很齐整，没有打斗的痕迹。更重要的是，根据痕检同事的现场勘验，现场只有凌晗一个人的脚印，行动轨迹也只有一个人的，应该没有第二个人在那段时间里进入过那间住宅。

"第三，凌晗的死因是因为服用过量舒乐安定，也就是我们常说的安眠药导致的休克性死亡，并且，她的身上没有任何的抵抗外伤，除了主动喝下过量安眠药，实在很难有其他解释。

"最重要的一点，也是警方最终确认她为自杀的重要物证就是，在现场死者的手机里，发现了死者生前留下的遗书。

"所以，综上所言，警方最后得出的结论是，因为利用职务之便犯下的经济案件败露，凌晗用之前复制的钥匙躲进了这套基本没有人居住的房子里，因为不知道开启电闸的密码，凌晗在惶惶不可终日中度过了整整一晚后，于第二天的上午选择了服用过量安眠药自杀。在自杀前，她在手机里留下了遗书，承认了所有罪行。

"但是，有一个问题，引起了我的注意。"

"什么问题？"

"这所有的一切，都太完美了，完美得，有些过头。"

"什么意思？"

赵剑锋淡淡一笑："洛卡尔物质交换定律。"

江源皱起了眉头，似乎在品味这个陌生词汇的含义，旁边的杨霖却已明白了赵剑锋表达的意思。

洛卡尔物质交换定律，是涉及命案现场的铁律。简单地说，只要物体 A 与物体 B 之间发生接触，就会存在物质的转移，目标物体 B 会从源物体 A 上带走一些物质，同时也会将自身的一些物质遗留在源物体 A 上。洛卡尔物质交换定律告诉我们，犯罪行为人只要实施犯罪行为，必然会在犯罪现场直接或间接地作用于被侵害客体及其周围环境，并会自觉或不自觉地遗留下痕迹。

"这和这起案件，有什么关系吗？"经过杨霖的解释后，江源还是没有明白赵剑锋想要表达的意思。

"一套房子无论多久没有人居住，都会多多少少留下人的痕迹。但是，我们的痕迹人员在勘验现场的时候发现，凌晗进了房子之后，她的行动轨迹包括了厕所、客厅和次卧，除了她经过的地方以外，没有留下任何人的痕迹，包括脚印、指纹。试想一下，家政人员打扫得再仔细，也总会留下一些之前有人来过的痕迹吧？但是现场，除了死者留下的痕迹，什么都没有。"

"您的意思是？"

"要么，之前来打扫的家政人员太过敬业，整个房间被他们清理得一尘不染，半点别人的痕迹都没有留下，要么，"赵剑锋停顿了一会儿，"就是有专业人士，在死者进入房间前后，清理过现场。"

杨霖的脸上看不出什么变化，江源却有些狐疑，他皱着眉头思索了一会儿，突然睁大了眼睛："您是在暗示，有人刻意布置过现场？"

他"噌"的一下从位子上弹了起来："小晗是非正常死亡的，对不对？"

尽管早就预想到，这一切存在猫腻，但是，当江源从专业人士的口中听出端倪的时候，还是让他情绪亢奋。

赵剑锋示意情绪激动的江源坐下，然后缓缓地说："我知道你在想什么，你是在想，死者有可能是死于谋杀而被伪装成自杀的，对吗？"

江源点头称是。

"这个问题我很难回答，按照当时法医的勘验，死者凌晗的死亡原因是服用过量的水剂舒乐安定导致的休克性窒息，因为凌晗全身上下找不到抵抗性外伤，没有任何迹象表明她是在被胁迫的情况下喝下安眠药的。"

"但是，"他话锋一转，"就这起案件，如果真的有专业人士做高参，将一起谋杀案造成自杀现场的话，也不是不可能。"

他转头望向杨霖："你看，咱们要不要去现场瞧瞧？"

江源的眼睛，一下子瞪大了。

只见杨霖掏出了手机："喂，嘉诚中介吗？我在你们主页上看中了一套房产，想去实地看一下……"

第二十二章
自杀，还是阴谋？

一个小时后，空中花苑小区。

物业公司的值班经理费云庄小心打量着面前的三男一女，心中满是狐疑。五分钟前，嘉诚房产中介的人打来电话，说马上有人要来看房，叫他把钥匙准备好的时候，他再三确认才确信自己没有听错房源信息。他不明白的是，1幢3606室那套曾在一年多前死过人的凶宅，房东挂在网上快一年了都无人问津，怎么这会儿有人想要买呢？

赵剑锋用从物业那里拿来的钥匙打开了防盗门，自顾自地走进了布满灰尘的屋子，他突然觉得不对劲，一回头，那三个人还直愣愣站在门外没有动弹。他想招呼他们进来，无意中瞥见了站在最前面的江源眼中泛起的泪花，他无奈地摇摇头。

江源站在门口，徘徊，踯躅，林雨霏站在他的后面，能够看到他的脊背在微微地颤抖。女孩犹豫了一下，鼓足勇气上前，抓住了江源冰冷的手："进去吧，有些事情，总要面对的。"

江源回过头,迎向了女孩鼓励的目光,须臾,他听到女孩用坚定的语气:"我会陪你的。"

女孩掌心的温柔让他不宁的心绪渐渐平息下来,他深深地吸了一口气,努力克制自己不断颤抖的双手,朝女孩露出一个惨淡的微笑,然后抬腿,迈进了死亡现场。

屋内的陈设可以用豪华来形容,最高档的实木地板、最奢华的大理石地砖,都让人感觉一股沉甸甸的品质感扑面而来,别的不说,书房里那占据了一整面墙的红木书柜就值七八万。只不过,所有的陈设都积上了厚厚的一层灰,看样子,是很长时间没有人来过了。

"本来户主姜海星就不怎么来住,现在因为家里死了人,这房子直接成了凶宅,就更没有人来住了。"赵剑锋看着布满灰尘的室内介绍道。

四个各怀心事的人站在客厅里沉默不语,最后,还是杨霖打破了沉寂。

"老赵,把现场情况还原一遍吧。"

赵剑锋看着档案里的现场照片和内容资料,沉吟了片刻,目光瞄向了客厅里的高档真皮沙发四件套。

他走到其中一套贵妃椅旁:"当时,茶几上放着一只圆口的玻璃杯,从玻璃杯内残留的少量溶液里,能够检测出舒乐安定的成分。而在杯子旁边放着的,是死者的手机,警方找到的死者遗书,就存在手机备忘录里。从现场的行动轨迹来看,死者应该是先用手机写好了遗书,然后用茶几上的杯子服用了过量的安眠药,随后躺在贵妃沙发床上等待药效发作,但是随后,出于某些原因,她从沙发上起来,呈匍匐状从客厅的沙发处爬行至厕所,这点,她衬衣和裙子上的灰尘都可以佐证,"赵剑锋继续介绍道:"当时警方的推断是,死者凌晗服用了安眠药,在药效发作之后,因为身体出现的胸闷、头痛、幻听等现象，也可能因为求生本能，所以，就爬到厕所里，对着马桶进行呕吐。"

赵剑锋沿着爬行的轨迹指引大家来到厕所，戴着手套的手掀开坐便器的盖子，因为常年不使用，马桶里的水已经微微泛黄。"警方在马桶的边沿处发现了死者的指纹，而在厕所的地砖、马桶四周，甚至死者的手和身上，均有喷溅状的唾液和呕吐物，也基本佐证了这一点。"

服用安眠药自杀这种桥段在很多小说里都演绎过，但是，不同于小说、电视剧里那些用安眠药自杀的女主含笑死去宛如沉睡的安详样子，现实中，以安眠药自杀其实非常痛苦，死者不但要承受烦躁、不安等精神上的压力，随着药效的发作，幻听、头痛、全身无力、呼吸困难等生理现象也会随之而来。那些以为一觉睡去便可安详告别人世的自杀者，往往会在药效发作之后，承受数倍以上的痛苦，出于求生的本能，他们往往会在这个尚有意识的阶段，做出自救和求生的举动，比如打电话求救、自行干呕等。

"但是，"赵剑锋话锋一转，"由于服药时间太长，药效发作，死者的干呕等自救行为并没有起到多大的作用。在连续干呕仍没有使症状缓解之后，死者便逐渐瘫倒在厕所的地砖上，保持四肢蜷曲状直至心脏停止跳动，于3月23日中午12点左右死亡，那么据此推算，她的服药时间，应该是当日的清晨。"

太可怕了，林雨霏心想。在此之前，她曾无数次想象过，凌晗是以什么样的方式离开人世的，但是她怎么也没有想到，这位帮助过自己的女孩，竟然是以这样沉默和痛苦的方式，孤独地离开这个世界的。

如果这一切都是真的，22日晚上，凌晗在打出那一通求救电话之后，就来到了这里，在这间空旷黝黑的屋子里度过了惊恐而踯躅的整晚后，于次日清晨选择了服药自杀。在药效发作的时刻，求生的本能促使她做出了一系列自救的行为，却最终倒在了冰冷的大理石地砖上。

时间仿佛凝固了，四个各怀心事的男女站在这间布满灰尘的屋子里，各自沉默着任凭时间飞速地流逝。

"您说的伪造现场，真的有可能吗？"良久，江源颤抖的声音在室内响起。

"就这件事情，我特意咨询了我在安徽省公安厅的师兄。"赵剑锋显然是做足了功课，"我们俩就这份案卷进行了沟通，他跟我探讨的结论是，假设这真的是一起他杀案伪造成的自杀案件的话，那么，采用特定的方法，是可以既谋杀了死者，又达到这样的自杀效果的。"

他走出厕所，用手指着房门对杨霖说："我记得你跟我说过，当天晚上小区的监控里看到死者的车于晚上11点左右进了小区的地下停车场，对吗？"

"没错，小区的监控拍到车子进了停车场，但是，因为像素的问题，没有办法认清是谁在开车，而当天小区1幢3单元的电梯监控设备在维护，并没有将凌晗进入3606的过程记录下来。"林霖答道。

"所以，我的判断是，要么是死者被凶手骗到该房子然后用某种方法使其处于昏迷状态，要么，就是死者在到达这套房子之前就已经被凶手控制住并失去意识了。"

"如何被控制的呢？"

"方法其实有很多种，只要凶手借助合理的工具，比如乙醚、电击棒等，都可以达到使其昏迷的效果。介于死者的死亡时间是在中午的12点左右，那么倒推回去的话，服药时间应该是在凌晨5点到6点之间，要在这么长的时间内保持受害人的昏迷状态，我个人更倾向于死者是被乙醚迷晕的，因为乙醚的药效更长，通常可以致人昏迷6到12个小时。当然，因为法医认定死者是正常死亡，并没有进行血检,所以我们无从得知死者是否真的在死前吸入过乙醚。总之,如果这个假设成立的话,那么死者在昏迷后,就是被凶手灌入安眠药。我们都知道,人在失去意识的状态下,还是具备基本的吞咽能力的,不过水剂从咽喉进入食道,不可避免会发生呛咳的现象。于是,凶手就索性把受害者从沙发移到马桶边,呛咳的液体从受害者的口中流到马桶和四周的附着物上,造成是死者意欲求生从而往马桶呕吐的假象。当受害者摄入的剂量达到一定量的时候,再将受害者放倒在地面上,最终达到死者摄入过量安眠药窒息死亡的效果。"赵剑锋一口气说完这些,深吸了一口气,发现对面的银行家脸色越来越难看。

"这样真的可以吗?"良久的沉默后,江源开始发问。

"这只是我的猜测,理论上是可以的,但是,"赵剑锋犹豫了一下,"要达到这样的效果,凶手要具备过硬的心理素质、专业的医药学知识,同时身手敏捷,对现场的清理和伪造相当精通。如果这真的是一起谋杀案的话,你们要面对的人,可不好对付啊。"

又是一阵长久的沉默。

"对了,赵法医,现场找到的小晗的遗书,能具体说说吗?"江源突然问了一个之前没有触及的问题。

"没问题,我看看哈,"赵剑锋看着卷宗里的物证资料,略加思考了一番,随后指着茶几继续说,"现场的勘验人员当时在这里发现了死者的手机,通过校验发现,死者以文字的形式在手机的备忘录中留下了一封遗书,遗书的写就时间是凌晨5点02分。"

他随即从档案中抽出了那张江源早已烂熟于心的遗书照片。可以看得出,那是一张手机屏幕的黑白照片,屏幕展现的是手机里的备忘录功能,上面是用宋体字输入的一段话:

本人因长期和中介合作,盗用客户资金挪作私用,现东窗事发，款项无法追回，自知无力偿还，愧对单位领导和同事的信任，唯有以死谢罪。

凌晗

尽管早已烂熟于心，但是当江源再次看到这几句所谓凌晗临死前最后的遗言时，还是不由得浑身一颤，攥着照片的手不住地颤抖，片刻过后，他恢复了冷静："您觉得，这封遗书是真的吗？"

"仅从这封手机里的遗书来看，很难鉴定是不是真的。"赵剑锋下意识地一屁股坐在了沙发上，感觉到了慢慢升腾的灰尘，反应过来这里已经一年多没人打扫过了，即刻弹了起来。

的确，但凡在案发现场留有遗书的案件，遗书的真伪性判别最直观的方式就是笔迹鉴定。人的书写习惯往往具有特定性和稳定性，并会在笔迹中得到反映。在自杀案件中，通过对笔迹的检验，可以判别遗书是否由死者所写，利用笔迹进行人身同一认定，从而证实遗书的真伪。

然而，在这一起案件中，遗书是通过输入的形式储存于手机的备忘录里的，根本没有可供鉴定的笔迹，这就给笔迹的鉴定造成了极大的困难。

"理论上来说，手机里输入的文字因为没有笔迹的因素，可以是任何人用这部手机写的，但是，"赵剑锋一如既往地话锋一转，"经过对比，手机上没有留下别人的指纹，死者遗言的措辞又和其过去的书写口吻非常接近，再加上其书写的时间是早上的凌晨5点前后，和死者服毒时间较为接近，综合以上因素，最终，这封遗书还是和死者进行了身份的同一认定。"

又是一阵漫长的沉默。林雨霏看到江源眼睛里闪过的那一点光亮，在赵剑锋说完之后，又很快暗淡了下去。

"你的心情我能理解，但是，就像我刚才说的，要完成这一整个精密的布局和谋杀，还要躲过这么多勘验人员的法眼，不是一件容易的事情。我刚才说的这些，只是猜测，甚至有可能是在理想化的状态下才能够实现的。"赵剑锋走到站在窗边的江源身边，拍了拍对方的肩膀，语重心长，"即便是真的，你们要面对的人，依然是非常危险的。"

他看看杨霖，又看看一直沉默不语的江源，索性顺着江源的目光，望向窗外的红瓦绿树和袅袅炊烟，心中不由得感慨：再过几个小时，这座城市就要点亮万家灯火，而眼前这两个执着的男人心中黯然的灯火，又何时才能够被重新点燃呢？

一行四人在附近的商业街随便找了家餐馆解决晚饭。林雨霏觉得这大概是自己经历过的最诡异的饭局，两个处在风暴之中的男人沉默不语，倒是自己和法医赵剑锋一路尬聊着，但是介于对方的身份，难免聊到影响自己食欲的话题，这顿饭吃得不可谓不别扭。

"喂，妈，什么？家里密码你又忘了？3278呀，在您的上衣口袋里有张纸片上面记着呢。"杨霖坐在后座上，自顾自地打着电话，江源开着他的奥迪轿车在高架桥上疾驶，再过十来分钟，就可以回到ROSEMARY花艺工作室。他听罢身后的杨霖和家里人的通话，不由得鼻子一酸："你妈的病还不见起色吗？"

"好不了，只会慢慢恶化。"杨霖轻描淡写地回答，现在的他，早已逐渐接受了这些残酷的现实。

一时无言，空气里是难耐的寂静。

"杨霖的母亲，她，生了什么病呀？"直到杨霖和赵剑锋都在各自的家门口下了车，林雨霏才壮着胆子问江源。

"阿尔茨海默症，也就是我们常说的老年痴呆，"江源一只手握着方向盘，一只手搭在车窗的边沿，任凭风从车窗灌入，言语中带着深深的遗憾，"他老妈是个高龄产妇，40岁才生下了他，在他读大学的时候，他老妈刚过耳顺之年，但是那时候，已经开始出现记错日期、分不清个别人的现象了，唉，我没想到，病情恶化得这么快。"

"是啊，连家门的密码锁都忘记了，这样的病情可不容乐观啊。"林雨霏靠着椅背，一时感慨万千，这两个男人虽然性格迥异，却有着一种相同的气质。

"密码？密码……"江源却被林雨霏的话吸引了，他反复念叨着这简单的两个字，突然瞪大了眼睛。

一声刺耳的声音，奥迪轿车在下高架的路口突然来了个紧急刹车，耳边瞬间响起了几声刺耳的喇叭声，伴随着后面的几辆车蛮狠地从身边呼啸而过，林雨霏惊讶地发现身边的江源脸色惨白。

江源定了定神，把车停在了路边。过了片刻，他飞快地掏出手机拨通了一个电话。

"杨霖，凌晗的密码你们是怎么知道的？"

"什么？"杨霖诧异的声音从电话里传来。

"凌晗手机的解锁密码呀！没有密码，你们是怎么打开手机的？"江源的语气非常急切。

"你等一下！"杨霖搁下了电话，从电话那头传出了阵阵翻阅资料的杂音，过了一会儿，杨霖的声音再次传来，"案卷上显示，当天现场有人知道死者的手机密码，所以……"

"现场？"江源瞪大了眼睛，片刻过后，他几乎是咆哮地对着电话吼道，"你是说手机是在现场被解开的？"

"对呀，之前我也问了当班的民警，据说，现场有死者的一位女同事，她知道死者的手机密码，所以……"

"女同事？案卷上的报案人不是只有张超群和孙彦君两个人吗？"江源大感意外，早在回到赢州市之前，他便反复地确认过案卷的报案人一栏上两个人的身份，一个是空中花苑小区物业的经理张超群，另一个则是……

"据说，当时在现场的人中还有一位兴庆银行的女职员，她和其他两个报案人一起发现了小晗的尸体，因为受到了惊吓被送往了医院，所以才没有出现在报案人中。"

"这个人是谁？"江源的声音非常急迫。

"我想想，当值民警跟我提过一嘴，好像说曾经是小晗的室友，租了小晗家的房子，好像姓李吧，叫李……"

兴庆银行的女同事，小晗的室友，知道她的密码，难道是……"李梦瑶！"

"对，好像就是这个名字，你怎么知道？"

江源感到全身的汗毛都竖了起来，李梦瑶，李梦瑶！他长出了一口气："杨霖。"

"嗯？"

"我知道怎么证明小晗是被谋杀的了。"

"啊？怎么证明？"杨霖急切地等待下文。

"那封遗书，不是她写的。"

"什么？"杨霖感到意外，"你是怎么知道的？"

"因为她的手机，当时没有电。"

"啊？什么意思？喂？喂？"

电话那头突然断了线。"靠！"杨霖骂了一声，正打算回拨，微信里却弹出了一条信息，他点开一看，是江源发来的一段音频。

这个江源，在搞什么鬼？杨霖嘀咕了一句，随即点开了那段音频，举到自己的耳边。然而，只听到第一句，他的脸色瞬间大变："这……这到底是怎么回事？"

第二十三章
精神病院

"是我，对不起，我的手机没电了，这是我用公用电话给你留的言。对不起，我知道不该来打扰你的生活，但是，实在不好意思，我遇到了一件可怕的事情，关于我们银行的，一个巨大的阴谋。我不知道该如何解决，我想，只有你能帮我了……"女人的声音突然停住了，之后是一些杂音灌入了耳朵，过了一会儿，女人的声音再次响起。

"我把我查到的东西，放在了与我们第一次约会相关的地方，和电影相关，你一看到它便能明白了……如果你听到这段留言，请给我回个消息，可以吗？我需要你，哪怕，已经过了这么久……"

声音减弱，转瞬消逝在暗夜中。

"这是凌晗给你的留言？什么时候的事？"杨霖取下耳机，有那么一刻，他希望这个声音永远不要停息，以至于他摘下耳机的动作，竟是那样的恋恋不舍。

江源收起了手机，缓缓开口："去年3月22日晚上11点，确切地说，是在她出事之前给我的留言，但是，当时我在美国进修，并没有第一时间收到，等我听到这段留言，已经是两个月后我从美国回来的时候了。"

江源的脸上写满了遗憾和懊悔，大概是在感慨，如果当时自己早点收到了消息，那如花的生命，也许就不会这样悄然逝去。

"正是这段留言，让我确定她一定不是自杀，即便她真的自杀要留遗书，也不可能用手机，因为，她的手机当时没有电。"

"这事你竟然瞒了我那么久！"杨霖有些恼怒。愤怒之余，他也终于明白了为什么江源从一开始就认定凌晗是被谋杀的原因。他在之前的案件走访中已经确认过，姜海星的房子因为常年无人居住，电闸是被关闭的，如果要用电，需要一楼执勤的保安到配电房将电闸开启。

江源收到录音的时间是晚上11点，半个小时之后，凌晗的车就开进了空中花苑小区的地下停车场，而如果凌晗在给江源电话留言的时候手机就已经没电了，那么她是在哪里充上了电而留下那封遗书的呢？

虽然完全可以让楼层的保安将电闸开启，但是，一个不是这套房子户主的人来要求保安开启电闸这显然不太合理，而且事后的走访中，也没有电闸曾经被开启的痕迹。

基于此，从逻辑上来说，要么，是凌晗在来到这里之前，去到别的地方给手机充了电，然后在第二天清晨决定自杀之前，在手机的备忘录里写下了遗书，要么就是……

"录音这种事情不能当作证据吧。"江源不咸不淡地怼了回去，"我也是看了你给我的材料才意识到这其中有问题的，之前我都以为遗书是写在纸上的，谁知道竟然是在手机里。"

这起表面上看无可辩驳的自杀案件，在法医赵剑锋为主的抽丝剥茧下，竟然出现了谋杀伪造自杀的可能性，但究其实质，这依然只是业内人士基于卷宗和现场给出的猜测，并没有实质的证据。

但是，看似完美无缺的马奇诺防线，现在却有可能从手机这个细节上撕开缺口。

凌晗是因为手机没有电才用公用电话亭给江源留言的，在这一点上，她没有扯谎的理由。在凌晗的包里没有发现充电器、充电宝等物品，其车上也没有移动充电设施，姜海星的这套房子里在这个期间也没有通上电，按理说，手机应该是一直处于关机状态的，但是，在报案人发现尸体的时候，凌晗的手机却显示仍有26%的电量。也正是在这部电量所剩无几的手机里，经办人员发现了遗书，使得这起本难以判断性质的命案向着自杀的方向快速地倾斜。

"从3月22日的晚上11点，到两天后的上午10点15分，即使是一部充满电的苹果手机，也多半会因为没电而关机吧，你们的经办人员就没想过这个问题吗？"江源有些恼怒，好像在嗔怪警方人员办事不力。

"这你还真怪不到他们头上，每一部手机的续航能力都是不一样的，在这个案件里，现场是最重要的，手机只是作为确认死者本人信息的一个辅助工具。更何况，他们又不知道，凌晗因为手机没电用公用电话给你留言这件事，自然不会对手机是不是有电这种问题产生兴趣。即便知道了，这也只是凌晗的一面之词，谁又能证明手机真的没电了呢？这种录音是无法作为确凿证据提交的。"

的确，像凌晗在录音里提到的手机没电等相关信息，完全是她的一家之言，完全做不得准；何况录音存在伪造的可能，根本无法作为证据提交，证据链也极其不完整。杨霖耐着性子解释了两句，见江源默不作声，心里泛起了那股对江源一开始没把凌晗的录音告诉自己的嗔怪，于是马上接了一句："你还有什么事瞒着我？还有上次那份审计报告，你打算什么时候把完整的版本给我？"

瞒着你的事情还多着呢，那是为你好。江源在心里说。

他没有接话，从包里取出一叠装订好的资料递给杨霖："完整版的审计报告，你看看吧，有什么疑点咱们再沟通。"

他起身要走，却被杨霖叫住了："对了，小晗的那个女同事，李梦瑶，你熟悉吗？为什么她不在卷宗里？"

那天晚上和江源通完电话以后，杨霖针对案卷上所有详细描述的细节做了调查和确认，并重点梳理了报案时间段前后的所有细节，逐渐发现，事情有些蹊跷。

李梦瑶是江苏南通人，大学毕业以后就进入了兴庆银行工作，是和凌晗同一批经历了银行筹建到开业的元老之一，历任柜员和营业经理，后来在公司部担任客户经理。在兴庆内部，李梦瑶一直是和凌晗关系最好的人，甚至她在本地买房之前的那段时间，都是租住在凌晗家里的。

据当时接案的民警回忆，当他们抵达现场的时候，在屋内等待的报案人有两男一女，其中一个中年男子是小区物业的值班经理张超群，另外两个则是兴庆银行的员工，孙彦君和李梦瑶。就在民警保护现场的时候，李梦瑶因为情绪失控身体出现不适，被紧急送往医院，而孙彦君和张超群则被留下来询问笔录，所以，在案卷的报案人一栏上，只留下了孙彦君和张超群的名字。

在李梦瑶因为身体原因离开现场之前，她解锁了凌晗的手机，并且在手机里，发现了凌晗的遗书。

"熟悉。"两个低沉的字眼从江源的喉咙中传来，让杨霖不由得心里咯噔一下，只见对面的银行家双手攥得紧紧的，眉宇间却流露着些许沮丧，"但是，她已经不在银行了。"

徐薇希推着装满药品的小推车走在狭长的医院走廊里。敲门，核对名字，挨个病房地给这些病人送药，看着他们听话地吞药、灌水，然后张开嘴吐出舌头，让自己检查是不是真的把药吃了下去，这是她一天两次需要做的工作。

病人们张嘴吐舌头的样子千姿百态，时不时还会朝自己摆个鬼脸，甚至有几个家伙每每张嘴，徐薇希都能够闻到从他们的嘴里飘出的腐酸和口臭的味道，但这项工作却马虎不得。曾经有一位病人连着整整一个月将药藏在舌头下面蒙混过关，后来在一次医生的日常问诊中，这位没有服药的患者突然发疯咬向了医生的脖子，幸亏在场的护士反应及时将病人制服才保住了医生的性命，而从始至终，这位病患的心跳都没有超过80下。自打那时候起，给病人药，并且检查病人是否真的吃了药，就成了她的常规工作。

取药，检查，去往下一个病房，这样周而复始的单调动作已经让她形成了肌肉记忆，以至于前两天休息的时候，推着宝宝的婴儿车在超市里闲逛，竟然也下意识地伸手想从婴儿车里拿出药罐子来，直到抓到了小宝贝肥嘟嘟的小手才反应过来，随即把宝贝女儿抱在怀里，配合着女孩的咿咿呀呀手舞足蹈起来。

"天开始渐渐转凉了，该给闺女多买些秋装了。"她这样想着，敲了敲312病房的门，随即转动把手推门进去，见里面穿着病号服的女人，依旧坐在床头绣着十字绣，她无奈地笑笑。

徐薇希下意识地瞄了一眼床尾上的患者姓名，又和推车上的编号核对了一下，312，李梦瑶，没错。这个女人住进来已经快一年了，听说是因为流产和头部受伤导致的精神崩溃。不过奇怪的是，她的婚姻状况登记的是离异，出事之后也没有任何家人来探望过，那个未出生的孩子是谁的骨肉，至今仍是个谜。

更让人疑惑的是，每个月的10号，都会有人固定地往医院的账户打一笔不菲的费用，用于对这个病人的看护和治疗，甚至院长亲自打电话指示护士长，要求对这位病人多加照顾。所以现在，她住进了设施最好的单间病房，还有医院指派的护工每天悉心照料，生活倒也舒适。

即使她曾是在银行工作的职员,也不见得可以享有这么好的医疗福利吧?徐薇希想着。

她从药瓶里拿出两粒药片递给女人:"喏,该吃药了。"

女人缓缓地抬头,无神而懵懂的眼睛望着自己,仿佛一个不谙世事的新生儿。"她可真漂亮啊。"徐薇希心里想道。尽管穿着病号服,头发散乱,素面朝天,皮肤不可避免地泛起了皱纹,她的脸上却依然有种令人窒息的美。

徐薇希不禁想到去年,李梦瑶刚刚住进来的时候,闲来无事的小护士们曾经聚在一起猜测过,这位美人是个什么来头,最后一致得出的结论是,她一定是被某位大领导或者大老板包养了,后来被原配追打,才落到了这步田地。

这样美丽精致的脸蛋,倒真是可以勾得男人们魂不守舍呢。

她走出病房关上门,却发现自己的身后站着一男一女两个人。

"您好,请问这是李梦瑶的病房吗?"那个男人礼貌地问道。

"噢,是啊,您有什么事吗?"

"我们是她的同事,想来看看她。"男孩身后的女孩回答,她手里拿着一张楼下接待室的证明,来精神病院探望病患都要填写这张探访登记表。

"这样啊,"徐薇希笑笑,"请进去吧。"

这是个眉清目秀的男人,后面跟着的是一位浓眉大眼的漂亮姑娘,徐薇希微笑着替两人打开了病房门。

孙彦君把一束盛开的百合放在窗前:"梦瑶姐,我又来看你了。"

他在病床前的椅子上坐下,抿了抿嘴,手在裤子上不住地擦拭着,手心却不住地冒汗。

他上一次来看李梦瑶,还是大半年前,那时候,李梦瑶瘦得皮包骨头，眼窝凹陷，皮肤干燥，而这一次，她的气色明显好了很多，眼睛也变得明亮起来了。

病床上的女人坐直了身子，细细打量着来人，片刻过后，她的脸上露出了疑惑和些许的微笑："小孙，是你？"

"对，是我，梦瑶姐，你记得我啦？"

"你真会开玩笑，我怎么会不记得你呢？"李梦瑶嘴角轻轻地上扬，微笑粲然，"怎么样，转正了吗？业绩压力大不大？"

得，还是没有半点好转。孙彦君脸上依旧笑吟吟的，心头却不由得一沉。自己是在2014年的年底进入兴庆银行的，2015年的8月就已经转正，李梦瑶的记忆显然还停留在一年多前，也就是说，她的失忆症依旧没有好转。

"关于凌晗的事情，你还记得吗？"孙彦君试探地问。

"凌晗？"李梦瑶脸上露出狐疑的表情，好像陷入了沉思，好一会儿才开口，接的话却好像文不对题，"对哦，小晗好像好久都没来看我了，这个家伙，都不知道在瞎忙些什么。"

孙彦君有些丧气，此行的第一个目的眼看已经落空了，他看看墙上的日历，2016年12月27日，那一天距离现在，已经过去了整整21个月。

那天在空中花苑1幢3606室的房子里，他和李梦瑶还有物业公司的经理一起发现了凌晗的尸体。他清楚地记得，进门后，看到客厅里空无一人，自己和物业公司的经理在厕所里发现了凌晗的尸体，而李梦瑶却先在客厅的茶几上发现并解锁了凌晗的手机，在目睹尸体之后精神崩溃而晕倒，头磕在客厅的餐桌上造成了脑部受伤而被紧急送往了医院。遗憾的是，李梦瑶因为头部重创就此患上了失忆症并伴有精神异常，而她肚子里的孩子也因为受了惊吓而流产。

事情一出，业内震动，兴庆银行的一名女员工死在客户的房子里，并且身背重大的资金案件，而另一名女员工重伤失忆精神异常并且流产。一时间，行内上上下下都成了惊弓之鸟，大家在纷纷热议凌晗的违规动机之余，对李梦瑶那个未婚先孕的腹中胎儿也很是好奇。

　　行里领导再三出面调节，才没有让舆论进一步恶化。

　　而对于孙彦君而言，他心中更大的疑问是：李梦瑶是怎么判断出凌晗有可能在客户的房子里的？

　　仅仅是因为她们曾经一起去到这间房子里拍照吗？这个理由很牵强。李梦瑶作为公司部的客户经理，每年去过的客户地产何止千百，就算只有这一间房子是凌晗陪她一起来的，也没有任何理由让她觉得凌晗会在这里。并且，从事发那天李梦瑶的一系列举动来看，她好像特别笃定凌晗一定会出现在那里。

　　也许，是因为她曾经和凌晗一起住过，了解对方的居住习惯吧，只是那么简单吗？如果她知道一些旁人无从知晓的秘密，那么……

　　"梦瑶姐，你和凌晗是校友吧？"顺着李梦瑶慢节奏又停留在一年多前的思维闲聊了几句，孙彦君进入了正题。

　　"是呀，她比我大一届，是我学姐呀，那会儿她对我可好了。"李梦瑶的声音依旧轻声细语，语速也是缓缓的。

　　"那么，她大学时候有男朋友吗？你认识吗？"

　　"男朋友？男朋友？"李梦瑶口中喃喃自语，视线飘向了窗外，像是在回忆。

　　"男朋友……"

　　"妈妈，妈妈！"病房的门忽然被推开了，孙彦君收回被拉得越来越远的思绪，向门口看去，一个四五岁大的小男孩穿着鲜艳的背带裤闯了进来，一脸笑盈盈地冲向李梦瑶，跑到跟前才发现不是自己认识的人，水汪汪的大眼睛呆呆地望着病床上的女人，一时不知所措。

李梦瑶也看到了小男孩,她先是微微一愣,随后半张着大嘴,好像满脸狐疑,又好像陷入了回忆。

孙彦君纳闷了:"妈妈?"

正在这时,一个中年男子突然推开门小跑着进来,一把抱住小男孩:"亮亮,你怎么跑这儿来了?这里不是妈妈的病房,来,爸爸带你去看妈妈。"

他朝李梦瑶和孙彦君他们歉意地点了点头,随即抱着小男孩转身退出了病房。

原来是认错人了,孙彦君松了口气,但当他转身看向李梦瑶的时候,不由得心头一惊。

"孩子?"李梦瑶像是想起了什么,忽然直起了身子,她把手按在腹部,慌乱地到处按捏,"我的孩子呢?我的孩子呢!"

她的双眼瞪得老圆,身体剧烈地颤抖着,声音尖厉而恐惧:"我的孩子呢?为什么我感觉不到他的存在?为什么?为什么!"

孙彦君起身想要扶住李梦瑶,却被她疯狂地挣脱了,她声音中带着哭腔,挣扎着想要爬起来,身子却一歪,从床上摔到了地上,茶杯碎了一地。李梦瑶头发散乱地坐在满地的碎片上,丝毫感觉不到手臂和大腿上被玻璃碎片刺伤的疼痛,她疯狂地捶胸顿足,号啕大哭,甚至握着碎玻璃碴儿,绝望地在手臂上划出了一道道血痕。

孙彦君被这突如其来的变化吓坏了,一时竟不知道该如何是好。还是樊小琳反应机灵,第一时间按响了床头的电铃,不一会儿,几个护士便赶来了,七手八脚地把李梦瑶抬上了床,两个护士一头一尾,麻利地用约束带将李梦瑶的四肢固定在病床上,另一位护士则迅速给李梦瑶注射了一针镇静剂。

整个过程中,李梦瑶一直奋力地挣扎和嘶吼着,头发散乱,眼神哀怨,直到镇静剂的药效逐渐发作,才沉沉昏睡过去。

"病人的情况虽然在逐渐好转,但是病情依然不稳定,如果你们也希望她早日康复的话,就不要过多地刺激她。她的创伤后应激障碍依然很严重,任何刺激都有可能让她的病情恶化,希望你们配合医院的工作。"

医生把孙彦君和李梦瑶送出了病房门,交代了几句,便不耐烦地离去了,在他的意识里,一定是这两位来访者说了什么刺激患者的话,才让李梦瑶再次处于这种危险的疯癫状态。

看来今天又是无功而返了,孙彦君叹了口气,和樊小琳一起悻悻离开。

冬日的夜晚来得早,才五点多,天色便已发暗,路边的灯亮了起来。两个年轻人走在寒意渐浓的人行道上,灯光把他俩的影子拖得老长,远远看去,仿佛甜蜜地依偎在了一起,但是此时的他俩却没有丝毫身处热恋的兴致。孙彦君的眼神飘忽,大脑中还回放着刚才的一幕幕,那个记忆里翩然淑女的神仙姐姐,真的是眼前那个疯女人吗?

"别担心,一切会好起来的。"女孩的话语温润热切,听着让人格外地舒心,这让孙彦君非常感动。通过这几个月的相处,他发现眼前的女孩有一种特别让人安心的气质,每当自己遇到困难和瓶颈的时候,樊小琳总会这样温言安慰他,让他感知到,女孩一直在自己身边。

这种陪伴,是身处迷茫时刻的他,最需要的。

他冲女孩笑笑:"肚子饿了吧,想吃什么?"

女孩也冲他笑笑:"你想吃什么?我请你。"

两个年轻人笑作了一团,随即便挽着手向前走去。

地上的影子继续拉长,渐渐地重合在了一起,突然,一个影子不动了。

孙彦君停住了脚步。刚才发生的一切太过突然,以至于自己根本没有任何的心理准备,直到现在他才想起来,那个关键的问题,还是没有得到答案。

他回头向医院望去,看到刚刚华灯初上的病房大楼上,梨黄色的灯光从每一间屋子的窗户里投射出来,像里面的病人渴望破体而出的心。

他无奈地笑笑,看来最近是得不到答案了。

他回过身,牵着樊小琳的手慢慢走远。然而他不知道的是,有一扇窗户里投射出的灯光,将在不久之后,连同里面跳动的脉搏,一起悄然熄灭。

第二十四章
被卸任的行长

"所以，如果不是李梦瑶一路找到了姜海星的房子里，凌晗的尸体就不会那么快被发现，对吗？"林雨霏望着白板上宛如天书一般的案情分析，不禁感到一阵头大。

白板上的左半边是密密麻麻的板书，从东征公司开立账户的那一天，直到2015年3月24日凌晗尸体被发现，所有的关键时期及重大事件都整理并披露在了这里，伴随着"凶器""动机""伪造"等让人惊心动魄的字眼，应该是江源和杨霖对案件的细节分析中一闪而过的想法。白板的右半边则是他们认为的涉案人员关联分析，凌晗、李梦瑶、潘斌、梁旭晨、陈欣等人的名字和照片被贴在了白板上，彼此之间有红色的箭头，也有黑色的问号，其中，在李梦瑶的旁边，有人用红色的记号笔打上了一个大大的问号。

"没错，不但尸体没有那么快被发现，连死因也没有那么快确定。"杨霖接了林雨霏的话茬，随后向女孩简单地解释了一番，而江源则从始至终一言不发。

的确，姜海星常年在国外，房子一直处于无人居住的空置状态，保洁员也只是每过三个月才会来打扫一次，如果不是李梦瑶坚持要进房子查看，谁也不会想到凌晗竟然藏在客户的房子里。同时，也正因为李梦瑶知道凌晗的手机密码，才解锁了手机翻到了遗书，这为确定凌晗的死因提供了重要的佐证。

所以说，李梦瑶执意要进入姜海星的房子查看，其动机虽然让人费解，但结果确实将凌晗尸体被发现的时间大幅提前了，在无形中加速了案件的告破。

一边是东征置业有限公司的8000万存款不翼而飞，一边是开立这个账户的经办人员凌晗恰在这个时候失踪下落不明，而将两件事情串联起来的人，就是执意到空中花苑小区发现凌晗尸体的李梦瑶。然而，这仅仅是巧合吗？

还是说，这其中有什么内在的阴谋呢？

"我问过当时的经侦同事，确实，8000万的存款飞单之后，警方一开始还只是把嫌疑锁定在东征公司内部，根本没有把调查重点转到银行这边。虽然辖区的民警接到了银行的报案，但是也只是当作普通的人口失踪案件，根本没有把这两起案件联系起来的意思，而李梦瑶恰在这个时候发现了凌晗的尸体，等于是间接替警方破了案，如此看来，这个李梦瑶，很难置身事外啊。"杨霖指着白板上打着红色问号的李梦瑶一口气说道。

"但是现在，我们却对她毫无办法。"角落里的江源开口了，他面朝墙壁站着，让其他二人无法看见他面部的表情，却能隐隐看到，他微微颤抖的后背。

李梦瑶，李梦瑶……

李梦瑶在发现凌晗尸体的时候已经怀有身孕11周，孕期三个月左右，往往是孕妇最容易流产的时候。根据杨霖汇总的线索，李梦瑶在发现尸体之后，因为受到了过度惊吓导致了昏厥，而在她昏厥之时，后脑勺磕到了客厅里的茶几，伴随着轻微颅脑损伤，这样惊吓加外伤的结果，竟然导致了她腹中不足三个月的孩子就此流产，而她本人也因此陷入了精神失常和重度失忆，至今仍在市精神病院里。

这样的局面直接的后果是，对于江源和杨霖而言，他们既无法从李梦瑶处探知整件事情的来龙去脉，也无法知晓，李梦瑶是基于什么推断出凌晗在姜海星的房子里的。

还有一个问题是，已经离异两年恢复单身的李梦瑶，她肚子里的孩子到底是谁的？这会不会是整个事件中另一个不为人知的关键存在呢？

兜兜转转了一圈，江源无奈地发现，他们又回到了原点。

杨霖察觉到了江源的情绪，他突然想起了什么，转移了话题："对了老江，还有个问题，那段录音里，小晗提到的那样东西，是什么意思？你找到了吗？"

江源摇了摇头，无奈地摊手："这也是我一直想不通的地方，"他转过身来，"我和凌晗第一次约会的地方是在财经大学附近的一家放映厅里，听到这段录音之后，我就去过那里好几次，那个地方早在三年前就拆了，根本藏不了任何东西。"

"会不会是凌晗另有所指？或者，你没理解她的意思？"

"暂时还没有头绪。"

他喝了口咖啡，思绪飘向了窗外，那个失去了记忆，躺在病床上苟延残喘的女人，不知道何时才能……

待他回过神来的时候，却突然觉得杨霖脸色不对："你怎么了？"

杨霖不说话了，掏出手机翻了起来，片刻过后，他把手机递给了江源。

"'电影故事'爆炸案？"江源的眼睛一下子瞪大了。

电影故事曾是赢州本市一家小有名气的特色餐厅，餐厅的老板是个电影发烧友，在餐厅里布置了大量电影的元素，成为当地小有名气的小资地带。然而，去年的4月12日凌晨，这家颇受欢迎的餐馆突然发生爆炸，虽然当时餐馆处于歇业状态，没有造成人员伤亡，但是仍然让店主数年心血毁于一旦。消防人员通过事后勘验得知，这场爆炸发生的原因是厨房的煤气装置年久失修发生泄露，爆炸还波及了周边的店铺和住户，造成了一定量的经济损失，一时间引起很多议论。

江源有些疑惑，他看向杨霖，不明白他给自己看这则新闻的用意在哪里。

对面的警察犹豫了一阵，才语气沉重地说："我和小晗第一次见面的地方，就是这家电影故事餐馆。"

"什么？！"

这下，轮到江源瞪大眼睛了。他思索了一会儿："你的意思是说……"

"我一直没把电影故事爆炸案的事放在心上。当时，这起爆炸案也被定性为是一场普通的事故，但是你刚才一说，我马上想起来了。如果，这一切都是真的，很有可能，你说的那群人，把她电话中的你当成了我，而我和小晗第一次约会的地方是电影故事餐馆，所以……"杨霖顿了顿，"才策划了那起爆炸案，试图把所谓的证据销毁。"

漫长的沉默。

"那么，我们的会面，可能就不安全了。"江源望着白板上密密麻麻的字迹，自言自语。

"是啊，对方来者不善。"杨霖无奈地承认这一点。的确，虽然并没有证据表明，电影故事餐馆的爆炸案和这起案件有直接的关联，但是，如果那些潜在的对手真的能够狠心到，用直接炸毁餐馆来毁灭潜在的证据，那么他们面对的，很有可能不仅仅是银行内部那群希望掩盖犯罪的缄默银行人，而是一群亡命徒。并且，如果对杨霖的监视仍在继续的话，那么就意味着，与他见面的江源，也极有可能会暴露在对方的监视之下。

"还好，这个，我已经想到了。"江源倒是淡定得很，他好像早有准备似的，从包里又抽出了一个档案袋递给杨霖。

对面的警察接过文件一看，顿时惊呆了："借款申请书？给我的？"

对面的银行人泰然自若："你再看看后面那份。"

杨霖飞快地向后翻了几页，脸颊不由得抽搐了起来："你在打赃款的主意？！"

"我希望大家多多向江总和他的团队学习，开拓思路，走出办公室，积极主动地营销客户，"半个月后的行务会议上，杜建舟将香烟屁股按进了烟灰缸里，逆时针拧了拧，发出一声轻微的烧灼声响，透过淡淡的几缕青烟，他的脸上浮现出了些许的笑意，继续娓娓道来，"营销客户的方法也有很多，不是吗？这次江总主攻的赃款招标方案，效果就很好嘛。"

但凡有经济类的大案要案，涉案的赃款在正式判决前，大多存在当地公安在银行开设的专用户头上。经济案件向来旷日持久，从立案、抓人到宣判，时间短则一年，长则三五年，在这个期间，涉案的赃款就这么白白躺在银行的户头上等待若干年后的判决归属。任何一家银行逮到这笔钱，都仿佛天上掉馅饼似的，可以在很长一段时间里挣得盆满钵满。

按照赢州市公安局以往的惯例，这样的赃款，大多都是存在赢州银行的公安局赃款专用户头上，即便近些年，上级部门已经开始要求对赃款的缴存银行实行公开招标，却并没有从本质上改变赢州银行吃定赃款一家独大的局面。

原因很简单,公开招标的信息是挂在公安网站首页的,按照当地政府职能部门支持当地地方性银行的惯例,公安内部早早就在私下里,将招标的相关信息透露给赢州银行的高层,这就给下面的经办人员准备招标材料留下了充足的准备时间。通常,自招标信息挂上官网起,到招标日当天,时间不会超过3个工作日,别的银行根本来不及准备相关的材料,只能眼睁睁地看着这块肥肉落入赢州银行的嘴里,然后哀叹一声外来银行在金融情报战中信息不对称的天然劣势。

要不怎么说地方保护主义盖过天呢?即便很多银行在全国都能排得上号,但是在赢州的地界里,那自然还是本地的银行一家独大。

但是这个局面,却在今年,被兴庆银行这家外来机构给打破了。

上周的招标日,总金额1800万的赃款招标现场,兴庆银行的小微部门负责人江源和客户经理孙彦君突然出现在了现场。在赢州银行的与会代表诧异的目光中,江源泰然自若地交上了招标书,将原本走过场的存款招标会彻底打乱。

"这倒要感谢我部门的客户经理孙彦君,"江源不好意思地笑笑,继续介绍着事情的来龙去脉,"他接到了一个客户的贷款申请,对方正好是市公安局经侦上分管赃款的,我们受理了他的贷款申请,作为回报,我们要求他共享公安的赃款招标信息,他同意了。"

这话其实半真半假,杨霖告诉了江源招标信息是真,在江源这里申请了贷款也是真,但这些,都是江源用来迷惑外界的假象。

时间倒回到6月23日,凌晗生日的那一天。在墓园里,当杨霖怒气冲冲地驾车离开的时候,不只是林雨霏,江源也看到了,远远地跟在杨霖吉普车后面的那辆黑色轿车,虽然只是惊鸿一瞥,但他敏锐地意识到,也许,有人在跟踪杨霖。

无论对方是谁，跟踪一位曾经主管经侦的警察，对方显然来者不善。这让江源意识到，他和杨霖的关系必须长期保持地下，如果实在隐瞒不了，就必须要用假象迷惑对手。

最以假乱真的假象，是充分利用自己职业上的优势，给处在暗中的敌人造成错觉。所以，对外，他给了杨霖一整套的贷款材料，将他包装成一个因为对外投资需求而缺乏资金的公安职员，造成杨霖主动跟银行接触申请贷款的假象，用几万块钱的利息成本为代价，解决了在外人眼里，杨霖几次和作为银行职员的他会面的缘由问题。而对内，他策动了这次准备充分的赃款招标，让行内也降低了他频繁和公安接触的警惕心。

敌暗我明，有时候，只能出此下策。

"看看，这就是咱们的客户经理要多多学习的地方，"杜建舟兴奋得直拍大腿，"要敢于和客户谈条件，提高我们的议价能力，不要再说什么我们银行的贷款利率太高没有优势了，江总给大家树了个好榜样，不但谈下贷款，拿下了客户，还给我们银行带来了这么大的回报。"

如果你知道这个客户是谁，大概就不会这么想了吧。江源在心里说，但是话到嘴边，却变成了，"这要感谢行领导和计财部黄总的大力支持，没有利率上浮的优势，我们这次也不可能招标成功"。赃款的招标条件上，摆在第一位的是存款利率，换句话说，哪家银行的存款利息高，赃款就会存到哪家银行，只有在利率一致的情况下，才会启动后面的银行业绩、盈利能力、网点数量等其他条件。

在商业社会里，但凡是人，都是货比三家的，公安这样的执法机构也不例外。所以，要拿到招标的赃款，关键在于，在中央银行允许的范围之内，把这笔赃款所能兑付的存款利息，提到别的银行无法企及的位置。

是的，在金融的世界里，只是这零点一个百分点，就可以让公安轻易将赃款账户搬家。

杜建舟露出欣慰的笑容，对江源这种不邀功反感谢组织领导的态度很是满意，他身边的计财部老总黄秋怡则是淡淡一笑，下一秒，浅浅的尴尬和恐惧就爬上了她的脸颊。

"好了，关于业务的议程咱们聊到这里，希望各个部门抓住时机，早完成早受益，"杜建舟正襟危坐，扶了扶眼镜，"下面，我们进入下一个议程，由办公室主任桑玲玲同志来宣读一下，对潘斌、胡庆飞两名同志的处罚决议。"

所有人的面色都变得严肃起来，不管是发自内心还是做给领导看的，江源也不例外。他表情严肃，一边认真听领导布置，一边飞快地记着笔记，却在心中不由得笑了。

第三个人，也出局了。

丰江大道与长宁街的交叉口。

胡庆飞站在人行道上，背对着川流不息的车群，侧身望着大道上这栋名为"丰江大厦"的宏伟写字楼。

如果不出意外，再过几个月，等这里装修得一应俱全，万事俱备的时候，他就将以兴庆银行赢州丰江支行行长的身份，入驻这栋丰江区位置最优越的办公大楼。以34岁的年纪，成为一家综合性支行的一把手，这是胡庆飞之前想都不敢想的。

当然，仅仅是如果。

胡庆飞清晰地记得，当初谈下这栋写字楼一至三层五年的租赁权时，内心不言而喻的喜悦。这栋丰江大厦背靠星光大道美食城，南邻赢州古镇步行街，是整个丰江区地理位置最优越的写字楼，连风水师都对这里赞不绝口，作为银行的物理网点，一定是上佳之选。

对了，这还要感谢小微部门的新晋老总江源帮助自己牵线搭桥。

"你想把支行设在那里？"那次在食堂吃午饭的时候，江源漫不经心地问起。

"是啊，丰江全区就数星光大道那块人气旺，一边是高档消费区，一边是高新企业孵化基地，而且方圆三公里就只有一家银行，其他的都是离行式ATM机，要是能把网点设在那里，我有信心把咱们银行变成那里的唯一。"胡庆飞满怀憧憬地说，他由衷感谢行领导把丰江区这么大的一块肥肉给了自己，这大概是上层对自己在公司部苦心经营多年的最好褒奖。

虽然上天将机会摆在了自己面前，后面的路却还要自己走下去，首先他要面对的，就是在星光大道偌大的商业街上，找到合适的网点门面。

"丰江大厦就不错啊，你有没有考虑过？"江源将米饭扒拉在嘴里，随口一提。

"谁说不是呢？"丰江大厦是胡庆飞经过几天的考察以后，认为最理想的几个位置之一，但是，要拿下丰江大厦低层的几间门面却并不容易。丰江大厦的老板郑培民据说是个上海人，在本地与他熟悉的人并不多，要想谈租赁生意恐怕……

上海人？对了！

"你是上海来的，跟丰江大厦的老板郑培民打过交道吗？"胡庆飞突然想起来了，对面的江源不就是上海过来的吗，虽然上海这么大，但搞不好真的有惊喜呢？

"你这么一说，可能还真有交际。"江源放下喝汤的勺子，歪着头思索着什么，"好像我原先的客户还真跟这个郑培民有过合作。"

"那太好了！"胡庆飞兴奋地一拍大腿，如果有熟人介绍，这事就好办多了，"能帮我牵个线吗？"

"行是行，但是，"对面的江总却有些犹豫，"我听说郑培民的背景好像挺复杂的，水深得很，跟他打交道可不容易啊。"

谁料想，还真被江源说中了。

江源此后打听而来的很多信息都被自己牢牢地记在心里，比如郑培民的个人喜好、丰江区的租金均价、该给中间人什么价位的好处，等等，却唯独漏了这句最关键的话。

现在想想，自己当时只顾一门心思带球往前冲，却忘了瞧瞧清楚，面前的是不是自家的球门。

几天后，在江源的引荐下，他很快和丰江大厦的老板郑培民取得了联系。可能是有人举荐的原因，对方倒也爽快，没几天就谈好了租赁细节，丰江大厦一至三楼一共九间门面租给兴庆银行开设支行，租期五年，年租金100万。按照合约，在总行审批完成后，分行立刻就将第一年的100万租金，按要求打到了对方账户，这一天，距离支行预计的开业日期，还剩不到三个月，加足马力，全力冲刺，胡庆飞，你可以的！那时的他在心里暗自鼓励自己。

没想到的是，按部就班的开业流程没有等来，等来的却是法院的一纸封条。在租赁协议签订，租金打到对方账户后不到几天，这一记闷棍就打在了胡庆飞的头上。

"丰江大厦在你签租赁协议之前就已经被查封了，你怎么会不知道！"在行长办公室里，杜建舟愤怒地将备份的合约摔在胡庆飞的脸上，后者脸涨得通红，自己这个多年的老手竟然在这么个小阴沟里翻了船。通常情况下，如果签订租约之前，门店就被法院查封了，那么租约就自动失效，郑培民又外逃失联，已经打给房东的租金自然就成了烂账，作为银行人员，犯这样的低级错误，实在是不应该。

胡庆飞不是没有将前期准备做足，在租赁合约签订之前的一个礼拜，他还去工商部门查过丰江大厦的产权登记状态。丰江大厦是沪籍企业家郑培民名下的私有资产，虽然抵押给了赢州银行，但是产权清晰，运转良好。

巧合的是，就在兴庆银行的财务部门将租金打给对方的前一天，郑培民在赢州银行的贷款到期了，按照流程，赢州银行将对丰江大厦的产权进行再次登记，整个手续办理大概要两天时间。

然而，正是在这两天，丰江大厦的登记状态处于真空的时间里，上海某区法院派出的法警来到了赢州，他们好像早就得到了丰江大厦解封的消息，三下五除二，便对丰江大厦进行了查封。原来，郑培民在上海牵扯进了一起重大的经济案件，早在几个月前就被上海的执法部门盯上了，但是苦于郑培民名下没有可以查封的资产，上海方面迟迟找不到突破口。但是，就在赢州银行对丰江大厦实行解封，重新办理产权抵押的间隙，有不知名群众向上海方面举报了这一消息。

登记状态一旦再次恢复到抵押给赢州银行，无论丰江大厦有多值钱，享受债权的就只是赢州银行，而非上海方面。于是，上海法警火速赶往赢州，在第一时间对丰江大厦进行了查封。得知这一消息的郑培民连夜外逃，至今下落不明，已经收回了贷款的赢州银行则暗自庆幸赶得早不如赶得巧，要是放好了续贷再被查封，抵押物的所有权就不在银行名下了，那这贷款就真成了裸贷。

上海方面在庆祝查封及时，赢州银行在庆幸及时收贷止损，甚至连丰江大楼里原先的租户都在庆幸没有因为提前支付租金而造成损失，在各方都在庆幸时，兴庆银行那有去无回的百万租金，就成了整个事件里，唯一的损失。

换作旁人，可能也就自认倒霉，进入漫长的追讨期，可这次不同了，讲合同，讲法律，处处精于算计不让自己吃亏的银行，居然在自己最擅长的领域栽了跟头，还没开业，开门费就被吞了，还是以这样屈辱性的方式，放眼整个行业也算是爆炸性新闻了，身为直接责任人的胡庆飞难辞其咎。和一个已经被查封的写字楼签订租赁协议，就好比一个企业要倒闭已经尽人皆知了，你还不管不顾地放贷款给他，不是自杀式的暴击又能是什么？

一时间，整件事情在兴庆内部引起了热议，总行的领导对此更是大为不满，在大会上点名批评了赢州分行，责令分行领导对当事人进行处罚，所以，刚刚上位丰江支行一把手，屁股还没坐热的胡庆飞，只能作为罪魁祸首，黯然下课。

在这个时刻，他不由得想起那天临别时，江源对他说的话："一切因，必有其果。"

第二十五章
蚂蚁

6枚个人和企业的网上银行U盾。

两本按月打印装订成册的流水账本。

十份已经预盖了客户签章和银行专用章的空白凭证和回单。

这是兴庆银行总行的审计组在2015年3月23日那一天,从凌晗上了锁的办公桌里搜到的所有违禁物品。

江源的目光从那堆翻烂了的审计材料中移开,再次瞄向了手边那张集体照,这是赢州分行在开业五周年之际的全行大合照,上面的100多位笑逐颜开的银行职员里,有四人被画上了红圈。

江源的目光依次扫过这四个男女,默念着他们的名字:

陈欣,潘斌,梁旭晨,胡庆飞。

短短半年,这四个当年案件里的小虾米在自己的精心策划下,纷纷坠落马下。

陈欣是自己来到兴庆后复仇的第一个目标,这个放款中心的小姑娘生性放荡,早在半年前就和人事处朱慧怡的妹夫搞在了一起。

保密工作做得再好，也逃不过江源的法眼，在他获知这对地下情人相约在陈欣生日时去上海看演唱会后，便开始了周密的布局。

他提出带部门的两个员工樊小琳和孙彦君去上海看周杰伦的演唱会，到了临行前一天，又借口在冉州的风险检查走不开，从而把自己的票给了朱慧怡。座位是自己精心安排好的，对号入座后，他们三人的位置就在陈欣的斜后方，只要朱慧怡发现他俩的奸情，按照她那位人来疯妹妹的性格，陈欣绝对没有什么好果子吃。果然，陈欣很快就因为自己的作风问题给行里带来的恶劣影响而被调离岗位，随后还被解除了劳务合同。毒牙就此被拔除，而自己的员工樊小琳则取而代之入驻了放款中心，这也是为他日后的运作打基础的，真可谓一石二鸟。

第一个目标，出局。

对付完了陈欣，下一个目标就是潘斌。

曾经的公司一部客户经理，现在的零售部老总潘斌是个出了名的马屁精，在领导面前遵纪守法肯听话，但是私底下却槽点颇多，为了业绩和灰色收入，纵容手下的客户经理乱放贷款，甚至连客户征信记录的授权查询也屡有造假现象。

要扳倒潘斌，只要方法得当，实在是不难。江源找了个信用记录较差的龙套演员，伪装成借款人去潘斌的部门申请贷款。他告诉这位龙套，此次行动是为一部金融犯罪题材的电影试镜，因为要最大程度地体现电影的真实性，所以，该演员必须要真真切切地到银行表演一次申请贷款的全过程作为能否通过考核的标准。在他的包里，会有一个隐形摄像头记录他的一切表现，而试镜能否通过的关键，就在于能否运用自己的演技和说辞，说服银行人员同意他在征信上签上自己所谓老婆的名字。

这位姓雷的演员还真是争气，在他的完美演绎下，潘斌的一切违规行为都被隐藏摄像头完整地记录了下来，后面要做的，就是把这段视频发到银监会的举报邮箱里，一切，就大功告成了。

第二个目标，搞定。

潘斌之后，下一个倒霉的便是梁旭晨。

当他得知，存款飞单案的中介公司负责人李宝国已被收监之后，一个计划就已经在他的脑海中浮现。他通过自己曾经帮助过的心理咨询师徐崇杰，顺利得到了进入监狱访谈的机会。如他所预料的那样，李宝国对接的行内蛀虫只是小鱼小虾，真正的老虎隐藏在幕后一时难以揪出，不过没关系，揪出了梁旭晨这个操办者，也算是收获不小。

之后发生的事情，便是李宝国在众目睽睽之下，当着兴庆银行绝大多数员工的面，指认了与自己长期地下合作的梁旭晨。虽然没有直接证据可以佐证李宝国的说法，但是，这样大庭广众之下的指认是极具杀伤力的，冉冉升起的行内明日之星受到收押服刑的社会同谋的指认，就好像某个好好先生形象的明星突然被狗仔队爆出了家暴的丑闻，可以说直接阻断了梁旭晨晋升的渠道，连跳槽的路径也被堵死了。想来也是，某银行职员被指认参与中介合作，这样的新闻在业内不胫而走，想要雇佣的银行随便打听一下便能听到。至于这样会不会受到行内审计的调查，梁旭晨就只能自求多福了。

第三个目标，落马。

最后一个小虾米，轮到了表面上兢兢业业的胡庆飞。

胡庆飞是丰江支行的拟任支行行长，曾经的公司部经理，作为一个一心向上爬而没有太多不良嗜好的实干家，想要把他从这个位置上一锅端，最好的办法就是抓住他个性中心急的毛病，让他犯下一个不可挽回甚至危及网点开业的错误。上海人郑培民投资的丰江大厦是丰江支行最理想的开业地点，但是因为其本人在其他地方的投资失败，民间借贷负债累累，早就成了个空架子，上海方面的法院早就开始着手摸排郑培民名下的隐形资产，一旦查处，即刻查封。于是，江源开始有意无意地在行内散布丰江大厦有空置店面出租的消息，闻听后的胡庆飞果然跑来央求江源牵线，一身是债、流动资金短缺的郑培民碰上不了解内情的冤大头胡庆飞，很快就签订了租赁合同。随后，江源又瞅准郑培民在赢州银行贷款到期的时刻，致电上海法院举报郑培民在赢州有产权清晰的一幢大楼，上海方面马上赶到赢州查封了这栋大厦，郑培民腹背受敌，只能携款跑路，而人财两空的冤大头结局，自然就落到了胡庆飞头上。

第四个目标，也出局了。

当然，还有张志超。不过这个家伙的作用，现在还没到发挥的时候……

复仇和追逐真相是他放弃上海的大好前途回到这里的两大动力，然而，截至目前，复仇虽然进行得还算顺利，追寻案件真相的过程却进展得十分缓慢。冉州之行，江源从王兴方那里拿到的审计报告算是一个不错的开始，可在那之后，平反之路却陷入了长久的停滞。

对于江源来说，一方面，他要从凌晗那莫名的畏罪自杀入手，找到其自杀背后隐藏的阴谋，另一方面，在所有证据都指向凌晗是这一系列经济案件的参与者和中间人的时候，他要证明，这一切都是栽赃，凌晗不但不是和资金中介合作的参与者，甚至还是揭发真相的孤胆英雄，惨遭灭口的替罪羊。

法医赵剑锋从专业角度给出了将凌晗谋杀，然后伪造成自杀案件的可行性方法；此后，江源、杨霖、赵剑锋和林雨霏几个人一起，通过对命案现场的还原，也从侧面印证了这个方案的可操作性。但是，这样只存在于假设而没有实质证据的方案完全经不起司法程序的检验，并且所有的假设，必须建立在一个前提之下，那就是，凌晗在到达3606号房间的时候就已经被控制。

然而，在不遭遇任何抵抗的前提下，将一个大活人带到房间里，好像只有借助乙醚、电击棒这样的工具才能达到上述的要求。只有在凌晗失去意识的前提下，这一系列的假设才有可能成立。

由于尸体早已火化，根本无法从尸体的血液中印证凌晗生前是否真的被乙醚迷昏，那么建立在这之上的一切行为自然也就都成了假想。既没有监控录像拍到凌晗是独自进了3606房间还是被人胁迫，也没人能够佐证凌晗是否有幽闭恐惧症，而那段留给江源的录音，则完全可以看作是凌晗事情败露后，瞎编乱造扰乱警方视线的托词，整个案件的进展，还远远达不到预期。

同时，针对凌晗经济案件进行的深入调查，情况也不甚理想。经核查，东征置业有限公司的账户在上门开立阶段就已经存在造假行为，公司的营业执照、章程等都是真实的，但是，日后转账用的法人章和财务章却是私刻的，预留的电话也不是企业法人，这意味着，开户成功后，只要凭借预留的假章，就可以在柜台上转账成功。而在这其中，账户虽然开在了公司银行部名下，上门开户的柜员经手人，却是凌晗无疑。连银行内部的同事都作证说，凌晗生前存在与财务张琴芳私交过甚的情况，这样的说法虽然只是八卦，却足以让警方产生张琴芳和凌晗合伙盗取公司公款的联想。

在从多个角度切入调查仍无功而返之后，江源不得不承认，平反之路，再一次走进了死胡同。

一切只能重新回到原点，回到在兴庆银行内部，确认凌晗违规行为的那份审计报告上。

不对，是两份。

按照事后兴庆银行行内公布的审计结果，审计组在3月23日上午10点35分，在组长王兴方的带领下，佩戴实时摄像头进入凌晗的办公室进行抽查。根据录像和截图显示，凌晗的办公桌上物品摆放整齐，除了一张练功券掉在地上之外，整个办公区域可以用一尘不染来形容。

但是，在办公桌的抽屉里，审计人员却发现了上述这些作为银行从业人员不应该有的物品。

六枚个人和企业的网上银行U盾，显然不可能是凌晗一个人的，经核实，这些U盾分别来自五个不同的个人和公司客户，其中，就包括了报案人，东征置业有限公司的对公网银U盾。代客保管转账工具，是银行内部明令禁止的，客户的转账工具竟然出现在银行职员的抽屉里，这很容易让人联想到银行人员代客操作、将客户资金挪为己用等敏感的行为。

那两本账目，经审计人员核查发现，这是两本记录过桥资金收支情况的账本，按照时间顺序清晰记录着每个月各家公司的转账记录和收支状况，以表格的形式登记在册。

那10份已经预盖了客户签章和银行专用章的空白凭证，不用说，显然是经办人私藏下来留有后用的。

由于凌晗从22日下午起便处于失联状态，经分行领导和总行审计组商议后决定，正式向辖区派出所报案。就在报案的第二天，李梦瑶和孙彦君在客户姜海星的房子里发现了凌晗畏罪自杀的尸体。

凌晗自2014年后，便从营业窗口退居二线，从事事后监督管理的岗位，这个岗位，专门用来核查柜台上各项业务的规范，也就是说，她是全行唯一一个可以看到客户开销户和转账所有信息的人。但是谁也没有想到，内部审计的结果表明，外表斯文的凌晗，竟然利用职务之便获取了客户的账户信息，然后和资金中介合作，将客户的资金投向了风险极高的高利贷市场，从中赚取回扣。

前提是，这份审计报告，得是真实的。

"为什么审计报告有两份？"

杨霖指着江源给他的兴庆银行审计报告，表情惊讶不已。

江源给自己的审计报告复印件一共有两份，其中一份就是事后公布的，让凌晗的罪名尘埃落定的报告。

东征公司的人是在3月16日报案的，偏偏那么凑巧，事发一周后，凌晗就失踪下落不明，3月23日，审计组在凌晗的办公桌里搜到了相应的物品。

在王兴方给江源的整个档案盒里，除了这份记录详实的审计报告以外，还有着另外一份未公开的报告，显示时间是3月22日下午4点18分，也就是，审计组到达赢州分行的当天下午下班前。

换句话说，审计组到达的当天下午，他们就已经进过那间办公室了！

"为什么这份报告没有被披露出来？还有，为什么你们总行的审计人员要两次进入那间办公室检查？"杨霖看着这份之前完全没有见过的报告大惑不解。

"突击检查。"江源淡淡地回应道。

在兴庆银行内部，突击检查一直是总行的审计组在常规审计以外经常使用的备用检查手段。银行内部向来流传着"防盗防火防审计"的说法，任凭你业务做得再好，客户口碑再高，一旦被上级部门审出你在业务办理过程中出现违规行为，特别是收受客户贿赂违规发放贷款等行为一旦坐实，最后都难逃惩戒。并且，将直接写进员工的档案，但凡是问题员工想要跳槽，下家银行看到这样的员工档案，当然是不敢录用的。

也正因此，聪明的客户经理往往会在审计到来之前偃旗息鼓，做好充分的防范工作，平日里混迹江湖的老油条，到了审计来的时候，一个个化身不谙世事的小白兔，那些逃避审查的方法被业内相互交流借鉴，用假象迷惑审计组。

　　因此，就防范风险大于一切的审计部门而言，很多在常规审计中无法看穿的问题，通过突击检查打对方一个措手不及，往往会有意想不到的收获。曾经，在上海分行就出过一个案例，总行接到举报，称上海分行的某个员工存在预盖空白合同的行为，审计组立刻下到分行进行了大检查却一无所获。于是，审计人员跟着客户经理来到了停车场，强制要求客户经理交出车钥匙突击检查。结果，审计人员在多个客户经理的后座和后备箱搜出了大量的空白凭证，甚至还从一个客户经理的车上搜出了几十枚客户的网银U盾，显然，这又是个代替客户操作、将客户资金挪作己用的银行职员。

　　江源回忆起了在冉州的时候，王兴方卸下所有伪装跟他说的话："3月22日，下午4点，我带着审计组抵达你们分行以后，就随机抽取了几个办公室进行了突击检查。其中，凌晗的办公室606我是进去检查过的，甚至还进行了拍照取证，当时，所有的物品摆放都很规范，在她的办公区域也都没有出现任何违禁品，但是……"

　　但是，第二天，凌晗的办公室不但迎来了第二次检查，而且检查结果竟是如此大相径庭。相较于第一次抽查的空空如也，3月23日上午，当审计组再次来到凌晗办公室的时候，却从办公室抽屉里搜出了上述的违规物品。

　　王兴方在前一天下午的突击检查所形成的报告，虽然也及时上交，却最终没有出现在公开的审计结果中。

　　两次的检查时间只相隔一个晚上，但是结果却大不相同。在王兴方的第一份报告里，3月22日下午，凌晗的办公抽屉空空如也，什么都没有。但是第二份报告，3月23日上午的检查中，同样的办公区域却出现了大量的违禁物品，也直接把凌晗推到了代客操作，勾结中介从事资金业务的风口浪尖。

　　造成这两次审计结果截然相反的原因，只有一个。

"栽赃。"杨霖一拳头砸在桌子上，茶杯被他震得咯吱作响。这是他第一次直面这份未出世的报告，通过这份报告，他终于找到了内心缺失已久的那块拼图。他也终于明白，江源为什么从一开始就认定凌晗是被陷害的，先是那通向江源求救的电话留言，再是那个处处显得蹊跷的命案现场，现在连认定凌晗参与资金中介的审计报告竟然都出现了栽赃的桥段。

"对，栽赃，"江源看着杨霖，"而且，只能是我们行内的员工。"

赢州分行办公大楼的4到7层，是不对外开放的办公区域，要进入该区域，需要员工通过人脸识别技术刷脸验证。这是因为在2013年的时候，有名因赌博被银行收贷导致资金链断裂的客户，走投无路之下将自己的穷途末路归咎于银行的残忍断贷，于是端着汽油瓶上到7楼要找行长杜建舟拼命，如果不是膀大腰圆的刘松河正巧在行长办公室汇报工作，拼死把住行长办公室的大门不让其进来，后果真的是不堪设想。自打那以后，行里便建立了身份识别系统，只有通过了生物识别，电梯才会停靠在5到7楼中的指定一层，相应的，楼梯间的封闭门也只有通过了身份识别的人才能打开。

所以，只有行内员工才能够出现在6楼，也只能是行内员工，会在3月22日下午王兴方突击检查完毕，到第二天上午审计组再次例行检查这段时间里，将那些物证放在凌晗的办公桌里，栽赃嫁祸给凌晗。

"为什么不早把这份报告给我看？"杨霖愤怒地质问江源，这一刻的他感觉，自己就是个彻头彻尾的大傻瓜，身为警察追查这个案件毫无头绪，一个系统之外的银行职员却可以凭借一己之力弄到关键的报告信息。更为重要的是，对方早就拿到了这份报告，却一直不与自己共享，这让他觉得自己受到了不信任甚至是侮辱。

他"噌"的一下站起来，伸手揪住了江源的衣领，大声地吼道："说好的信息共享呢？信任度在哪里？如果我早一点拿到这份报告，就可以……"

"就可以让你再去银行挑事然后再吃个处分吗？"江源打断了杨霖的话，毫不犹豫地顶了回去。

"你……"杨霖一时语塞。

"关于这份报告，我早就说过，在合适的时候，我自会将信息与你共享。我不一开始把东西给你，就是不想看到你冲动毁了自己，你已经栽过一次跟头了，非要我眼睁睁看着你被扒下这身警服吗？"江源的语气平淡，声色却冷如寒铁。

杨霖一时愣住了，他呆立在原地，手举在半空中不知所措。一年多前，正是他在这个案件上的穷追猛打，对内得罪了警队兄弟，对外交恶了银行领导，他被冠以替前女友毫无下限地翻案的罪名，直到那一次使事态无法挽回的非法拘禁事件。

2015年6月23日是凌晗的生日，只是，那个温和优雅的女人再也不可能吹灭她人生的第31支蜡烛了，那天，杨霖一个人在街头的露天大排档喝着闷酒，万千思绪涌上心头。

恍惚间，他听到邻桌的一伙人当中有人大声嚷嚷："真没想到凌晗平日里看着这么温柔，背地里胆子这么大，我的客户因为这件事说我们银行不靠谱，把好几百万存款取走了，真的是晦气！"

听到"凌晗"的名字，杨霖回过头，眯起眼睛朝声音的方向望去，隔着两张桌子，一桌西装革履的白领们正围在一起吃消夜，杨霖认出，大声说话的那个，是兴庆银行的大堂经理林旭。

杨霖感到热血噌噌噌地往脑门上涌，"腾"的一下站了起来向那桌走去。

对方丝毫没察觉杨霖的脚步渐近，依然在肆无忌惮地高谈阔论，忽然感觉到一阵巨大的拉力，整个人被提了起来，他一回头，正巧撞上杨霖暴怒的血红双眼："你他妈在说谁呢？"

林旭被杨霖的举动吓坏了，一时竟忘了反抗，他愣了两秒，定睛一看认出是那个经常来银行挑事的警察，不由得来了底气："说什么你管得着吗？"

杨霖一把把林旭按在桌上："你他妈再说一句试试！"

林旭的半张脸被按在桌上动弹不得，嘴上却仍然不依不饶："我就说怎么了？想为老情人出气，你这警察当得也是够窝囊的。"

杨霖气疯了，他一掌按住意欲反抗的林旭，一手从裤腰带里取下手铐，反手就把林旭的双手铐上："怀疑你跟一起案件有关，走，跟我回去协助调查。"

冰凉的手铐铐在手腕上，林旭声嘶力竭的呼救回荡在夜宵摊上空。"救命啊！警察打人了，警察徇私枉法了！警察打人了！"

周围的人纷纷围拢上来看热闹，银行的几个职员纷纷上去劝阻，有的直接掏出手机开始给领导打电话，但是杨霖都不在乎了。在时时闪亮的闪光灯中，他拉着被反扣双手的林旭上了车，呼啸着回到单位。

不用说，冲动之余的后果是非常严重的，其实用脚指头想想也知道，敢在背后高谈阔论的，大多数都是不知真相的事外人，真正与事件有关的人则大多会保持缄默。杨霖也许酒上头失去了判断力，也许只是泄愤，但是热血上涌就将人扣起来，这样的暴力执法让市局承受了巨大的舆论压力。

市局领导动用了极大的关系才避免了舆论的进一步恶化，杨霖则受尽了处罚，差点被扒了警服，最后念在他之前屡立奇功的分上，保留其警衔，但是被调去经文保卫处做了文职，就此远离了经侦警队的核心圈层。

"如果你不想悲剧重演的话，就要按我说的做。"江源的一句话将杨霖从回忆拉回了现实，他看看面前一脸严峻的江源，发现这个年轻的银行家眼睛里是不容置疑的威慑。

"能做到吗？"

杨霖点了点头，江源头也不回地回到了桌边："去洗把脸，回来咱们继续讨论。"

杨霖从洗手间出来的时候，江源正蹲在地上，静静地看着那只黄色的小博美贪婪地啃食着狗粮，他的手轻柔地抚摸着小狗的脑袋，眼里满是柔情。看到杨霖，江源眼睛里的温柔逐渐消失，变得更加深邃和黯淡。

片刻过后，两人再次坐到了桌前。

"你有没有查过当时的监控，有谁在那个时间段里进出过那间办公室吗？"江源问道。

在银行这样的地方虽然最不缺的就是监控，但是监控的保存时效却是有要求的。一般来说，柜台、办事大厅等开放场所的监控保存时间要达到一个月，但是，像3楼以上这样的内部办公区域，监控录像只会保存一周就将被覆盖。

因此，如果当时杨霖没有细致到检查监控的话，时隔一年多，现在的监控录像早就不知道哪里去了。

"查过了。"杨霖的回答让江源两眼放光，他知道以杨霖的专业素养，断然不会放过监控这么重要的物证。只要查过了监控录像，就能知道是谁在那个时段进出了这间办公室，是谁栽赃了凌晗，答案也就呼之欲出了。

"可是，"杨霖话锋一转，"3月22日，你们银行正巧在进行监控设备的维护，从当天下午5点下班之后，除了一楼的监控设备保留之外，所有的监控都进行了关机和调试，6楼的监控也都没有打开。"

这几句话犹如千斤铁块，让江源燃起希望的双眼瞬时又暗淡下去。监控设备维护，也就是说，当天下午5点以后，除了一楼以外，整幢大楼就处于一片盲区中。银行,这样处处是监控的地方,竟然在这最关键的时刻掉了链子,这是不是一种莫大的讽刺呢?

"好可惜啊,怎么偏偏那一天设备维护啊?"林雨霏略带惋惜地说。

想想也知道,这不会是巧合。

沉默了许久,江源开口了:"还是从报告上找线索吧。"

他重新摊开了那份之前研究过无数遍的审计报告,将里面的照片一一摊开摆在桌面上。这些照片,最初只是审计人员在审计过程中,通过摄像头拍摄来实时监测,确保审计结果真实有效的,没想到现在,却成了江源他们苦心翻案的重要线索。

3月22日下午和3月23日上午的两份照片都呈现在三人面前。就办公室的布局而言,两次拍摄的内容大致相同,唯一的区别是,第一次拍摄的办公区域整洁干净,一尘不染,但是第二次的拍摄照片中,虽然也较为整洁,但是地板上却躺着一张练功券,而桌上的练功券也摆放得不太整齐,在两张照片所有办公用品分毫不差的办公区域显得有些突兀。

"小晗可不会让废纸就这样掉在地板上,"江源淡淡地想,不过他随即耸了耸肩,"Whatever,没用的。"

的确,这样的区别可不能作为证据,这张练功券完全有可能是被风吹到地上的,证明不了任何事。

除却办公环境的照片,办公室抽屉的检查结果可就大相径庭了。第一份的报告里,凌晗的抽屉里除了一些常规的文件资料以外空空如也,但是在第二份里,审计人员却从最底层抽屉里翻出了装有违规物品的牛皮信封袋。

杨霖久久地凝视着照片上的物证,突然,他的眼睛一下子瞪大了:"江源,你看这是什么?"

江源接过相片,顺着杨霖指的地方凑近了看,不一会儿,眉头也皱在了一起。

相片上是一个半打开的抽屉,抽屉里放着几叠文件,而在最底部,是一个小号的浅黄色牛皮信封。翻到下一张,是这个牛皮信封的特写。这是一个普普通通的牛皮信封,信封口用线一圈圈细细地缠绕着。

在信封的左上角,有一小摊暗红色的印记。他又抽出了几张照片放在一起,那摊暗红色的印记从信封的左上角一直延伸到了白色的抽屉底部,就好像水滴落在信封和抽屉面上形成的印渍。而在这摊红褐色的印渍周围,分布着一些不规则的黑色点,看上去,像是用黑色签字笔戳出的黑点,细细看那些黑点的轮廓,却又好像不是这么回事。

"奇怪,这是什么东西?"江源也疑惑起来了,在之前的反复核查中,他并没有留意这个只有警察的痕迹人员才会注意的细节。

杨霖盯着照片上的这一摊红褐色的印渍仔细看了看:"没有实物的情况下,肉眼很难分辨,我只能说有可能是血迹,也有可能是红色的颜料。"

"那么,那些黑色的小点是什么东西?"

"让我看看。"林雨霏凑了上来,拿着照片端详了许久,好像突然想起了什么似的,转身从柜子下面翻出了放大镜,重新比画了一番,过了半分钟不到,她抬起头,脸上露出了满意的微笑。

"是蚂蚁。"

她指着照片快速地答道。与这些花花草草朝夕相处,自然少不了对这些小东西有所了解。她想起儿时的某一天,蹲在地上看暴风雨到来之前的蚂蚁在有条不紊地搬家,那种天真的自然景象几乎贯穿了她的整个童年。

"蚂蚁?不会吧!"这下,轮到杨霖惊讶了。

一群蚂蚁围着那一堆红褐色的液体转悠,显然,那堆液体很有可能是红糖或者某种含有糖分的食物残留，可是……

他朝江源看了看，江源也在看着他，两个各怀心事的年轻人彼此疏离了那么久，甚至都已经忘却了对方的习惯，但是在这一刻，他们都读懂了对方眼睛里的疑惑。

有问题。

"小晗有洁癖，她的办公桌不用想一定是一尘不染的，她的抽屉里怎么会有蚂蚁呢？"江源率先开口，"而且，小晗从不吃甜食。"

"好像是的，"林雨霏插话道，"以前她在我这里的时候，喝的咖啡一直都是美式的，我从来没见过她往咖啡里加糖。"

王兴方的第一份报告里，最下层的抽屉只有几个整齐的文件袋，并没有看到蚂蚁和其他容易招蚂蚁的东西，而在第二份公开的报告里，不但多了那个用信封装着的违禁物品、一小摊红褐色干涸的液体，还多了这一群四处乱爬的蚂蚁。换句话说，这群蚂蚁，很可能是因为这个信封袋，以及残留在信封袋和抽屉内侧的那一摊红褐色的液体而聚拢过来的。

"你的意思是说，栽赃凌晗的人不小心，把类似甜食之类的东西沾到了信封上，所以才……"

他突然顿住了，似乎在思考其中不合理的地方。的确，从整件事情来看，这是个策划已久布局精良的局，从人证到物证，从汇款记录到账本，甚至连案发现场死亡原因都被严密和精心地修饰过，整件事绝对不简单。

栽赃者既然能够细致地考虑到关掉监控、切断电源，甚至连栽赃的信封都别有用心地放在抽屉的最下面一层，怎么会粗心大意到用沾着甜食的信封装着证物大晚上来栽赃呢？如果有人提出了异议，把证据交由公安处理，很快就能发现其中的问题，给自己引来不必要的麻烦。

江源转过身，面朝着雪白的墙壁闭上了眼睛，脑海中是烂熟于心的大楼平面图，他把自己当作那个处心积虑的栽赃者，在脑海中一遍遍重构那一晚的场景。

那是一个被大雾笼罩的夜晚，不管你是蓄谋已久，还是临时起意，你都知道，你必须行动，因为今晚，将是你最后的机会。

每一个楼层，现在都万籁俱寂，过道的白炽灯已经熄灭，除了一楼的柜台微微泛着的亮光，整栋大楼都处于一片漆黑之中。

该你动手了，你知道大楼里的监控已经关闭，巡查的保安还不会那么早四处溜达，你可以乘坐电梯，但也许，你更喜欢在楼梯间里聆听自己一个人的脚步声的那种安全感。

虽然早已过了下班的时间，但是依然可能有敬业的工作狂出现在这个楼层里。如果被撞见，你依然会让这一切显得自然，那么，你应该官居要职，善于随机应变。

你来到6楼606办公室的门口，用早已准备好的钥匙开门。你一定无比熟悉这间办公室的摆设，知道它的主人喜欢干净整洁，桌面一尘不染，所有的用品摆放的间距都恰如其分，连转椅的椅背都和办公桌呈完美的平行。黑暗中，也许你不小心碰翻了水杯，放乱了练功券，却依然能够将物品原样摆放，只是没注意到有一张练功券，被你遗忘在了冰冷的角落。

你可以把栽赃的东西堂而皇之地放在办公桌上，然后快速离去一走了之，但是你一定能想到，一个如此小心谨慎一丝不苟的人，怎么可能把这么重要的证据放在别人伸手可及的地方呢？

锁进抽屉里吧，那样会显得更加真实。办公桌抽屉的钥匙依然是你事先准备好的，你打算把东西放在最下层抽屉的底层，塞在一堆文件的下面，贴着抽屉底部的切面，仿佛越靠近地面，就越有安全感。

等等，那团红色的印渍是怎样被你沾到信封上，并留在抽屉里的？

整个栽赃的过程需要你的双手共同完成，拉开抽屉，一只手掀开抽屉里的资料，另一只手将早已准备好的信封塞进去。红色的液体，就这样滴落在信封上。

一滴，两滴，三滴……

你也许听到了水滴滴落的声音，也许你没有在意，整个过程中你只是蹲下身子低下头，用两只手迅速完成整套动作。那么那些红色的液体最有可能，来自你的双手。

或者最有可能是……

3月底的江南，依然是天干物燥，在那样干燥的天气里，最容易让你心神不宁的身体做出这样的反应……

可是，那样东西，怎么会招来蚂蚁呢？

它的成分里并没有足够多的糖分，除非……

他突然睁开了眼睛，杨霖清晰地看到，江源的眼睛里竟然透出了光。

"要想招蚂蚁，可不一定只能用甜食。"

第二十六章
钓鱼

"喏,手按在这里别动啊,不然要出血的。"小护士拔掉了他右手上的针头,头也不抬地随口嘱咐着。

"哎。"他答应着,左手却悄悄掀开创口贴的一角,看到手背上瞬间多出了红色的血珠,从纤细的毛孔里"噗噗"地向外冒着,赶紧重新将创可贴贴好,随即用左手在刚刚扎完针头的创口上狠狠地按压着。

他看了看墙上的挂钟,下午3点15分,嗯,该去找老周复诊了。

从输液大厅到门诊大楼,要经过一片面积不大的人工湖。在如今这样寸土寸金,地价不知道翻了多少倍的市中心,能够拥有这样一片景色还算宜人的湖水,市第一医院的设施还真是不错。

他这样想着,无意中看见人工湖畔围起的栏杆,旋即微微皱起了眉头,这么好的一片湖水,为什么要围起来呢?

噢,对了,大概是因为上个月的投湖事件。他在朋友圈里看到了,上个月的月末,就这家医院里,一名癌症晚期病人的家属因为不堪巨大的经济压力，于某个漆黑的夜晚，来到这里纵身跳下，因为是在深夜，那声不寻常的"咕咚"声没有引起任何人的注意，直到第二天上午，尸体才浮上水面。据说，病人不久于人世倒在其次，促使其自杀的直接原因，是这家人无力筹措巨额的化疗费用，不得已找高利贷借了钱，却最终无力偿还，债主带着打手几次来到医院敦促其还钱，连威胁带恐吓，甚至严重干扰了医院的正常经营，最终不堪其辱的病人母亲选择了投湖轻生。

这件事在当地引起了极大的反响，更有好事的媒体趁机旁敲侧击地讽刺了一把当下冷漠紧缩的金融环境，什么如果银行愿意贷款给对方，就不至于找上高利贷，不至于最后家破人亡云云。呵呵，这些无良的媒体，连救急不救穷的道理都不知道，也不想想，一没抵押物，二没保证人，这样的人，哪家银行敢借钱给他们？

他这样想着，忽然发现自己已经站在了门诊大楼的电梯口。

他费力地挤进了电梯，按下了3楼。医院永远是最闹的，即便在这样一个工作日的午后，这个像货梯一样宽敞的空间里依然是摩肩接踵，狭小的空间让他觉得烦躁和胸闷，赶快复诊完了离开这个鬼地方吧，晚上还有应酬在身。

每周的周二和周四，是周生林当班的专家门诊，每隔几个月，这个胖胖的银行老总总会如约前来复诊。虽是复诊，每次的化验结果都让周医生气不打一处来。他实在不理解，这位正值壮年的银行高管可以在买商铺购地产方面精打细算，锱铢必较，怎么就不肯静下心来好好调养调养自己的身体呢？

绝大多数得了糖尿病的人，都非常注意控制自己的饮食，个别小心的人甚至一天都要测三五次血糖。可是面前这个肥头大耳的家伙呢，平日里从不运动，饮食也从不节制，照样好酒好肉顿顿不能少，还一天到晚跑出去跟客户应酬，几年下来，不但糖尿病不见好转，三高也是直线上升，再这样下去，自己糖尿病专家的美名怕是要栽在这个死胖子手里了。

"你啊,日理万机,分分钟几千万上下,但是,也不能不管自己的身体吧?"周生林还是苦口婆心地劝着,换作别的病人这么不听话,自己这暴脾气早就该开骂了,谁叫这个家伙是自己的财神爷呢?几年前,自己看中了市中心商业街亟待开发的一处临街商铺,300万,一次性全额付款,对于当年的自己而言还是有点压力的,东拼西凑都没能凑够房款,亏得面前这位银行高管给自己送来了及时雨,50万的信用贷款,他眼睛都不眨一下就放给了自己。后来的事情,真是让他做梦都能笑出来,这间200平方米的商铺五年内价值翻了四倍,现在长期租给一个卖金货的老板做门市部,一年的租金就达到了80万,这不都亏了自己面前这位财神爷吗?

周医生麻利地开了药单,又叮嘱了几句自知无用的医嘱,然后目送这个家伙晃着大脑袋满不在乎地走出自己的办公室。

他将手上的创可贴撕下来,连同刚才的医嘱一并扔进了垃圾桶里,提着那一小袋药品向停车场走去。糖尿病困扰自己已经多年了,即便再注意饮食又能怎样?最后还不是注射胰岛素了事。他抬腕看看表,已经是下午3点半了,回趟单位休息一下,准备晚上和建设局的领导吃饭吧。

他钻进驾驶室里,习惯性地掏出了手机。微信里显示了几十条未读信息,他耐着性子挨个地查看,大多数都是工作上的事情,自从行里建立了微信群,那些毫无营养的信息每天就是这样此起彼伏,好不热闹。他觉得无聊,刚想锁屏,忽然有一条信息引起了他的注意。

这是一条加好友的信息,验证的信息特别奇怪:"我知道你的秘密。"

他有些好笑,哪个无聊的家伙会用这么搞笑的用户名?他通过了好友申请，随即发去一条消息："您好，哪位？"

不一会儿，对方便回了信息，但是回复的内容还是让他啼笑皆非："我知道你的秘密。"

自己的秘密多了去了，鬼知道你说的是什么。

"无聊！"他暗暗骂了一声，收起手机发动了汽车。

当他把车开到地下停车场的收费口时，手机又振了起来，他一边掏钱付停车费，一边划开手机的屏幕，咦，对方发来了一张图片。这个家伙在搞什么鬼？他好奇地点开图片，老迈的手机经过仿佛一个轮回的加载，图片终于显示出来。

一瞬间，刘松河浑身的汗毛都竖了起来！

这是？老天，怎么会这样！

他死死地盯着手机里的图像出神，完全没发觉停车场的收费员停在半空许久的手，和身后长鸣的汽车喇叭。

该来的，还是来了。

盯着这张图片不知道看了多久，他忽然意识到手机又振了一下，随即定了定神，退回到了聊天界面，看到对方又发来了一条消息："谈谈吗？"

当他再次回过神来的时候，发现自己已经来到了地上，车子停靠在路边，却并没有熄火，发动机转动发出的轰鸣和脑海中开过的火车相比简直是温声细语。他定了定神，再次打开手机，确认刚才的这一切不是个臆想的梦境，随后用颤抖的手指回复了几个字："你是谁？"

几乎同时，对方也回信了，跳出的几行字像寒冷的冰锥，直扎得他心头不寒而栗。那个黑暗到窒息的夜晚，那间宽敞整洁的办公室，那钥匙转动十字机关的滴答声，那无数次在梦中出现的万丈深渊和少女的背影……

他定了定神，翻到通讯录内网一栏，拨通了手机："喂，老大，晚上的局我去不了了，对，身体有些不舒服……"

入夜，晚上8点13分。

林雨霏盯着面前的显示屏出神，距离约定的时间已经过去了快15分钟了，镜头里的单间却还是空无一人。她瞧瞧身后的江源，见他斜靠在椅背上半眯着眼，一脸淡定的样子，禁不住开始怀疑，那个人，真的上钩了吗？

林雨霏大学学的是动画专业，从小酷爱动漫影视的她，学得一手精湛的视频剪辑和图片处理技术，几年前，甚至连小姐妹的婚礼MV都是她一手剪辑制作的。而她并没有想到，除了偶尔拍拍花艺课之外，她竟然还有机会将这项技能用在别的地方。

几天前，江源将一段视频拷到了自己的电脑里，请她按照自己的要求，修改视频当中的部分画面。

视频的地点是在一幢写字楼里，由视频画面质量和拍摄角度可以看得出，这是一段由大楼内探头拍摄到的监控画面。空旷的走廊里，一个膀大腰圆的中年男子来到一扇门前，左看看，右瞅瞅，随即掏出口袋里的钥匙，打开门走了进去。

办公室的门随即关上，一切恢复了平静。

几分钟后，一个幽幽倩影出现在了镜头里，她身材高挑，双腿修长，穿着白色的衬衫和黑色的套裙，走起路来很是性感撩人。她也像那个中年男子一样，四下看了看，随即打开门走了进去。

一切再次恢复了平静。

一开始，林雨霏对这段视频的内容很是不屑。这充其量不就是一对偷情的男女吗？江源想要干吗？他这是想要捉奸成双吗？林雨霏的脸上写满了狐疑，而当她听完江源的要求后，心中更加疑惑了。

江源的要求是，请她把视频里的其他内容全部去掉，只保留画面中的男子打开办公室门那一瞬间的截图，随后，把左上角的日期从2016年的10月28号，改成2015年3月22号。

等等，3月22号？

3月22号……2015年，3月22号。林雨霏回忆着这个日子，突然瞪大了眼睛。3月22日，不就是兴庆银行的审计组进入凌晗办公室搜查的前一天吗？按照之前江源和杨霖他们的推断，当天晚上，一定有人趁着监控调试的时候，进入了那间办公室，将那些不存在证据栽赃给了凌晗。那么这段视频里的人……

她明白了，在一次次针对虾兵蟹将的缠斗和复仇之后，江源这次要做的，是一次主动出击的大胆钓鱼。

她正想着，屏幕下方的应答器突然传来了一阵急速的蜂鸣声。滴滴的声音此起彼伏，伴着不断闪烁的红灯，林雨霏清晰地看到，一个熟悉的身影出现在了镜头里。来人穿着一身笔挺的西装，高大的身躯微微向前倾斜着，领带不安分地飘荡在肚腩上，即使在并不清晰的画面里，依然能够看得出，他的脸色十分凝重，甚至还不时地用手擦拭着额头上渗出的汗水，正是前几天江源拷给自己的视频里，那个膀大腰圆的中年男子。

她看了看表，2016年12月25日晚，8点17分，大鱼上钩了。

她身后的杨霖从位置上弹了起来，凑近屏幕细细地看了看来人。他拳头紧握，两眼放光，腮帮子抽动着不可掩饰的欣喜，而边上的银行家则斜靠在椅背上，懒洋洋地瞄了一眼，嘴角掠过一阵不可察觉的笑意，果然是你。

屏幕上的大胖子，是兴庆银行小微二部的总经理，刘松河。

事情还要从一个多礼拜前，他们从王兴方的报告里，发现的那一小摊不同寻常的红褐色污渍开始说起。

一连几天，江源和杨霖就这个问题反复地探讨，在没有物证的前提下，留档的照片成了他们唯一的突破口。从照片上看，那摊红褐色的污渍在物证的信封袋表面和抽屉底部均有残留，按照液体滴落的运动轨迹判断，应该是先滴落到了信封上，随后由于重力，顺着信封的轮廓流到了抽屉的隔板上。因为没有像警方那样用专业手段进行固定保护，这样的物证现在恐怕已经在总行的风险部档案室里积灰，从法医学的角度，判定这摊污渍的构成和其对整个事件的影响并不容易，但是，仅仅通过这些现场留存的照片，江源还是想到了一种可能。

照片上的那些黑色的小点是蚂蚁无疑，这群嗜甜食如性命的家伙爬满了这摊污渍的周围并不是巧合，这让杨霖等人觉得，这摊污渍应该是糖果、雪糕等带有糖分的甜食，只是因为添加剂和色素而呈现暗红色而已。

然而江源却对这种看法抱有疑义。从那摊污渍的外形和水滴走向来看，这摊污渍不可能是事先黏在信封袋上的，大概率发生在栽赃进行时。

当栽赃者打开最下层的抽屉，一手翻开里面的文档，一手将栽赃的文件袋塞进抽屉最底层的时候，污渍就这样悄无声息地滴落在了信封上，再由于重力顺着信封的轮廓流到了抽屉的底层。

这是个需要手眼配合的动作，因此，他在进行这个动作的时候，脸部一定是向下的，那么这团污渍的液体，当然可能来自栽赃者口中含着的甜食或饮料，却也有可能来自，栽赃者的鼻腔。

对方在流鼻血！没错，凝结的血液呈暗红色，那摊红褐色的污渍从形态和颜色来看确实更像是鲜血的残留。可是，正常人的血液里的血糖浓度虽有波动，但基本恒定在4.4~6.7mmol/L的范围内，这样的含量，是无法吸引蚂蚁前来围观觅食的，除非……

对方的血液，有问题。

蚂蚁围着甜食转是尽人皆知的常识，甜食的主要成分是碳水化合物，这种物质不仅可以为蚂蚁提供大量的能量，满足其生存需求，而且很容易被分解、消化和吸收。

能够让一小群蚂蚁贪婪地围在四周，这摊血液的含糖量一定是高到了一定程度。普通人的血液里，含糖量绝对不会这么高，只有一种可能……

他是个糖尿病患者。

这个大胆的结论一出，大大缩小了江源排查的范围，银行内部每年都会组织员工体检，而员工的健康状况，又是用人单位需要重点关注的。就在去年，同城的另外一家银行就曾经闹出过这样的纠纷，该行一位40多岁的对公客户经理，因为要完成一个60亿的大项目尽职报告，接连在单位里鏖战了三个昼夜，睁不开眼睛的他趴在办公桌上眯了一会儿，却就此再也没有醒来，一时间引起社会舆论的广泛关注。

虽然体检报告是员工的隐私，但是员工的身体情况早已是行内公开的秘密。经过调查，江源将目标锁定在了两个人身上。这两个人都是分行的元老，层级虽然只是中层，但是兢兢业业，在行里也是颇有威望，而最重要的一点是，他二人都是长期饱受糖尿病困扰的患者。一个，是分行风险部经理钱林震，而另一个……

行内的监控当时虽然关闭调试，但是，银行周边的监控却仍在工作。好在，他身边的警察足够细心。

在当年一介入调查之际，杨霖就将赢州分行外围能够用到的所有监控录像全部拷贝存档。赢州分行的大楼前身是一所私立高中，后来学校关闭，这里成了一个产业园，临街的教学楼租给兴庆银行当办公大楼，里面的操场则经过改造，成了银行和其他园区企业的露天停车场。

经过几天的梳理筛查，2015年3月22日下午5点13分，钱林震的银色奥迪A7轿车从停车场驶出,另一个人的黑色雷克萨斯却一直停在露天停车场里。

这样看来,雷克萨斯车主的嫌疑陡然升高了。

就这个问题,江源再次拨通了冉州分行风险总监王兴方的电话。

"王行长,又有事情要来请教您了。"江源的口吻里透着些许的戏谑。

"小江,噢不,江总,该说的该给的我这不都做了么,你还想知道什么?"电话那头的王兴方依然透着些许恐惧。江源的话语用请教而不用质询,这让他听起来有种莫名的恐惧。

"2015年3月22日,你到了分行以后,当晚应该是在乾凰大酒店替你接的风吧。"

"对对,就离你们分行大楼不远。"

"当时在场的作陪人都有谁,你还记得吗?"

"呃,这个嘛,我想想啊,你们的行长杜建舟、风险总监李云坤,几个中层领导,还有几个小姑娘吧。"

比起早些年吃饭喝酒唱歌桑拿的一条龙服务,近几年总行领导下网点的接待工作早就已经收敛了许多,当然,即便如此,吃个接风洗尘的饭局还是很有必要的。

"有没有一个长得胖胖的中年男子,秃头,圆脸?"

"呃,我想想,好像是有这么个人,我记得他是你们分行的一个老总,好像姓,姓刘……"

江源一下子跳了起来,果然是你:"他中途有没有离开过包厢?"

电话那头沉吟了很久。"好像是有那么回事,我也记不清了,好像是他说把什么药忘在了办公室里,要回去拿,我们当时还取笑他是不是忘拿了万艾可……"

289

第二十七章
栽赃者现身

尖叫棚屋俱乐部，位于星光大道商业街一栋入住率不高的豪华写字楼里。五个主题密室，十余个或恐怖或神秘，布满机关的暗格房间，俱乐部占据了写字楼的整整一层。很难想象，它的发起者当时是怀着怎样憧憬的心情，在这个新潮的项目上一掷千金的。

这是全市第一家制作精良的密室逃脱俱乐部，几年前刚刚开业的时候，曾是本市一道亮丽的风景线。本着标新立异的理念，主办方设置了哈利波特、黑夜传说、所罗门的伪证、贝克街的亡灵等多个主题密室，层层设关卡，关关有玄机，一时间风靡全市，吸引了大批少男少女前来闯关解密，甚至一度要提早好几个月预约才能排上。

但是，这样的火热风潮并没有一直持续下去。本来嘛，这项娱乐对于很多的爱好者来说都是一次性消费的，随着一间间密室不断地被攻克，最初的新鲜感如潮水般逐渐退去，便鲜有回头客再来娱乐消费。由于经营不善，这家火爆一时的俱乐部在艰难运营了两年后，已于上个月停止经营，现正在低价转让中。

刘松河看着手机里的定位，又看看门口那些画面夸张、内容大胆的巨幅彩绘，再三确认自己没有走错地方。

"什么鬼地方？"他嘟囔着定了定神，伸手推开尖叫棚屋的大门。

"有人吗？"他颤声问道，里面黑咕隆咚的，透着股难以言说的阴森。

他打开手机的电筒功能，壮着胆子迈进了屋子。

借着手机的微光扫视了一会儿，他大概看清了，这是一处有些空旷的小厅，里面不规则地堆砌着沙发长桌，看上去，像是一个项目的等候区。

"有人吗？为什么叫我到这里来？"刘松河再次开口，声色微颤。

无人应答。

呼吸开始急促，额头开始微微沁出汗珠。在这个黑暗密闭的空间里，他听到了自己狂乱的心跳。

这是个恶作剧吗？还是有人故意整他？又或者……

"你是谁？快出来，不然我走了！"

他感到自己背上的汗毛都竖了起来，静谧的黑暗让他产生了一种麻木的恐惧。不，此地不宜久留，他转身就朝着门的方向赶去，刚走了两步，突然"啪"的一声，像是有人打开了某个开关，他感到身后有亮光传来。微弱的光，好像电影院里时明时暗的影像，他壮着胆子回过头去，一时间愣在了那里。

在他面前的黑暗里，是一块巨大的屏幕，足足占据了一整面墙。

一抹亮色的投影图像代替了之前的黑暗，那是一张看着让人温暖的照片，一整片绿油油的青草地，穿着白色连衣裙的她坐在草地上对着镜头粲然微笑。

那微笑，纯澈，悠然，看着让人特别安心。

但在刘松河看来却无比震撼和惊悚。

他在内心发出了一声惊异的惨叫:"凌晗!"

该来的,还是来了。

自从几个小时前的下午4点多,刘松河在医院的地下停车场里接到了那张陌生微信发来的照片,他便知道,那一次万般无奈的栽赃陷害后,自己在惶惶不可终日的惊恐和无限的懊悔中苟延残喘了一年多,抵御着未知命运的无常,但报应终究还是如期降临了。

画面中的自己西装革履,正在用钥匙打开一间办公室的门,他认出,拍摄地点应该是在银行里。本来,这不是什么值得大惊小怪的事情,大楼里监控遍布,自己进办公室的情形被监控拍到本也正常,可是怪就怪在,这段监控视频的拍摄时间,竟然是2015年3月22日,老天!

那是刘松河永远也忘不了的一天,漫天的大雾,稍显阴冷的天气,还有自己在惊慌失措了几天之后,根据上头指示做出的无奈之举。可当时的监控不是都已经关闭了吗?怎么还会有这样的视频流出来?

"刘总,恭候多时了。"一个冰冷的男声突然从天花板的方向传来,刘松河一惊,顺着声音的方向望去,黑暗的墙角挂着一台音响,刚才那句话,就是从音响喇叭里传出来的。声音在空旷的室内久久地回响,声色滑稽,像是动画片里的声音,应该是经过处理的。

"你是谁?为什么约我到这里来?"

"你把这个女孩推下了万丈深渊,自己却安然无恙,难道你的心里没有愧疚吗?"

"我,我不懂你在说什么。"刘松河极力否认,但是声色颤抖,充满了恐惧。

"噢?是吗?"喇叭中的声音冷冷一笑,"2015年3月22日,你把一个信封袋放在了你们银行6楼一间办公室的抽屉里,里面装着的东西,不需要我一一列举了吧?"

"你说的是什么玩意儿……我怎么听不懂?"刘松河慌乱地否认。

"那么,我就只好把你栽赃凌晗的证据,交给警方了。"喇叭里的声音依旧滑稽,语气却透着彻骨的冰凉。

"证据?什么证据?"刘松河慌了,当年的事情他做得干净利落,确信不会留下什么把柄。

墙上的画面像老式的幻灯片放映机一样,将图片切换到了下一张。黄褐色的牛皮信封、棱角分明的纯白背景,看得出,这是一个办公抽屉里,关于一个信封档案袋的特写。

"这里面装着什么东西,相信不需要我多解释吧?"声音依旧滑稽,却透着些许的嘲弄。

"我,我不知道这和我有什么关系。"

"是吗?那么,我就只好把这玩意儿提交给警方了,到时候,你自己去跟警察解释,为什么这个装着证据的信封上,会有你的血迹吧。"

"什么?!"刘松河大惊。血迹?我的血迹?怎么会这样?

他的反应,被正在盯着显示屏的江源尽收眼底。

年轻的银行家眉毛微微上扬,眼角浮现一丝不可察觉的笑意,栽赃者,终于浮出水面了。

其实,当从监控里看到刘松河如约来到尖叫棚屋的时候,江源便已确定,将装满证据的信封袋放到凌晗的抽屉里实施嫁祸栽赃的人,一定是刘松河无疑。

杨霖调取过事发前后五天的银行内部监控,除了最开始的几天里,凌晗自己出入过这间办公室之外,便再没有别人进来过。凌晗一直有定期打扫办公区域的习惯,天性有洁癖的她,断然不可能把一封带有血迹,污染到办公抽屉的信封袋还留在抽屉里。所以,一旦确认进入办公室的是刘松河，那么信封上的血迹，就只能是来自于他本人。"

"刘总，你爱流鼻血的毛病一直没有得到根治吧，你就没发现你的血迹滴在了信封上吗？一辈子做了这么多见不得人的事都心安理得，怎么这一次这么不小心呢？"声音低缓，戏谑。

"怎么会这样？"刘松河喃喃自语，随即突然大喊，"我没有，你们一定是弄错了，我没有……"

"你没有？"江源提高了音量，声色严厉了起来，"你没有什么？你没有栽赃凌晗，还是你没有雇凶杀人？"

"我，我……"

"凌晗对你不错吧？当初她还在柜台的时候，没少替你维护客户吧？我听说，你部的一个客户因为客户经理维护不利，都要把到期的2000万取走了，在柜台上是凌晗极力服务才帮你留住了客户。正是这2000万，才让你度过了最开始的业绩瓶颈期，之后一路扶摇直上的吧？"

喇叭里的声音突然画风一变，戏谑的嘲弄不见了，取而代之的是冷峻的愤怒："你就是这样回报对你有帮助的人吗？"

"我……我！"刘松河终于崩溃了，他的双腿微颤，声嘶力竭，"我没有想到他们会杀人！"

刘松河第一次得知事情有败露的迹象，是在一个洒满阳光的下午，那一天在走廊里，他无意中看到凌晗气冲冲地闯进了蔡友根的办公室。他的独立办公室就在蔡友根的隔壁，能够恰到好处地听到里面谈话的声音。出于好奇，他竖起耳朵听了一会儿，这一听不要紧，他的心跳陡然加快好半天没有回过神来，一向小心谨慎的老蔡竟然捅了娄子。

蔡友根和东征公司的副总是多年的好友，东征公司账面上的流动资金充足，经常有上亿的资金躺在账户上，这给了蔡友根和刘松河可乘之机。他俩一合计，通过真实的公司资料和私刻的印章在兴庆银行开立了对公账户，将公司的闲置资金出借给第三方用于短期资金掉头。民间借贷的利息近年来普遍升高，1000万资金一天的出借利息便高达1万，这样短则三五天，长则半个月的资金出借自然让蔡友根和这一条利益链上的关键人收益颇丰。然而，在2015年的3月初，意外发生了，8000万的资金在一次出借过程中出了问题，难以追回。虽然蔡友根及时出手，控制了发现问题的财务，也通过一些应急手段阻止了事态向更坏的方向发展，却没想到，还是被凌晗发现了问题。

刘松河知道凌晗的为人，也知道她不达目的誓不罢休的性格，这个表面文弱恬静的女孩，内心却蕴藏着无比强大的能量，再加上过硬的专业背景和天生的职业嗅觉，一旦她踏入圈内着手调查，后果将不堪设想。

其实，凌晗发现的问题，仅仅是整个事件的冰山一角。过桥资金、洗钱、假账、违规放贷和资产转移——蔡友根并不是单纯在做钱生钱的游戏，甚至也不是单打独斗一个人接活，他的身后是一整个庞大的利益集团，涉及的不但有本行的些许基层员工、中高层领导，甚至连总行的领导和外部上市公司都牵扯其中，一旦暴露在阳光之下，其结果可想而知。

老辣的刘松河知道事件的严重性，他当机立断，将这一消息告知了自己的直接领导，后者迅速召集了几位高层知情人开启了紧急预案。蔡友根提出，由他出面收买凌晗封住她的嘴，被愤怒的领导直接否决，且不说凌晗有没有能力凭借一己之力调查真相，刚刚发现问题就想到用钱摆平，也不看看凌晗是怎样性格的人。

优柔寡断，净出歪点子，关键时刻烂泥扶不上墙，这也是刘松河一直看不起蔡友根的原因。

万般无奈之下，梁旭晨突发奇想，想到了借总行审计组之手，仅就过桥资金这个层面而言，将8000万的失踪栽赃给凌晗。总行审计组将于下周进驻分行进行综合检查，作为突击检查的一部分，如果审计组在凌晗的办公室查出一些不该出现的东西，那么……

不得不说，这一计兵行险招走得既高明又阴险，然而，领导却将栽赃的任务交给了刘松河。

刘松河知道上层的用意，自从踏入这个圈子以来，他一直停留在基层做着风控扫尾的工作，拿到的好处自然也有限。相比之下，先于自己的蔡友根虽然常年徘徊在核心圈层之内，其工作能力和胆识气魄却一直为上头所诟病。刘松河明白，这一次上头交给他的任务，是在让自己纳投名状，一旦完成，便视为通过了上层的大考，也就为自己进入核心圈层取代蔡友根铺平了道路。

但是，栽赃嫁祸的对象是凌晗这一点，却让刘松河倍感纠结。

凌晗是2007年兴庆银行收购赢州城市信用社之后招募的应届毕业生，八年时间里，她从普通柜员做起，历任复核员、营业经理，最后做到了专职事后监督岗，说心里话，是个非常好的员工。刘松河打心眼里佩服这位话不多，但是专业知识过硬又踏实肯干的女员工，曾经几次做工作想要招募她到一线来做客户经理，都被小姑娘婉言谢绝了。

要他出手栽赃这样一个各方面都如此优秀的姑娘，他实在下不去手，但是时不我待，刘松河十分清楚，这次的栽赃行动是他证明自己从而进入核心圈层的最好时机。凌晗，对不住了，在这样的大机遇面前，你是我可以牺牲的棋子。

那天，是总行审计组驾临分行的第一天，行长杜建舟在分行附近的乾凰大酒店设宴为审计组接风，刘松河也应邀作陪。按照计划，刘松河推杯换盏了几轮之后，就借口要去拿药起身离席。他拿上早已准备好的栽赃资料，于当晚的8点10分左右进入分行大楼。

大楼二层以上的监控已经处于关闭状态,但是他依然选择稳妥的方式,爬楼梯来到6楼。606的办公室钥匙是他早已准备好的,连同抽屉的钥匙也一应俱全,表面上大大咧咧肥头大耳的他,实则心细如尘。尽管栽赃给凌晗于心不忍,尽管当他看到桌上摆着的凌晗相片时,不可避免地动了恻隐之心,然而天衣无缝的栽赃,还是让他在犹豫和怜悯之余心生快感。不料意外还是发生了。

实施犯罪的过程、天衣无缝的计划,使得他的情绪变得激动起来,身体不禁微微颤抖,而黑暗中的他无法察觉的是:由于自己异常亢奋,加上酒精的刺激,原本血压就高的身体再也无法承受这进一步的摧残,血液正从他的鼻腔滴落下来……

他做梦也想不到的是,自己的步步为营让他躲过了监控的拍摄,却倒在一滴饱含糖分的血液上……

刘松河断断续续地说完了这些,然后瘫软地坐在凳子上,掩面啜泣。

他所有细微的举动,甚至肩膀的颤抖、眼角的瞟动,都被盯着显示屏一刻也不曾眨眼的江源尽收眼底。

眼前这个大腹便便的男人,真的就是让凌晗身败名裂的刽子手?所有的栽赃进度和细节都像江源所预料的那样,但是片刻的兴奋过后,他却丝毫没有揪出栽赃者和猜中过程的喜悦。

因为刘松河刚才说的是"我没有想到他们会杀人!"

这既印证了江源和杨霖之前关于凌晗是被谋杀后伪造自杀的猜测,同时也意味着一个更加棘手的问题。刘松河只是冰山一角,水下还藏着更加让人畏惧的秘密,他们像章鱼的触角一样伸向了整幢大楼的角角落落,还大有向外延伸之势。

甚至完全有可能,行内的这些仍只是冰山一角!

"凌晗是被灭口的,对不对!"江源愤怒地质问,几乎破音的声线在空旷的房间里刺耳地回响。

"我没想到事情会这样，"刘松河点了点头，他哽咽了一下，"我们最初的计划是，将这些证据放在小凌的办公室里，这些罪名一旦成立，肯定会写进档案，对任何人的职业生涯都会产生影响。等到第二天，总行的审计组检查完毕，栽赃成功，小凌就会名誉扫地，自顾不暇，到那个时候，再出来和她摊牌。要么息事宁人，撤掉她的所有处分，我们内部再给她一笔不少的封口费；要么直接报公安经侦，以盗取客户钱财挪为私用之名将她拘留，她一个小姑娘，断然不敢把事情闹大，但是没想到，他们竟然，竟然……"

刘松河泣不成声，他扶着身边的墙壁，两腿像筛糠一样不住地颤抖。

"他们到底是谁？为什么杀人？"

"我不知道……"

"你不知道？刘总，到这个时候你还想跟我们玩花样吗？"

"我真的不知道！"

"那么，是谁指使你去栽赃的，总该知道吧？"

"我，我，我不能说……"刘松河惊恐地抬起头，面对着显示屏吞吞吐吐。

不能说？江源怒了。然而他正要发作，却发现监控里的情形不大对头。

刘松河的身躯佝偻着，好像承载了千斤的重量。他的手在口袋里哆哆嗦嗦地翻找着，几个口袋都掏过无果后，他的脸刷地变得惨白。

几秒钟后，他的身体明显地晃动了一下，仿佛被什么东西击中了前胸，随后，刘松河向后一仰栽倒在了地上，全身剧烈地颤抖着，右手捂着胸口，呼吸急促。

林雨霏被这突如其来的一幕吓傻了，她看向江源，见他依然怒目圆睁地盯着屏幕，对密室里发生的一切无动于衷，不由得替他捏把汗。

此时的刘松河，已经由跪伏变成了侧倒，他蜷曲地瑟缩成了一团，一只手紧紧地捂着胸口，额头上豆大的汗珠向外直冒。

"快叫救护车吧，他好像不行了。"林雨霏在身后拉了拉江源的衣角，小声地提醒。

"到底是谁？！"江源愤怒地嘶吼，经过变声器处理后的滑稽声音竟也变得严肃和愤怒起来，"告诉我，我送你去医院！"

"我不能说，不能说……"刘松河依旧呜咽着。

"告诉我，不然你就去死吧！"江源愤怒地捶向桌子。

人命关天，如果刘松河在这里有个三长两短就麻烦了，赶快救人要紧！

"江源，你疯啦！"林雨霏情不自禁地脱口而出。糟糕，她忽然意识到了什么，惊恐地深吸了一口气，虽然她离话筒的位置有点距离，但是她刚才脱口而出的那句话，很有可能通过话筒传到了那个房间里……

时间仿佛凝固了，有那么一个瞬间，她的大脑一片空白。

恍惚间，她看到屏幕里的刘松河艰难地抬起了头，颤抖着向着镜头的方向用尽力气，绵软无力地说："救……命啊……"

夜幕嘈杂而喧嚣。

120救护车在十分钟后呼啸而至，几位医护人员七手八脚地将一摊烂泥似的刘松河抬上了担架。救护车的鸣笛声吸引了很多路人驻足围观，不时有人发出感慨，哀叹现在的社会竞争如此之大，竟然把西装革履的老骨头殚精竭虑成这个样子。

江源和林雨霏站在人群里，目送着担架车向救护车奔去。江源的表情平静，内心却如大海一样汹涌，他想冲上去，趁着在救护车

299

里的那段时间,还可以问出到底是谁指使的刘松河。

他想知道答案,这是最后的机会了。

他刚迈动步子,却被身后的林雨霏一把抱住,他听到了女孩近乎哀求的声音:"江源,你不能去!"

女孩的纤纤玉手,此刻却像铁钳一样,死死地锁住了自己。

江源挣扎了几下,竟然挣脱不了对方,他有些恼怒,正要发作,就听见林雨霏在自己的耳畔说:"江源,你不能去,你这会儿冲上去就等于暴露了自己。"

江源定了定神,冲上脑门的那一股热血停顿了几秒钟,然后稍稍退却。

是的,到现在为止,自己仍在暗处,对方既不知道自己掌握了多少内幕和证据,也不知道是谁在调查这一切,而一旦自己出现在刘松河面前,难保日后不会被幕后的黑手察觉,进而针对自己布下局来。

"你留在这里,我去看看究竟,"林雨霏握住江源的手,坚定地说,"你放心,他不会有事的。"

忽然,女孩张开双臂紧紧地抱住了江源:"不管发生什么,我会和你在一起。"

我会和你在一起。

我会和你在一起。

江源的眼圈红了,他紧紧抱住了女孩。

"拜托了!"他的心底无声地祈求。

"让一下,是我报的120。"林雨霏拨开围观的人群,疾步上前。

她简单地和救护人员沟通了一下,便跟着救护人员上了车,鸣着长笛的救护车随即疾驰而去,红色的急救灯在夜空中划下一道异彩,渐行渐远。

人群渐渐散去,只有江源还落寞地站在原地。他竟然觉得,林雨霏离去的背影,很像记忆深处的那个人。

自己刚才的做法,竟然差点要了另外一个人的命。

我这是怎么了!

他蹲伏了下来,将头埋在双臂间,轻轻地抽泣。

人群渐渐散去,远处的五彩灯光照亮了这座江南小城的冰冷寒夜,没人注意到这个倔强的男人内心的无助。

他不知道的是,在街对面的角落,那辆黑色的奔驰车里,一架高倍的单反相机此刻正在有条不紊地按动着快门。一个多小时前,刘松河走进那栋大楼的时候,他便已经尾随至此观察静候了。

现在,伴随着咔嚓咔嚓的声音,它的主人在黑暗中,露出了神秘的微笑。

第二十八章
林雨霏的秘密

林雨霏用钥匙打开房门，走进这间几天没有打扫，却仍摆放精致，别具一格的小屋。

这是江源回到赢州后买下的单身公寓，LOFT双层结构的，面积虽然不大，格调却非常时髦而新颖。林雨霏换上拖鞋，一手提着裙摆一手提饭盒，沿着楼梯走上了二楼。每踩一级台阶，楼梯都会发出悦耳的音符。林雨霏听江源说过，这间公寓是他从本市音乐学院的一位老师那里买下来的，踩到台阶便会发出音符的楼梯间，便是这个老师一手设计的。

虽然一共也没来过这里几次，但每次踩着音符上楼，都会让林雨霏心情极好，不过今天，她却无暇顾及这时时传入耳中的动听音符。当她迈上最后一个台阶，一眼便看到了放在桌上的餐盒，里面是杨霖昨天买来的东北水饺，原封不动，一个都没少。

又是一天水米不进。

林雨霏的眉头皱了皱，随即推开了虚掩着的卧室房门。

仅仅两天，江源就消瘦了许多，他头发散乱，下巴更尖了，衣服也是昨天的，布满血丝的双眼怔怔地盯着天花板，瞳孔大得吓人。

林雨霏的心头泛起了一阵心疼，她定了定神，看看手里的保温盒，努力挤出一个温暖的笑脸，把手里的饭盒提起来闻了闻，声音里是满不在乎的轻松："嗯，好香啊，我给你做了你最爱吃的可乐鸡翅，快来吃吧，不然，可要被我吃完喽。"

男人毫无反应。

她理解面前这个男人此时心思复杂的失落，却不知道该如何安慰他。

那天，江源他们主动出击，对刘松河实施诱敌深入的钓鱼方案，虽然坐实了刘松河是将捏造的证据放在凌晗办公室里的栽赃者，以及凌晗是被谋杀而非自杀，但也带来一个严重的后果，刘松河倒下了！

偏阴冷风格的尖叫棚屋、涉及职业生涯的老底揭穿，还有饮酒的习惯、连日的劳累，谁也未曾料到，或许刘松河自己也没有想到，这一系列的因素，竟然诱使这个常年饱受糖尿病困扰的大胖子突发心肌梗塞。

原来江源以为，这样的设定能够让刘松河就范，继而找到幕后的黑手，却没想到，栽赃者虽然现身，幕后的一切却仍一无所知。

虽然救护车及时赶到，让奄奄一息的刘松河得到了救治，但是过久的血管堵塞还是让其产生了严重心源性休克症状，连日来一直躺在市人民医院的重症监护室里，据大夫说，刘松河病情堪忧，随时会有生命危险。

如果不是林雨霏极力阻止他继续问询，刘松河很有可能因为抢救不及时而小命不保。

一方面，是近在咫尺的真相却无从探寻，但另一方面让他纠结的是，面对稍纵即逝的生命，自己为什么如此的冷酷？

我这是怎么了？怎么会变得如此冷漠和狠毒？鲜活的生命就这样躺在我面前，我却无动于衷，甚至差点将他亲手送到鬼门关！

为什么？

为什么？

是的，他们有罪，他无数次幻想过，将那些置凌晗于死地的人千刀万剐，将他们送上审判庭送上绞刑架，让他们在暗无天日的监狱里度日如年。

这家银行已经积累了太多沉疴！

这群明知罪恶却选择缄默逃避，助纣为虐的人！

他可以酝酿那个漫长而庞大的复仇计划，可以用特定的方式剥夺他们作为银行人的资格，可以在他们擅长的领域让他们身败名裂永世不再踏入金融圈半步，甚至让他们倾家荡产也在所不惜；但是，他从来没有想过，他的疯狂复仇、精确制导，竟然有可能导致一个人死亡，尽管他该死，尽管他罪无可恕。

要放弃这次复仇吗？

不，他已经为此精心策划了那么久，付诸实践得如此精准，甚至已经接触到了这个庞大阴谋的外围圈层，几个有罪之人在他的策划下或落马或出局，小鱼小虾的背后是道貌岸然更加阴暗的牛鬼蛇神，他不能停下来。

只是，再也不能做这样伤及他人性命的事情了。

"你知道我是怎么认识凌晗的吗？"女孩坐在他的身边，轻柔的声音抚过他翻腾的耳畔。

良久，他回过神来，缓缓地开口："不是说，她是你的客人吗？"

"是啊，以前，她常常去我那里买花，听我的花艺课，有时候就只静静地坐在角落里，几个小时都不说一句话。我曾以为，她会和很多客人一样，直到有一天……"

江源转过头来，好奇地看着女孩，等待着下文。

"我记得，那是前年的七夕节吧，一个珠光宝气的公子哥开着他的敞篷911来到我的工作室里，预订了一只红玫瑰玩具熊。"女孩的目光游移着，思绪飘向了远方。

红玫瑰玩具熊？江源被故事吸引了，他在大脑中快速地搜寻着，噢，对了，是那种在网络上红极一时的，用红玫瑰装饰而成的玩具熊。这种别出心裁的情人节礼物，由1314朵新鲜的厄瓜多尔永生红玫瑰搭建和组装，造型独特而精致，深受女孩子们的喜爱。当然，这样贵重而寓意深刻的情人节礼物，价钱也是高得离谱。

"红玫瑰玩具熊，很贵吧？"江源的思绪已经渐渐被女孩吸引。

"是啊，光成本就要好几万，当时这家伙大笔一挥就付了全部的价钱，等情人节拿到了玩具熊后竟然要直接送给我。"听上去是一个富二代追女孩的俗套故事，但此刻女孩神色没有丝毫的炫耀和幸福之感，相反地，嫌恶和不屑却爬上了她的面颊。

"然后你没有接受？"从女孩的表情，江源已经猜到了结果。

"是啊，你一定很奇怪吧？"女孩不好意思地笑了笑，"其实我也见过很多男人在我面前豪气干云的，用各种方式接近我，追求我。"

她的脸上红晕只闪过了一瞬，下一秒，又换上了那种不屑的表情，似乎连回忆起那段往事都让自己感到厌恶："但大概是那个公子哥给我的印象确实不好吧，流里流气，穿金戴银的，有几个臭钱就在那里显摆，特别颐指气使，没有一点对女性的尊重。

"结果啊，大概是被拒绝以后心理畸形吧，这家伙每天都来我工作室骚扰我，逢人就说什么我卖的花又贵又不新鲜，甚至还到处造谣说我是他的拜金前女友。"女孩的声音有些哽咽，手不住地颤抖着，那些不愉快的回忆让她心头的委屈不住地上涌。

"直到那一天，她也在我的工作室里。"提起凌晗，女孩眼睛里

305

的恐惧逐渐地褪去,"她之前也来过几次我的工作室买花,但大多没有什么交流。而那一天,她正巧在我的工作室里,我还记得她穿着一身深黑色的工作制服。那个家伙又来了,浑身的酒气,在我的工作室里撒泼,打坏了我好几个玻璃摆台。她冲上去,三下五除二就制服了那个家伙,我还记得她说的那一句,'以后再敢来这里,我卸了你一条胳膊',哈哈,那飒爽英姿,简直是酷毙了。"

"你不知道,她在学校里的时候,是跆拳道黑带选手,代表我们学校参加过省里的比赛。"江源也笑了,女顾客制服了撒野的公子哥,他几乎能够想见当时大快人心的场面。

"从那天起,她几乎每天晚上都会来我的工作室里坐坐,有时候看看花,有时候就这么一直坐着,开始我以为她是有什么目的,后来才意识到,她是在保护我,防止那个公子哥再来找我的麻烦。"

"那个阔少爷还真来过几次,看她一直在店里就躲得远远的,再后来,那个家伙再也没来过,她却成了我那儿最忠实的顾客。"女孩歪着头,回忆着当时的情景,眼睛里满是温暖。

"那段时间我特别害怕,想过出去躲一阵,想过关掉工作室,甚至想到了永远离开这座城市。"她顿了顿,继续说道,"如果不是她出手相助,我真不知道那段日子该怎样度过。"

女孩说完这些,盯着江源迷茫而浑浊的双眼,良久,她握住了江源的手,认真地说:"从我第一次见你,你问我,能不能在花里放一点迷迭香的时候,我就感觉到,你身上有一种说不出的气质,忧郁、善良,却很熟悉,让我想到了凌晗,虽然,我那时候还不知道她的名字。"

她顿了顿:"我不知道你们之间发生了什么,也不知道好好的一个人怎么说走就走了,但是我能感觉到,你们身上,有着同样的气质,和同样的善良。"

女孩的目光瞥向桌上的剩菜剩饭,再看看江源瘦削的脸庞和混沌的双眼，不由得心生怜爱，她伸出手，颤抖地触摸着江源布满胡楂儿的脸庞。

"这些日子以来，我也断断续续地了解了一些事情，我知道你正在做的事情，也知道你的决心，坦白地说，我也想知道真相，我也想知道，凌晗是怎么死的。我希望你能放过你自己，凌晗的死不是你的错，不是因为你没接到电话，更不是因为你们分开。"

江源的眼睛里闪动着泪花，晶莹的泪珠大颗大颗地从他的眼角落下，滴在女孩白洁的手背上。

"我也愿意看见你放下仇恨，但如果你一定要追逐真相并且复仇，请让我和你站在一起。"

不知不觉中，江源的脸埋进了女孩浅浅的臂弯，她的发丝扫过脸颊，嗅到的芬芳让江源无比安静。

良久之后，女孩扶住江源微微颤抖的肩膀，认真地说："我知道这件事情有多危险，但我不怕，请让我站在你身边。"

暂时忘记查案和复仇吧，忘记一次次进入了死胡同的查案，忘记扫清牛鬼蛇神的复仇，此刻，让我和你一起享受这片刻的宁静。

他笑了，恍惚间，他听到女孩用欢快但不容置疑的口吻说："喏，快去洗手吃饭，吃完饭，我陪你去花鸟市场买点花啊草什么的，你这里死气沉沉的，需要一点活力。"

清水湾花鸟市场，是全市最大的花鸟鱼虫集散地，只不过较前几年相比，这里已经冷清了许多。不知从什么时候起，一股养盆栽、宠物的狂潮席卷了整座赢州城，都市白领钟爱的仙人球、退休老头老太把玩的八哥鹦鹉，还有乌龟、金鱼这些好养不费力的居家小宠，各种各样的动植物成了都市新景，越来越多的人把呵护人以外的生命当成是潮流和寄托，来这里采购花鸟鱼虫装点生活的人络绎不绝。

这股狂潮随着去年日益升高的房价而逐渐褪去,而对于某些人来说,定期来这里却已经成了一种习惯。比如林雨霏,她总会定期来这里转转,一边看看新鲜上市的花卉品种,一边观摩花农搭配它们的方式,为自己新上架的花卉品种提供灵感和理论依据,那种感觉别提有多美妙。

江源一开始还若无其事地跟在女孩身后,逐渐地,他也被这片神秘的花海所吸引,这是他之前甚少来到的地方,复仇和追逐真相的旅程如此凶险和漫长,需要他时刻保持专注和隐忍。听着蝉鸣鸟叫,沐浴花海蓝天,这种心旷神怡的放松感觉是之前从未有过的。

不时地向林雨霏讨教花的品种款式还有搭配的问题,每每在林雨霏的ROSEMARY花艺工作室里,他都觉得很新奇,这些就个体品种而言色彩单调造型普通的花卉,在林雨霏的搭配下,怎么就可以化平凡而神奇,变换出如此有趣繁多的样子?

他们正逛得起劲,忽然被隔壁一家店面里的争吵吸引了。

"怎么会有你这样的无良商家,把泡沫和煤灰渣子放在花盆里滥竽充数,好好的一盆君子兰,现在都要死光了。"旁边一间花房里,一位花发老人正举着一个空花盆对着店主吹胡子瞪眼,他操着一口标准的普通话,手里还提了个鸟笼,那架势,跟北京胡同里那些转着核桃把玩鸟的大爷别无二致。

"大爷,这就是您有所不知了,这些泡沫塑料填充在花盆底部,是为了防止花烂根的。"店主是个四十出头的中年男子,他的皮肤黝黑,黑到看不出脸上的表情,仅从他说话的口气来判断,应该是赔着笑和颜悦色地向那位老人解释着。

"是吗?我怎么从来没听说过这种说法?泡沫可以防止烂根?"老人露出不可以思议的表情。

店家嘿嘿一笑:"大爷,我还能蒙您不成,我做这行二十多年了,怎样栽培对花最有帮助,我心里最清楚。"

大爷将信将疑地提着鸟笼花盆走了,林雨霏身边的花店老板娘却不屑地啐了一口:"哼,说得比唱得还好听,就知道欺负老实人,泡沫掺在土里,花只会死得更快,哪来的防止烂根。"

想来这两家批发部的主人是彼此看不上眼啊,林雨霏好奇地问:"老板娘,泡沫放在花盆里,对花的伤害很大吗?"

"当然咯!"老板娘操着一口四川口音,尖着嗓门打开了话匣,"泡沫放在花盆里,不但没有透气的效果,反而会让土质疏松,不但影响花根部的正常生长,还会造成水分流失,你说对花伤害大不大?"

她的声音恰到好处地可以让隔壁的店主听见,林雨霏下意识地看看背对着他们的隔壁店主,明显地感觉到对方的耳根微微一红。

"可是,"她压低了声音,"那个老板,为什么要在土里掺泡沫啊?"

"那还用问,当然是为了这个呗,"胖胖的老板娘伸出粗糙的大手,拇指和食指快速地摩擦着,林雨霏明白,这是钱的意思,"姑娘,你是不知道啊,这当中的玄机可大着嘞。"

她扯开嗓子给林雨霏科普了起来,在她煞有介事的解释下,林雨霏算是明白了:一盆普通的盆栽里,要放至少3袋营养土,如果是大花盆的花,营养土就要放得更多,而一袋普通的营养土,市场价格大约在五块钱左右,如果换成泡沫填充,那么光一盆花,就可以省下十几块钱的成本,那么对于经营花卉批发这样动辄成百上千盆的商贩来说,这其中的利润可不就大得吓人了⋯⋯

她有些鄙夷地看了隔壁的花卉老板一眼,却突然发现,身边的江源神色不大对头。他的表情凝重,眉头紧锁,仿佛陷入了深深的思考。

这家伙,难道是听到了这个内幕,受到了启发准备发家致富吗?林雨霏有些好笑地拉了拉他的衣襟。

可马上，江源的脸色就变了，他突然弹了起来，神情急迫地攥紧林雨霏的手："凌晗送你的那盆花，还在吗？"

"花？"林雨霏有些莫名其妙。

"就是那盆迷迭香，长得不好的那盆。"江源的语速飞快，甚至带着一点结巴。

"在啊，在吧台上摆着呢，怎么啦？"林雨霏一时不明所以。

江源不说话了，下一秒，林雨霏突然感到自己的身子猛地向外倾斜了一下，随即反应过来，是江源拽起了自己往外面飞奔。

林雨霏被他这突如其来的举动吓到了，只来得及对老板娘报以一个歉意的笑，随即就跟着江源向停车场的方向跑去。

十五分钟后，白色的奥迪以一个近乎飘逸的炫目姿态停在了车位，江源飞快地冲下车，疾步来到了花店门口，习惯性地去拉拽白色的木门。

门上锁了。

后面疾步赶来的林雨霏见状忙将手伸进包里："钥匙在我这里。"

她将钥匙递给江源，看着他颤抖着双手急切地打开了门，心中还是疑惑不解：他到底想到了什么？

江源冲进工作室，一眼便看到了吧台上那盆枯萎无神的迷迭香。

第二十九章
迷迭香

"我把一样重要的东西，放在了与我们第一次约会相关的地方，和电影相关，你一看到它便能明白了。"

这句话反复地萦绕在江源的耳边，夜夜出现在他的梦境里，他却一直没有理解凌晗的真正意图。

直到刚才，那个花艺批发老板娘无心插柳的那段话。

十年前的2006年，江州财经大学，同级生的江源和凌晗在大一的那一年夏天走到了一起，他们第一次约会的地方，是学校门口那间雅致的放映厅。那里格局不大，但是装修得很有味道。他们在属于两个人的DIY包厢里，看了他们在一起后的第一场电影，《小曼哈顿》。

这是2005年在北美上映的一部温情电影，该片透过一个五年级小男生的眼睛，讲述了关于生活、爱情和纽约的美好童真故事。片中的小男主由当年年仅13岁的乔什·哈切森扮演，而对于纯情美丽的小女主，江源和凌晗则仅仅记住了她片中的名字：Rosemary。

两个稚气的少男少女蹬着滑板穿梭在纽约,属于他俩怦然心动的小小爱情,既略显稚气,又温暖人心。

时隔十年,江源早已忘却影片的结尾,他的全部记忆,都在影片播放的最后十分钟,女孩娇羞的双眼,和热切的嘴唇……

后来的日子里,凌晗莫名地喜欢上了一种名叫迷迭香的花。那一年,正值周杰伦的《迷迭香》全球首发:"你随风飘扬的笑,有迷迭香的味道,语带薄荷味的撒娇,对我发出恋爱的讯号。"迷迭香的花语是回忆,早在中世纪,欧洲人就喜欢在已逝者的坟上植下一棵迷迭香,象征永恒的生命,代表爱与美好的追思。校园里的很多女生都疯狂养起了这种名叫迷迭香的花,但只有江源知道,凌晗喜欢迷迭香另有深意,因为迷失香的英文名正是那个《小曼哈顿》里纯情美丽的小女主的名字。

2015年5月,江源回国听到了那段留言,也得知了凌晗的死讯,通过那段留言,他不止一次地回到学校,去他们第一次约会的地方找寻线索。然而,让他备感困惑的是,那家装修精致、风格独特的放映厅早已关门了。当年那家放映厅所在的老式胡同,而今已经被现代化的商业街所替代。

"它有些与众不同,你看到了就会明白是什么。"

江源终于明白了,那个与众不同的它,指的不是放映厅,而是那部电影,那盆花。

那盆于他二人都意义独特的,迷迭香。

江源将那盆迷迭香捧在手里,深吸了一口气,既然这是你布下的局,相信你一定能够原谅我这么做。

他这样想着,将花盆举过了头顶。

"啪",一声刺耳的脆响,那盆迷迭香被江源狠狠地摔在了地上,一时间,花盆碎裂,焦土四散,本就摇摇欲坠的迷迭香也就此分崩离析，再无移植救活的可能。

林雨霏"啊"地叫出了声，她不明白江源为什么要将这件凌晗唯一留下来的东西打碎，但是很快，她眼睛里的惊讶和恐惧就变成了疑惑，因为她看到，在狼藉的碎片和花土里，出现了一抹奇怪的白色。

林雨霏一直相信花和它的主人是存在某种联系的，当凌晗下落不明，抱憾而亡之后，她的迷迭香也日渐凋零枯萎，失去了往日的风采。

然而这一次，女孩大概是猜错了。

让迷迭香凋谢的原因不是它的主人遭遇不测，而是它的主人，在遭遇不测之前，对它动了手脚。

3月22日上午，凌晗一早就来到了办公室，与往常不同的是，她随身带着的除了那个手提包，还有用黑色塑料袋装着的不明物体。她从里面拿出一个扁平的泡沫盒，将那样自己千辛万苦得来的东西用密封袋套好，然后放进密封的泡沫盒里。

迷迭香的芬芳依旧弥散在办公室里，但她已经无暇顾及了。对不住了，Rosemary，她挖开了这株自己刚刚栽种不久的盆栽，捋了捋已经逐渐扎深的根部，随即把泡沫盒塞进了花盆底部，又在上面撒上一些小苏打粉末。做完这些，她拿起铲子，开始一勺一勺地往花盆里填土。泡沫盒不大，只占据了花盆五分之一的空间，待土壤和迷迭香恢复原样之后，她将残留的营养土和泡沫丢进了垃圾桶里。

"没时间了，明天再来收拾。"她犹豫了一下，放弃了将纸篓里刚刚过半的垃圾清扫出办公室的冲动，抱起花盆就往外走。

泡沫盒置于花盆的底部，会让迷迭香的根部无法充分地接触土壤，吸收土壤里的养料和水分，继而影响花的正常生长。那剂量不大的小苏打粉末，则更加强化了这种不正常的生长，粉末状的小苏打在水的作用下，会让整片土壤变成轻微的盐碱地，这也就是为什么这盆迷迭香自从到了这里之后，就日渐枯萎甚至濒临死亡的原因所在。

江源终于明白了，为什么在凌晗办公室的纸篓里，会出现泡沫屑、小苏打粉末这些奇怪的东西。他蹲在地上，从一堆渣土残根里找出了那个泡沫盒，那个被厚土掩埋了整整一年的泡沫盒，那个让一株迷迭香丧失光彩容颜俱损的泡沫盒，那个让凌晗付出了生命的泡沫盒。它让生生不息的迷迭香枯萎，让疑云重重的真相长埋于厚土之下。

它到底，藏着什么秘密呢？

江源颤抖地将泡沫盒拾了起来，经过一年多的深埋土中，它的表面却依然被密封得完好无损。江源用刀割开表面厚重的防水胶带，沉吟了半晌，终于下定决心，打开了泡沫盒。

林雨霏瞪大了眼睛，那个女孩豁出了性命也要留存起来的东西，竟然是这样的。

一个透明的密封袋静静地躺在雪白粗糙的泡沫盒里，里面是一张，亮闪闪的卡片。

房门开了，一个身穿黑色西装，戴深色墨镜的保镖站在门里，他看了看面前的来人，犹豫了一下，侧身放他进来。

蔡友根跟在保镖的身后向里屋走去，映入眼帘的，是满目的金碧辉煌，本市最豪华的七星级宾馆果然名不虚传，但此刻的他已经无暇欣赏，只想快点将信息告知里面的人。

里屋是一张扑克桌，桌前的四个人手里拿着牌，正在饶有兴致地你来我往。

看到蔡友根进来，其他几个人只是抬头斜了一眼没做任何表示，只有最靠里面的那位朝精瘦的蔡友根点了下头，随后便低头继续厮杀。

蔡友根接过保镖递来的水杯，小心翼翼地喝了一口，又把杯子捧在手里犹豫了半天，终于鼓足勇气站了起来。

"老大，老刘的事情，您看……"

"休息时间，不要谈工作。"最靠里面的男人不咸不淡地回了一句，让蔡友根心头一凉。他看到对面的人头也不抬地翻看着手里的牌，梨黄色的灯光柔和地打在他的脸上，让他如浑铁铸成的面孔呈现一半阴暗、一半柔和的样子。

"可是……"蔡友根欲言又止。

"老大都发话了，你就不要扫他的雅兴。"边上的女人开口了，她抬眼瞄了蔡友根一眼，话里也有种不容置疑的口吻。

什么时候轮得到你说话了？蔡友根愤愤地想。这个人的在场让他很不舒服，他以前见过这个女人多次，可是能想起来的只是一团模糊的阴影。这个风姿绰约的女人好像是个谜，她总是悄无声息地待在某个位置里，像个摆设一样，来去无影。

蔡友根只得在一旁坐下，不安地看着牌桌上的几个人杀得畅快淋漓。

又过了好长一段时间，黑暗中的人终于收起了牌："好了，说说吧，怎么个情况？"

"老刘突发心肌梗塞，住进了医院，"蔡友根犹豫了一下，"现在躺在重症监护室里，据说，随时都会有生命危险。"

"还有别的我不知道的事吗？"

"啊？"蔡友根一时摸不着对方的意思。

"知不知道他为什么突然病倒了？"对方的话依旧不咸不淡，让蔡友根听不出是陈述还是疑问。

"也许，是工作压力太大了？又或者……"

"你就不会拿你的脑瓜好好想想？"阴暗中的男人不耐烦地打断了蔡友根的话，无效的沟通等同于折寿，他最讨厌这样没有效率的对话，"老刘那天缺席了咱们当晚和建设局的饭局，连饭都没吃，衣服都不换，就穿着白天的工作服跑出去了，你用脚指头想想他是去干吗了，难道他是和老情人约会去了？"

蔡友根额头上冷汗直冒，老大的话，无形中点中了他最害怕的事情，难道，这一切和那件事有关？

从今年的年初开始，怪事就一波接着一波。先是陈欣与情人约会被捉了个现行被迫调离了工作岗位，然后是潘斌被举报违规授权查询征信，接着梁旭晨莫名其妙被在押的资金中介给供了出来，甚至连官拜支行行长只待宣的胡庆飞都莫名地因为租金罚没而丢了乌纱帽。半年的时间，曾经自己手下的三大主力竟然全部遭殃，蔡友根一时茶饭不思，彻夜难眠。

他不相信这一切只是巧合，短短半年的时间里，这些人不是被举报就是被捉奸，不是阴沟翻船就是莫名曝光，而且他们的共同点，除了都在兴庆工作以外，就是都和那件事情，有着千丝万缕的联系。

"我知道你在担心什么。"黑暗中的人脸色阴冷，但声色却还算平静。

"上头已经注意到了这个情况，下午他和我聊了一下，我们的意见还算统一，"他优雅地掀开杯盖，噘起嘴吹了吹滚烫的茶水，闭上眼细细地回味了一番，然后再度开口，"你们如果不是手脚不干净得罪了人，就是挡了同道中人的财路，被他们做局了。"

蔡友根罕见地觉得，自己与领导的想法如此的不谋而合。那么，到底是谁在策划这一切？

他有些奇怪，这火都烧到眉毛了，连刘松河这个级别的知情人都遭了殃,那下一个,很快就会轮到自己了。可是对面的男人好像满不在乎。

"要找到是谁在搞鬼大概不难,不过问题是,要不要赶在对方把触角伸到你们这一级之前出手制止呢?"

这句话犹如冰冷的钢针,直扎得蔡友根心惊肉跳。老大的意思,是时刻准备牺牲自己吗?

他瞬间变了脸,声音开始急促:"老大,我对组织绝对忠心耿耿,不会有半点二心。"

"你这么着急干什么?心急吃不了热豆腐。"黑暗中的男人讪笑着,"这么着急表忠心,当心急火攻心,心话说出来,收不回去。不过你放心,我啊,给你指条路。"阴暗中的人优雅地将手伸进了上衣口袋,再次伸到众人面前的时候,他的手里多了一张纸条。

"上头对最近的变故也十分关注,这是他给你们的提示,顺着这个提示,看看你们有没有能耐找到你们想要的人吧。"他顿了顿,"我想,这也是他老人家给你们的大考,看看你们是否还有资格留在咱们圈子里。"

说完这些话,他自己不由得也佩服起了上头的英明果决,是谁在搞鬼,想来他老人家心里一定也有数了。知道对手是谁,却并不急于铲除,将消息透露给下面的人,看看他们有没有能力替自己把事情做漂亮。如果做得干净漂亮不留余地,那么证明蔡友根能堪大用,如果留了尾巴,那么……

蔡友根站起身来,诚惶诚恐地双手接过纸条,展开,那行字瞬间映入眼帘,他的双眼投射出兴奋的光亮,但是顷刻间却变成了疑惑和迷惘。

林雨霏站在021号更衣箱前,望着手里那张精致的卡片呆呆地出神,这是一个小时前,江源从凌晗送给自己的迷迭香花盆里找到的。

　　深埋厚土之下长达一年，这张镶着铂金的卡片却在泡沫盒里保存得完好无损。卡片大小与一般的银行卡别无二致，做工却比普通的银行卡更加精致，几个带着水印用华文行楷写就的字表明了这张卡片的用处：千禧年健身俱乐部。

　　显然，这是一张健身俱乐部的VIP卡，卡片上的数字21既是卡主的编号，也是其贵宾更衣箱的号码。

　　如果有什么重要的东西不能放在家里或者办公室的话，放在俱乐部的更衣箱里，一定是最安全的。

　　这是其他人想也想不到的地方。

　　林雨霏颤抖着将卡片按在了更衣箱的锁上，短暂的等待过后，一声电子开锁的齿轮转动，21号更衣箱的门吱呀一声开了。

　　林雨霏期待已久的那件东西，静静地躺在更衣箱里的黑暗中。那是凌晗豁出性命也要守护的东西，唯有它，能够让江源终结所有的苦难。

　　忽然，她感到脑后生风，有什么东西正在向她快速地靠近，还没等反应过来，她便感到后脑重重地挨了一下。

　　女孩娇嫩的身躯摇晃了一下，随即缓缓地瘫倒了下来。

　　她感到自己的脸颊贴着冰冷的地砖，感到一股热热的东西顺着发丝不断地向下流淌，感到有人在接近她，跨过她。

　　她努力睁开眼睛，看到的只有暗黑色的地砖和渐渐弥漫的血迹，还有隐约跨过自己身体的那双穿着拖鞋的脚，脚踝上是一只炫目的蝴蝶。

　　她再也坚持不住了，两眼一黑，便什么也不知道了……

　　江源坐在车里，面对着20米外千禧年俱乐部的大门，期待着下一秒，林雨霏能够微笑着走出大门，向自己走来。

20分钟过去了，不时有男男女女或结伴或单人地走出会所，却没有一个是那个熟悉的穿着粉红色卫衣、黑色长裙的女孩。

他开始有些焦急，怎么还没出来呢？

忽然，他被走过车旁的两个女孩的对话吸引住了。

"你看清楚那个女人死了吗？"

"没看清啊，但是地上这么大一摊血，肯定活不了啊。"

两个女孩从俱乐部的大门一路向这边走来，声音不大，但是江源还是听清了她们的对话。

他呆呆地定了几秒钟，突然一下子从座位上弹了起来。

不要，千万不要，千万不要有事。

雨霏！

他撒开腿向俱乐部门口冲去。还没跑出多远，忽然感觉到手机一阵振动，他边跑边掏出手机一看，是杨霖的来电。

"老江，快来市精神病院，李梦瑶她……"

跑进大门的那一瞬间，江源与迎面而来的一个人撞了个满怀，手机掉在了地上，发出屏幕碎裂的刺耳声音。

对面那个人先是一惊，随即马上蹲下身来捡起了手机，嘴巴里嘟嘟囔囔地说了些什么，江源虽然就在对方的近前，却没听清对方说了什么，灌入耳朵的只有些许声带撕裂的沙哑嗓音。他无暇顾及对方，一边拿起手机贴在耳边，一边向前跑去。

"喂喂，怎么回事，李梦瑶怎么了？"

"李梦瑶失踪了，老江，你快来，李梦瑶的病房里留下了一些东西，我觉得是冲着你来的……"

"可是……"江源的脚步停了下来。

"别可是了，你快来，我让人去门口等你。"

江源下意识地回头看了看自己停在大门外的奥迪轿车。只要回

319

到驾驶室里拉上车门，十五分钟便可到达那个半年前去过的地方。在他的面前，是千禧年健身俱乐部的女更衣间，他感到越来越多的人从那里涌出，又有一些头戴贝雷帽的安保人员向那里靠近。不安感越来越强烈，这两场突如其来的变故让本已逐渐清晰的前路陡然模糊，更把他心中的惊恐拉到最高点。

我该怎么办？

他问自己。

纸条上的那一行字是用毛笔写就的，刚烈潇洒，遒劲自然。蔡友根当然认得这上面的每一个字，却不理解这些字组成的话是个什么意思。

"我们一直在和欧亚国作战。"

"啊？"蔡友根将纸条翻过来倒过去看了好几遍，心中大感不解，这算哪门子提示？

"这，是什么意思？"犹豫了好久，蔡友根小心地开口，"欧亚国，有这么个国家吗？"

黑暗中的人却笑了："老蔡啊，叫你平时不要只顾挣钱，偶尔也要多读读书，你就是不听，上头帮你把球送到禁区，就差你临门一脚了。"

他停顿了一下："要不怎么说你没文化呢？这不是什么国家，是一部小说里的经典台词。"

"小说？什么小说？"

"乔治·奥威尔的反乌托邦小说，《1984》。"边上的女人突然开口了，声音沙哑，声色凛冽，但此时的蔡友根已经无暇顾及了。

《1984》是英国作家乔治·奥威尔的长篇小说，在书中，1984年的世界被三个超级大国所瓜分，分别是大洋国、欧亚国和东亚国，三国之间战争不断，国家内部社会结构也被彻底打破。《1984》

的文学成就极高,与《我们》《美丽新世界》并称为世界三大反乌托邦文学。

"《1984》?"他微微一愣,随即反复念叨着这个书名,慢慢地回味起来。

《1984》?

1984?

1984年?

等等,他一下子就从座位上弹了起来,瞳孔里满是惊讶和恐惧。

《1984》,难道说……

(第一部完)

图书在版编目（CIP）数据

银行局：致命存款 / 边江著. —— 重庆：重庆出版社，2019.5

ISBN 978-7-229-14045-8

Ⅰ.①银… Ⅱ.①边… Ⅲ.①长篇小说—中国—当代 Ⅳ.①I247.5

中国版本图书馆CIP数据核字（2019）第030795号

银行局：致命存款
边江 著

策　　　划：	华章同人
出版监制：	徐宪江
责任编辑：	秦　琥
特约编辑：	李　宁
责任印制：	杨　宁
营销编辑：	张　宁　胡　刚
封面设计：	熊猫布克

重庆出版集团
重庆出版社 出版

（重庆市南岸区南滨路162号1幢）
北京盛通印刷股份有限公司　印刷
重庆出版集团图书发行有限公司　发行
邮购电话：010-85869375
全国新华书店经销

开本：880mm×1230mm　1/32　印张：10.375　字数：252千
2019年5月第1版　2023年3月第3次印刷
定价：42.00元

如有印装质量问题，请致电023-61520678

版权所有，侵权必究